U0677538

欣梦享
ENJOY LIVING

殿前欢
著
Dian Qian Huan
封疆
孔學堂書局

图书在版编目（CIP）数据

封疆 / 殿前欢著 . — 贵阳 : 孔学堂书局 , 2023.5
ISBN 978-7-80770-402-7

Ⅰ. ①封… Ⅱ. ①殿… Ⅲ. ①长篇小说－中国－当代
Ⅳ . ① I247.5

中国国家版本馆 CIP 数据核字（2023）第 012254 号

封疆　　殿前欢　著
FENG JIANG

责任编辑：胡国浚
责任印制：张　莹　刘思妤

出　　品：贵州日报当代融媒体集团
出版发行：孔学堂书局
地　　址：贵阳市乌当区大坡路 26 号
　　　　　贵阳市花溪区孔学堂中华文化国际研修园 1 号楼
印　　刷：三河市兴博印务有限公司
开　　本：710 毫米 ×970 毫米　1/16
字　　数：321 千字
印　　张：16　彩插 0.5
版　　次：2023 年 5 月第 1 版
印　　次：2023 年 5 月第 1 次
书　　号：ISBN 978-7-80770-402-7
定　　价：49.80 元

目录

引

京城有一位名人，名叫华容。

此人爱穿浅青色长衫，拿把墨绿色折扇，又拿翠玉做扣，一年四季打扮得像根嫩葱。可谓是俊美风流，貌比潘安。

他有句“三二一名言”。凡官居三品之上，家有良田两顷，相貌不丑、天赋异禀的官人，他都愿意一见。

一见之后若合缘，他也愿意和人家举杯共饮，若再情投意合，他还会给人家画上一幅私人画像，至于画像的内容，悉听尊便，尽可指定，相当体己。

若更有眼缘，他便会为画配上诗词，画不至登峰造极，词也不是顶好，不过雅俗共赏。只是这字乃绝顶好字，颜体行书，和他的人一般潇洒风流。

用这手好字他也在自己的扇子上题词，词入不入流不重要，重要的是词牌名绝好。

殿前欢，这个词牌名他总是写得很显眼，折扇一开，众人皆可见。

要说缺点，此君唯一的缺点就是能听不能说，是个哑巴。和官人们交流他一般打手语，如果对方看不懂，他便行云流水地写字，请君雅正。

如此绝世能人，凭实力名动京师，亦顺理成章。

第一章

夫差非君

抚宁王府内阁，香雾氤氲。

一个人慵懒地半坐半躺在正中的太师椅上，锦服半敞，头发披散。

堂内依旧安静，他微噙一丝冷笑，抬眼横扫堂下站了许久的新晋状元郎，终于漫不经心地发话：“状元郎，你是天子门生，还没等到上殿面圣，就着急地来拜我，是否想诬陷本王私结同党，送我个不忠的罪名？”

一通泛酸的官场话啰唆完毕，他没耐心等到回复，突然含笑起身：“状元郎此来，是不是想从本王这里探听，明日早朝圣上是否让你官居三品？”

“学生不敢妄自揣摩。”状元俯身，否认，但一双眼明白地写着欲望。

堂上的王爷微笑着起身，来到状元郎的跟前。

抚宁王韩朗，果然如朝野传闻的那样，眉梢眼角风情无限，透着说不出的俊美，令人惊艳不已，却又觉得不寒而栗。

这时，廊道外传来脚步声，韩朗蹙眉，从足音分辨，已经知道来人是谁。

果真，木门突然被人推开。

“流年，皇上药都喝了吗？”韩朗再不多看那个没出息的傻状元一眼，只问闯进房内的侍卫流年。

“禀王爷，皇上一直在批阅奏章，药我是温了再温，劝了再劝，他却一口未碰。”

韩朗轻轻地“哦”了一声，逼视着他：“我留你在宫里，你就是这样伺候的？”

什么都不用再看，只看流年发青的脸色，就知道眼前这位王爷在生气。

“奴才办事不力，请主子责罚。”

韩朗沉思片刻，当下做出决定：“算了！流年，你进内房为我更衣，陪我进宫。”

“王爷，那我呢？”新科状元这才想起自己此行连名帖都没递上。

“怎么，你……出府还要我说个‘请’字不成？”

“学生不敢，不敢……”在他俯首之际，韩朗已经不动声色地转身离开。

悠哉殿，弥漫着淡淡的药味。

殿内除一人端坐在正中的龙案旁以外，所有人都长跪在地劝他服药。

而那正主儿，闷头仔细地批阅奏章，一声不吭。

“皇上，这药再过会儿又要凉了，如果您再不喝，王爷是不会轻饶我们的。”

批阅的朱笔停顿了一下，继续书写。

“皇上！”在他身边的太监忽然低声唤道，“王爷来了。”

皇帝这才抬头，只见抚宁王头戴紫凤银冠翅摇，锦绸紫纱袍披身，腰系莽带，赫然站立，招牌样地露出微笑。

“是我没等皇上的传召，闯进来的。”韩朗解释道，便令其他人退出悠哉殿。皇帝迟疑了一下，没有反对，继续批阅奏章。

殿里只剩下这君臣二人。

“悠哉殿改成皇上的寝宫，原是想让您调养身心的。”韩朗一声叹息。

“您是皇上，肩上的担子自然很重。只是，也要注意身体。”

皇帝安静地坐着，动也不动。

韩朗瞥见案前药碗里的汤药仍然冒着热气，便伸手端起，送到皇帝唇边。

“入秋了，臣该注意让皇上多添件罩衣的，怪臣疏忽了。来，趁药还热着，皇上先把它喝了。”

皇帝微顿，终于张口喝下那黑色的药汁。

这碗药逐渐见底，韩朗笑了，灯下目光如炬：“我知道皇上在为秦将军担心，可是他说错了话，传错了意，就该受罚。邻邦东夷是个和平的外族，支给在那驻扎的将士十万白银作为军饷足够了，他偏弄成了三十万。虽然是个小错，国库也不紧缺这多出的二十万，但给他个教训让他长点记性也是应该的。”

皇帝好像还是赌气，一言不发，继续埋头批阅奏章。

“皇上如果真是心疼他，我等会儿放他回来就是了。”说着，韩朗抽出批阅奏章的狼毫，随手一掷。

如此大逆不道，少年天子也没有驳斥韩朗，只用目光与韩朗对视。韩朗看向皇帝，行了一礼后，向皇帝伸出了手。

韩朗扶皇帝起身，回到内室的床榻上歇息。

“臣会守着，看皇上安睡。”韩朗立在皇帝的床榻边承诺。

可能是疲乏了，不一会儿，皇帝便沉沉睡去。

沉沉夜色之中，韩朗听到他均匀的呼吸声，才又转回殿上。

这一次的论戟宴上，华容入账六百两，也付出了小小的代价。

那位侯姓武官竟然喝多了，赤着上身舞动长戟足足半个时辰，见华容久不动笔，便来催。他的声音也着实响了些，华容提笔寥寥写了六个字——请君孤芳自赏。侯大官人一时急火攻心，起身便打了一套拳，还偏要和华容较真，最后力道没控制好，把华容左手的一根骨头生生折断。

幸好是只左手，华容也不沮丧，第二天便带着下人去医馆接骨，接好后还特地去了画馆，差人在他的绷带上画了朵兰花。

兰花画得栩栩如生，华容很是开怀，于是又带下人上街去逛。

这位下人十分有性格，不仅给自己取了个名字叫华贵，还昂首挺胸地走在前头，瞧也不瞧主子一眼。

华容急忙往前赶了两步，拿扇子敲敲他的肩膀，比画手势："既然你瞧不上我，那你大可以拍屁股走人。"

华贵站在街心，嗓门比锣还响，大声地回答他："我干吗要走？你又没有亲人，万一哪天死了，你的那些银票不就都归我了吗？"

华容气得打跌，连忙打开扇子扇风，朝打量他的路人摆出一个绝顶潇洒的姿势。

而华贵却气宇轩昂地呆立了一会儿，又道："主子，我要买把剑，做个有抱负有理想的男人。"

华容懒得理他，干脆一边自顾自地闲逛，一边陪他选剑。

大街上扯破嗓子叫卖的能有什么好剑，华容一路撇嘴表示鄙夷，直到看见一把乌鞘剑时才停止了脚步。

华贵知道他识货，于是一把将剑拔出。没有意想中的宝光四射，这把剑沉静稳重，只在离鞘时发出一声极低的鸣响，透着无法言说的沁人寒意。

剑的主人低眉敛首，只有一句："这把剑二百两，不还价。"

华贵一时咋舌，又忍不住回头去看华容。

华容比画手势示意值得，将脖子伸得老长，非要去看那个人埋着的脸。

那个人迎风抬头，和他对视，形容落魄，但人却坦荡。

华贵的大嗓门又亮开了："这把剑我要了，主子，快付钱。"

见主子拿眼睨他，华贵的嗓门更大："我没钱，你也莫要这么小气，反正你死之后银子都是我的。"

华容不睨他了，看着那个人舒朗的眉眼似笑非笑，又比画手势。

"连人买下多少钱？"华贵的脚立马跳高，"主子，你以为谁都像我一样，愿意跟着你吗？"

"在下林落音。卖剑实属无奈之举，这把剑来日定当赎回。"剑的主人这时又说了一句，双拳往前一抱。

说完这句话，他双脚一飘，脸色煞白似雪，往前栽倒。就在那一刻他看见人影一闪，有人斜斜地扶住了他。

醒来时林落音躺在床上，有人在他的床边静坐，见他睁开眼微微一笑。

多么典型的英雄救英雄桥段，唯一的意外是第一个英雄上要加个引号。

华贵的大嗓门在外头亮起："饭好了，大夫说林大侠是内伤郁结外加饿坏了，林大侠如果方便起来，那就先用饭吧。"

饭菜极其可口，林落音很艰难地控制着自己的吃相，而华容照旧是吃流食，女儿红配稀粥。

一旁的华贵自作主张，拿来一包袱银子，和那把乌鞘剑搁在一起，很是豪迈地宣布："大侠一时凤凰落架，这点银子先拿去花，剑也先拿着。"

华容不喝稀粥了，比画手势："我还没死。"然后掏出一张二百两的银票，把包袱和剑一把拢进怀里。做完这一切他居然还能笑，举起酒杯，朝林落音遥遥一敬。

林落音颔首，这顿饭吃得极其舒畅。从始至终，华容不曾对他表示好奇，也懂得维护他的尊严。

这样一个浮华的男子，居然有种勘破一切后的洞然。

不过最后的客套总是难免，林落音还是抱拳："多谢公子搭救，林某来日必当报还。"

华容比画手势，大意是：识英雄重英雄，大侠何必放在心上。

结果华贵翻译道："我家主子是个奸诈小人，连大夫都说了，林大侠内力丰厚，当世少有，林大侠将来若得了势，可千万别忘了我家主子姓华名容。"

林落音莞尔，将破落衣衫掸了掸，道别得磊落自然，虽是落架凤凰却从容依旧。

这时，外面进来一个小厮，穿得很是彰显主人门楣，拿张拜帖敛首道："我家老爷余侍郎来问，今晚公子可有空过府一趟赐字？"

华容比画手势，华贵讪讪地翻译，嗓子尖厉得磨人："我家主子说他愿意带伤赴宴。"

小厮领命而去，林落音却留在了原地，有些不敢置信地回望。

华贵的嗓门越发尖了："你什么也不必说，我家主子必定回你人各有志，还说他这辈子最看重的就是钱。"

这次华容颔首，对华贵的话很是赞许。

林落音再不方便说些什么，只好抬眼，又说了声"告辞"。

这一眼恰巧和华容四目对视，林落音怔怔地，有那么一刹那的失神。

不管他这个人如何，那双眼却是顾盼生辉，望进去好似空无一物，却又仿佛还有个不能触及的深处。

余侍郎是个文官，为人内敛深沉，要画私人画，自然谨慎。为了不让雇主忧心画质，华容在赴宴的时候将绷带拆了，只将左手微吊着。

他自己不以为意，旁人反而更怜惜，画完后余侍郎亲自替他缠上绷带，还在画的兰花旁题了首小诗。

华容对诗不感兴趣，只喜欢侍郎桌上的香茶，牛似的喝着那极品大红袍。

没位没品，加上爱钱如命，这样的华容却不让人觉得粗鄙，也是桩极大的本事。

一旁的余侍郎看着他，不多久叹口气："不知道为什么，和你在一起时我最轻松，绷着的弦都松了。"

华容题完字，转过来看他，明显一副装作能听懂的样子。

"现在要轻松一刻还真是不容易，韩太傅阴晴难定，皇上又是三天说不上两句话……"余侍郎又叹口气，全无意义的感慨，并不指望华容能够分忧。

感慨完，他掏出银票，华容连忙比画手势说"谢谢"。

这个手势华容比得十分优美，他的表情总是在收到酬劳时显得最真挚。

一个傍晚又进账五百两，华容的心胸也忽然变得宽大起来，他破例带了华贵去望江楼吃晚饭。

望江楼很是奢华，菜很贵，碟子很小，华容照旧穿得像根葱，豪气地点了一桌子菜。

华贵的嗓门依旧大："不用你比画，我知道有钱人的菜是点来看的，这次我一定不再拼死吃完。"

他们所坐的位子临江，是望江楼里最好的位子，华贵一说完隔壁立刻有雅士咳嗽几声，表示不满。

华容抬头，认得那个人是丁尚书，连忙示意华贵噤声。

"既然是体验民生，又不许人说话，何苦来哉。"一旁又有人发话，声音有些沙哑。

丁尚书连忙拱手："能够和抚宁王一江望月，这些草民是何等的有福气。"

抚宁王韩朗，这个名头一出全场立刻安静下来，所有人连呼吸都弱了三分。

韩朗回头看向江面，朗月寒照水，江水死寂，就这样在满楼的胆战心惊里体验民生。

就在这最不合适的时机，华容突然发出声音，"哗"的一声打开了他那把折扇。

韩朗眼角的余光朝他扫来，丁尚书投其所好，连忙进言："这位就是华容，我记得曾经跟王爷提过，他是……"

"是眼里只有银子的小白脸。"韩朗扬起唇角，眼角的余光又从华容身上收回，"我对这种人没兴趣。"

丁尚书一时讪讪地，尴尬了好一会儿才道：“王爷说的极是，王爷是何等身份，为国操劳为君分忧……”

“身份？”韩朗又接过他的话头，眼里寒光闪烁，“怎么，你觉得这个身份很好？抚宁王很好当吗？正所谓夫差也是夫，伴君如伴虎。你来当一天试试看？”

丁尚书的汗滴了下来，他谨慎又谨慎地挑了句话来说：“别的不说，单说王爷的才情就是了得，刚才一开口就是绝对，怕是满朝翰林没一个能对上来。”

马屁还没拍完，楼厅里又是一响，华容居然又在最不合适的时机将扇子“啪”的一声合上。

“这位华公子的意思是你能对吗？”韩朗霍然回首，十足玩味地看着他。

一根葱华容先生居然点了点头。不仅点头，还站起身，又一把打开折扇，很是潇洒地往前迈两步。

这下连华贵都察觉到他不识时务，急得在后头跺脚：“禀告王爷，我家主子根本不会对对子，他是个哑巴！”

“哑巴未必不会写字。”韩朗很是和气地回了句，不知朝哪里抬了抬手。

立刻有飞毛腿将笔墨送到。

华容很是潇洒地执笔，不消片刻就已写完。

韩朗将纸凑到眼前，看的时候众人皆屏住呼吸。

结果看完后，韩朗神色如常，只是将目光锁定在华容手中的那柄折扇，在“殿前欢”三个字上流连。

“殿前欢。”他缓缓地念道，一字比一字冰冷，“这个词牌名你配用吗？”

“给我打！”起身离开那刻，韩朗挥手，“打到他说话为止！”

桌上那张纸随即也不见了，被韩朗收进了袖管。

夫差也是夫，伴君如伴虎。

君瑞若是君，过墙何必梯。

纸上如是写。

夫差者王也，君瑞者贼也，这华容是胆比天还大，居然讽刺韩王爷窃国做贼。

韩朗一路冷笑，却也不得不承认，自己已经开始对那一根葱公子感兴趣了。

“打到他腿断为止好了。”想到这里，韩朗突然停住脚步，“我倒一时忘了，将个哑巴打到说话，可不就是把他打死。”

邹起是京城一个无名的小摊贩，唯一会做的生意就是早上卖粥。

而每天让他心跳最厉害的时候，就是清晨为一位特殊的客人盛粥。

这特殊的客人非是旁人，正是鼎鼎有名的抚宁王韩朗。

邹起还清楚记得第一次与抚宁王相遇的情景：他傻傻地盯着人家，看他吃完后又茫然地收好账，过了很久才缓过了神。随后逢人就说他碰到个神仙样的人物。

那一整天他都是那么兴奋，手舞足蹈地介绍着，说那是个很高贵很俊逸的神仙。

最后，旁人实在是看不下去了，万分小心地告诫他，他心里的神仙其实是个大恶人、大坏蛋，叫韩朗。

于是，邹起又傻了一整夜，直到第二天清晨，恍惚地摆好摊子，再次见到那个俊逸的大坏蛋，听到他说："老板，来碗清粥。"这时候邹起才意识到，他一点都不介意别人的话，在他的心目里，韩朗就是神仙般的人物。

而从那时起，长得神仙样的"坏蛋"几乎是天天惠顾他的生意，可以说几乎是风雨无阻的。

慢慢地，他也掌握了韩朗的一些规律。

韩朗有两个贴身小厮兼任护卫，一个叫流年，一个叫流云。他们轮流当差，一个人一天。

流年会坐在韩朗身边陪他喝粥，流云却只会站在韩朗的身后干等。

韩朗只叫清粥，配他摊上自制的酱菜。

来他这里吃早点的百姓，见这位大人来了就纷纷让座，有的比较识相，会离开，有的找个角落围观，窃窃私语。

韩朗从不会热情地打招呼，也不会命令人回避，只慢条斯理地吃完他的早点。

结账的时候，也会根据他吓走客人的数量，多给银子。

渐渐地，邹起早晨的客人少了很多，而韩朗给的银子却没有少过。

今天天气晴朗，他起早了，刚摆好摊子，就听得有人问："请问这里哪种粥最便宜啊？"

"清粥。"邹起随口答道，瞥见一位男子，衣衫有些破落，可样貌英俊。

"便宜就多来几碗！"

邹起看看天色，时辰还早，忙招呼那个人坐下。

然而，结果却出乎他意料……

"大人，这……清粥都让这位小哥吃光了，要不我给您盛碗红豆甜粥？"

当韩朗脸色铁青地站在粥铺前，邹起这才意识到发生了什么，只好胆战心惊地回话。

韩朗挥手示意不必，在抢掉他早饭的那个人面前坐了，问他："你是外乡人吧？叫什么名字？"

"是外乡人。"那个人头也不抬，"在下林落音。"

"林落音……"韩朗重复着，低低地沉吟，将他从头到脚看过，"好名字，出门在外，做事一定很辛苦，平常用左手还是右手？"

身后的流云叹气，人命真贱，老天没眼。主子一知道答案，这个林落音怕是保不住一只手了。

昨晚接班的时候就听流年说，主子心情不佳。而根据以往的经验来看，主子越装作若有所思，就是他越使小性子计较的时候。

可一大早沾上血腥总是不好，他思忖着，小跨一步说道：“主子，上朝听政的时候快到了，皇上还等着呢。”

韩朗狠狠地回瞪他一眼，遗憾地走回轿子，又故意叹口气：“算了，走吧。”

心腹也有不知心的时候，方才他问那句，却不是要为难林落音。

这人胸有丘壑，武功颇高，而且还惯使左手剑，这就是他从林落音那里看出的信息。

方才那一问，就仅仅是个确认而已。

抚宁王府书房。

流云跪坐在书房一角围棋桌旁的蒲团上，专心将棋子累叠堆砌起来。一个接着一个，黑白相间。

他的主子为了一碗粥，下完朝到现在，脸色都没好过。

“王爷，有个叫邹起的求见，说是……给您送粥。”门外有人通报。

过了许久，流云终于见主子笑了。

没想到粥摊的老板那么上心，事后还亲自送粥上门，而且居然还有人肯来通报，可见他为了进来塞给下人不少的好处。

韩朗吩咐让邹起进来，没等人开口便说：“我除了早上外，是不吃外食的。”

原来兴致勃勃的邹起听完这话后一呆，果然是怕被毒死的坏人啊，亏自己为早上的事，伤神到现在。

“邹老板，你为进来花了不少银子吧？”韩朗托腮扫了眼粥，还冒着热气。

“是啊……”他居然记得自己姓什么，真是……邹起的眼眶有点发热。

“愿意留下做我府上的厨子吗？住进王府，你只用负责我的早餐，待遇一定比原来的好。”韩朗拨弄一下手指，开出条件。

坐在角落的流云一不留神，没掌握好重心，堆砌好的棋子散落在棋盘上。果真还是那么耿耿于怀，那么小气。

“你可以考虑下，不急。”

邹起握拳，上前一步，正准备答应，忽然听到门外带着哭腔的号啕：“王爷，您要为我们做主啊。”

韩朗的嘴角缓缓上扬，形成美丽的弧度：“邹老板，你看我这官邸像什么话，谁都能想来就来，想哭就哭的。”

没等邹起告退，哭喊着的人已经闯了进来。一阵香风飘入，梨花朵朵皆带雨，可惜做得太过，令人感到毛骨悚然。

在韩朗的授意下，邹起有了免费看大戏的权利。

这位邹老板听了老半天，才明白来的是群舞乐官伎。官伎都可以来这抚宁王府，韩朗王爷真是不拘小节啊。

他半张着嘴巴，消化着所听到的内容。

什么“三二一名言”，明里卖画，实际卖情报、暗度陈仓……

云里雾里，不知所云。

“你已经告过他的状了。”韩朗万般不耐地打个哈欠，“今年起码已经告过两次。”

“王爷，每年重九我院发放请柬，赏脸的各位大人多得很，可今年那个人指到哪里，贵人们就去哪里凑……”

“够了！你的人就算不会莺歌燕舞，也是千娇百媚，若还抵不过华容一个人寥寥几句，那趁早关门大吉吧。”

“王爷，其实我们失了面子事小，只是看不惯。听说他的私人画像根本不堪入目，可那些贵人就好这口，他得陇望蜀，到处宣扬自己是多府的心腹，还说……”

“一个不会说话的哑巴，能到处宣扬什么？”韩朗大笑。

为首的女子本来还扬扬自得，这会子也终于听出韩朗话里的讥诮，一时噤声。

“可王爷，正是因为他是个哑巴，所以好多不该知道的事儿，他可知道不少啊。”有人插了那么句不该插的话，“您要我们打探的消息，不少都被他拿捏了。”

“比如说呢……”韩朗拨动着手指，他从来不喜欢无根无据的谗言。

当下那人眼珠一转，上前了一步：“比如说前几日，他去了余侍郎家……若不是捏了对方的短处，一幅画怎么会得这么多银两？”

韩朗眯起眼睛，慢慢听完那人的消息后，做了决定。反正没有事能消遣，正好拿这事儿开刀。

一个画私人画的人拿捏着朝廷官员的短处，借画画的由头敲诈，还敢断了本王的消息网……

韩朗一笑，心想：华容，今天本王倒想讨教一二了。

“流云，备马。”

第二章

当行则行

入夜，华容百无聊赖地泡着澡，华贵则拿着林落音的那把剑，怒气冲冲地刮猪脚上面的白毛，边刮边声如洪钟地道："要寻死，你干吗不跳江？早跳银子早归我，省得被人打得半死不活。"

华容泡在镶了金边的澡盆子里，如今他的一只手、两条腿都断了，眼珠子还活络着，于是拿眼横他，艰难地比画手势："那你干吗趴我身上替我挨打？半边脸都被打得像猪头。"

华贵"哼"了一声，侧过身把不像猪头的那半边脸给他看，又哼哼唧唧地道："这把剑快是快，可就是不顺手，劈柴不顺手，刮毛居然也不顺手。"

华容又艰难地比画手势："这把是左手剑。"

"剑还分左手右手？"华贵眨眨眼睛，突然间仿佛开了窍，"主子，你怎么知道？你别告诉我你会武功。"

"我当然会。"华容摆个造型，鼻子朝天看他，又指指头发比画着，"那看在我也是大侠的分上，你可以替我洗头了吧？"

华贵肿着半边脸，恶毒地笑了："有本事你自己洗，头发比拖把还臭，看哪个贵人还肯正眼瞧你。"

"不如我来帮公子洗吧。"

窗外突然响起了人声，余音未落，人已在房内。

抚宁王韩朗，居然不敲门，趁夜翻墙来访。

华贵受惊，猪脚扑通一声坠地。

韩朗朝他摆了摆手："我的马在门外，你去牵它进来。牵进来之后慢慢喂它吃草。"

"我家没有草。"蠢奴才华贵半天才挤出一句。

华容笑了一下，好不容易起身，朝华贵比画手势："那你最好去找，饿坏了王爷的马，王爷肯定又要打到我说话。”

华贵连忙听命去了，韩朗转身，朝华容一笑。

韩朗掬了把冷水淋上华容的头顶。

华容冷汗如瀑，左手握住盆沿，享受的表情已经做得很勉强。

“腿疼还是手疼？”韩朗近前，很是怜惜地问了句，“如果华公子不喜欢可以不洗，我这人并不霸道。”

华容连忙比画手势，似恳切地表示喜欢。

韩朗轻轻一笑，从袖中翻出那把被打烂的折扇，当着华容的面徐徐展开，一幅瑞鹤图，直画得如三只老笨鸡。

“画技堪比蒙童。”韩朗下结论，冷眼打量着冻得瑟瑟发抖却仍挤出个笑容的华容，“长得好却也未必颠倒众生，那你是凭什么指手画脚，掌管他人的营生？”

扇面一翻，露出两行诗句，一玺殿前欢方印格外醒目。

“是凭这字吗？”他又问，韩朗再掬一捧冰凉刺骨的冷水，华容浑身一颤，脸上的笑险些挂不住，手指兀自握紧盆沿。

“字是好，却也未必一枝独秀。”韩朗又是喃喃着道，“你倒是说说看，你到底有哪里过人？”

华容示意自己不会说话。

“你比画手势，我能看懂。”韩朗将折扇合起，一哂，“是不是你琴艺过人？”

抚宁王韩朗居然懂得哑语，对此华容却好像并不意外，只是比画手势回答他：“琴只见过，没弹过。”

“那就是有见地，是不是读过许多书？”

“读是读过，不过记住和喜欢的只有一部。”

“哪部？”

“一部佛经。”

这个回答是大大地出乎了韩朗的意料，他把笑容一敛，问道：“这么说，是佛经教你贪财慕权？”

“是。”华容坚定地比画手势，一字字认真比画：“佛家有云，当受则受，当辞则辞，当行则行。”

“当受则受，当辞则辞，当行则行？”韩朗一笑，将眼睛眯起来：“厉害，明明是金玉良言，却被你诠释得一俗到底，却又什么都明白通透，这就是你的趣味所在？”

华容沉默着，不承认，也不否认，只是看他。

“余盛安余侍郎有什么把柄在你手上，让你如此嘲讽，还乖乖奉上银两？”

华容摇头，意思不知。

韩朗故意误解："想不起来无妨，本王有的是耐心等。"

一语落地，韩朗直接将华容摁在了水中，华容也不挣扎，两人居然耗了许久。

灯尽蜡干，华容总算被人从冷水中捞出，他趴在地上，这下连眼珠子都不活络了。

"罢了，今日到此为止吧。"

华容虚弱地举目对韩朗笑，缓缓比画个手势。

"你是问我，为何不深究答案了？"韩朗冷笑，蹲身拍拍华容的脸，"那余盛安是个极要脸面的人，他若有把柄也不外乎是些隐晦私事，不致命，本王要来也无用。"

华容竖起拇指，表示韩朗英明。

韩朗含笑，一把揪起华容的后发，逼他与自己对视："不过哑巴的守口如瓶，果然别具一格。"他又挑挑眉，一把将折扇丢在一旁，"那么以后，来日方长吧。"

韩朗作势要离开，华容抱其大腿挽留。被韩朗弃在桌上的他那把被人打烂的绿扇子，殿前欢三个字依稀可见。

冲着这三字华容又是笑了，笑里意味不明乾坤无尽。

此刻，华贵已经回转，连忙替他辩解："王爷，我主子那天对对子，是为了要引起王爷的注意，好投靠王爷。您那么英明神武，别中了他的道！"

韩朗饶有兴趣地听完这句话，整理了一下衣衫准备扬长而去。

回身时却看见华贵正将什么东西塞到书桌下。

"你藏什么？"

事情败露，华贵涨红了脸，心越虚嗓门越大："主子都成这样了，这个人还送拜帖，要他明天过府，我替主子挡一下难道不可以？"

韩朗挑了下眉，面露难色："我看还是别挡了，抱不上我的大腿，你们还要生计。因为我扫了贵客的雅兴，那多不合适。"

"这样吧。"他将手掌一合，笑得无比快意，"既然你家主子不方便，我就明天派人来抬，只要有口气在，抬也把他抬去。"

华贵的眼珠子气得突了出来，他气急败坏，又无计可施，只好恨恨地道："王爷要了私人画没？若画了可记得付钱，钱可是我家主子的命，您可千万别吃霸王餐！"

"尚未。不过来日方长，我赊账月结吧。话说回来，华容，你的奴才嗓门真够亮堂的，如果被送进宫做了公公，不知道中气还会不会这么足？"韩朗悠悠地回了一句，瞥向华容。

华容也算配合，提上一口气，点头表示同意。

华贵立刻一记眼刀杀到，只差把他活劈在当场。

“放心，明日我一定记得差人来抬你。”韩朗带着笑转身。

“那么有劳。”华容比画手势，居然还表示谢意。

当受则受，当辞则辞，当行则行，他还果真是无所不可承。

此人有趣，离开后韩朗一路上想着，快鞭催马，终于推翻了自己“此人不过奴颜媚骨，徒有虚名”的愚见。

“殿前欢先生。”他扬起嘴角，“我等你来投靠，游戏还长。”

回到王府，沐浴后，韩朗换上袍子，人歪在锦绒榻上闭目养神，流年尽职地替他倒水沏茶。

“主子，您吩咐的事情已经办妥了。”流年一边倒水，一边说道。

“方子呢？”韩朗闻言一下子来了精神，睁开眼睛问道。

流年从怀里取出一张折叠好的纸乖顺地递上，并拿来烛火照明，让韩朗验收。顺便偷觑他主子的神色，还算愉快。

“主子，这法子老这样，也不能长久……”韩朗睨了他一眼，示意继续。

“京城猝死一两个平常人是没什么问题，可死的总是大夫，即使是意外，也会让人心疑。”

韩朗一听，眉头紧锁，似有不愉，但还是淡淡地道：“知道了，我会另想办法。”

“那主子还要更衣进宫吗？”流年小声问。

“皇上晚上把药喝完了？”韩朗又问。

“是。”

“哦，太晚了，不去了。”

“那要属下进宫禀明吗？”

韩朗眨眨眼睛，这小子什么时候这么勤快了？

“如果皇上问你，我为何不去，你会怎么说？”

流年一顿，低头施礼，正经八百地回答道：“说主子今日外出访客，倦了。今儿不提前面圣了。”

韩朗听闻也不恼怒，用手指弹了下流年的脑门，手上还没干的水珠弹溅在流年的额头上，沿着脸颊缓缓滑落。

“流年不敢欺君。”

韩朗非常大度地笑笑，大度得有点刻意：“这天看着要下雨了，你就别去了。我也睡一会儿，门外候命去。”

“是。”流年应声告退，却在出门前又被韩朗叫住。

“那个卖粥的，是不是已经答应在府内干活了？”

看来主子也有记性不好的时候，流年忙回复称是。

韩朗呵呵一笑："明早不用到外面吃早点了。至于他的住所你安排个院落给他，尽量清净些。"

一个刚进府的下人，竟然如此让主子上心！流年有了疑惑，却也不敢多嘴，领命退出了屋。

皇宫内院。

有人开始后悔乖巧地喝完了药，他让其他人散去，只留下自己一人。

殿内火烛高烧，一股略黑的热气蒸腾而上；外面敲响了三更鼓，弹劾韩朗的奏章，就放在他的桌案前。

既然每份奏折，韩朗都会在呈上前粗略地审查一遍，那么这份奏折怎么还能出现在自己的面前？

他居然没半点避讳。若不是当真问心无愧，就是太不将他这个皇帝放在眼里了。

昨晚承诺该来的时辰早过了，还没见他的身影。

坐在案前的人终于按捺不住，愤愤地提笔，在纸上写下几个字后，发疯似的用双手紧拢，将那带字的纸揉捏成一团，狠狠地掷向窗外。

殿外不知道什么时候飘起了雨，细如银毫，不动声色地打湿了悠哉殿前的雕窗。

皇帝沉默片刻，突然站起身，冲出门外，找到那坨已经湿糊的纸团，默默地放在手心摊开。

笔墨未干，雨水滴在纸上，化成一片，但依稀还是可以辨别纸上的字：韩朗。

"扔都扔了，为什么还要捡回来？"一柄雨伞替他遮去了逐渐密集的雨点，幽幽的声音从身后飘来。

天子没回头，迈步准备走回殿里。

"难道您还要等他到破晓吗？这个傀儡皇帝，皇上，您还没做够吗？"这个"声音"又问，皇帝依然不回答，也没有转身。

"皇上，我们就这么过一辈子吗？"

皇帝伫立在屋檐不动，身形有些不稳，甚至可以说是摇摇晃晃。

"没有我，您当不成皇帝；没有您，我不可能再活在这世上。韩朗说，现在我们的命运，分不开的。陛下，您真的想要这样活一辈子吗？"

雨越下越大，雨水有节奏地击打着屋顶，那个声音仿佛有了魔力，让雨落在人的心头上，一路滴答不停……

翌日，依旧秋雨缠绵，傍晚时分，华容真的被韩朗差人抬到了赖千总府上。

清醒过来，华容第一眼看到的就是华家第一名仆——华贵。

“银子收到了？”他连忙比画手势，关心交易状况。

“你暂时死不掉，本来还想跟来给你收尸呢。”华贵耷拉着脸，“还能走吗？不能走，我可没钱请轿子抬你回去。”

华容瞥他一眼，想潇洒地赏他个笑脸，却也万分困难。

“钱没赚到？”他沮丧地咬了咬牙。

这次的客人刁钻了些，要他隔着火炉，烤着手臂作画。若不想手臂被烤熟，自然画得要快。

可惜那家的炭不好，熏得眼发花，最终眼前便是一片漆黑。

难不成是画完成了，字还没有题，所以没让客人满意？

华贵立刻大嗓门地回他：“今天你的主顾，没工夫搭理你了，都去朝里商量韩朗那点破事呢。”

华容疑惑地眨眨眼睛。

华贵知道他要问什么，直截了当地道：“据他们说，金銮殿上的皇帝与那个杀千刀的韩太傅闹翻了！”

华容听后又是一愣，忙虚弱地比画着手势：“怎么可能会闹翻？”

“那我怎么知道啊。只听说，那个姓韩的在读自己的奏折，皇帝一下子从龙椅上站起来，二话不说冲过去，就把韩朗的折子给撕了个粉碎，粉碎啊！听说皇帝还瞪了韩朗很久呢，就差下旨把他给拖出去砍了。”华贵把刚打听到的添油加醋地转述了下，“喂，你说他会倒吗？”

华容笑着虚弱地比画：“他可不能倒得太快，我还没投靠上他，赚够银子呢。”

“就是！他还欠我们银子！你记得死前一定要讨回来。那个韩朗和我可没得比，连送佛送到西的道理都不懂。只知道抬人过来，怎么回去他就不管了。”华贵一边搀扶着华容下榻，一边不甘愿地嘀咕着。

“只因为我死后家当都是你的，不是他抚宁王的。”华容虚弱地比画着手势，到这时居然还笑得出来。

第三章

有缘皆虐

殿外，韩朗已经跪了一天一夜，睫毛上盖着层霜，居然已经不再融化。

朱门开了一条窄缝，皇袍的一角飘动，有些迟疑地停在了他跟前。

“皇上若不解气，臣可以一直跪下去。”韩朗低头，这句话不是在折磨他自己，而是在折磨皇帝。

皇帝果然叹了口气，蹲下来看他，脸孔小小的，眼神带着无助，和小时候一般无二。

韩朗这才笑了，替他将风裘系紧：“对了，这才是我的好皇上，您应该相信，臣才是您唯一可以依靠的人。”

皇帝还是不说话，由着他慢慢将自己扶起来，又慢慢将自己扶进殿中，安坐在龙椅上。

“苏棠通敌叛国，论罪的确当诛。”韩朗深深地叹气，将散落满地的奏折一一拾起，“皇上不应该撕了我的折子，耽误了军国大事。”

皇帝垂着眼不去看他，神色仍有些抗拒。

韩朗索性撩袍要跪，却被皇帝制止。韩朗借机拉着皇帝，举目而望，目光笃定。

“这样，省得皇上劳顿，诛苏棠九族的圣旨就由臣来拟，皇上就盖个朱印如何？”韩朗起身，铺开一卷皇绫，将皇帝的手按上了玉玺。

皇帝抬手，却执拗着不肯落下，直直地看向韩朗，双眸尽是挣扎。

韩朗并不用强，只含笑看着他，威压却灭顶而来，皇帝高持着玉玺的手有些颤抖，终于缓缓落下，玉玺盖上皇绫，落下一个鲜红端方的圣印。

“谢皇上成全。”韩朗行礼，君臣之间，行止仍有矩。

皇帝也不再挣扎，神色疲惫至极，竟就此伏在案上，沉沉睡去。

一天一夜，韩朗门前立雪，他又何曾合过片刻眼。现在他累了，只需一场酣眠。

韩朗动也不动，直到他睡得沉了，这才唤人进来，将他抬去内房。

“皇上，我的皇上。”跪在床侧时韩朗低语，伸手轻轻抚摸皇帝的额头，“我一定治好你，一定让您再开口说话。”

皇帝翻了个身，在梦里依稀叹息，然而叹息依旧无声。

韩朗的眼里闪过一道寒芒，他缓步绕过大床，轻车熟路地扭开殿里的机关，打开了暗门。

暗门里是一间暗室，里面有一张桌子一张床，一支蜡烛半明半灭。

有个人蹲在床边，抱着膝盖对着烛火发愣。

韩朗上前，一把卡住了他的脖子，将他顶上后墙：“是皇上放你出来的吗？你跟他说了什么？”

“王爷以为我能和皇上说什么？”那个人冷冷地回答道，正是前天和皇帝对话的那个“声音”。

“说什么都没用，你永远也没有希望报仇。”韩朗将手卡紧，在那个人垂死的一刻才松开，让他颓然倒地。

“他永远不会背叛我，因为自他幼时，便是我教导他成人。在这个宫中，他只能与我真心相待。”韩朗一字一顿地道，蹲下身去，在那个人的绝望里笑得肆意。

那个人嘶吼了一声，像只困顿的野兽。

韩朗长笑，挥袖将烛火熄灭。

“你只是一个声音而已，永见不得光的声音。”离开的那刻韩朗又道。

暗门应声合拢，屋里再没一丝光亮。

“我只是一个声音，永无希望见光的声音……”门后的那个人喃喃着，“声音”起先还带着讥诮，到后来渐渐低了下去，终于变成绝望的呜咽。

事实证明，华贵对华容的估计过高了。

四只蹄子被人弄断了三只，如今又被折腾许久，他就算是神仙也不可能走路回去了。

于是华贵只好弯腰，拉着鞋拔子脸把华容背了回去。

回去之后，他又拉着脸天天炖猪脚汤，林落音的那把剑很快变成了白毛剑。

古语有云，伤筋动骨一百天，可华容在猪脚汤的滋养下，居然不到一个月就下床了，照旧打扮得像根葱似的满街溜达，生意照接不误。

天赋异禀，他的确是绝世风华的殿前欢先生。

这一个月来韩朗百事缠身，未曾抽出空来找华容。

所以这天他现身时华容感到有点意外，连忙露出一个谄媚的笑脸。

韩朗的心情不大好，没空和他逗乐，喝了杯茶之后就切入正题：“你是怎么哑的？为什么能听不能说？”

华容有些扭捏，不肯说。

大喇叭华贵老早就熬不住了，赶紧上前一步："王爷，我知道，主子跟我说过，他这是心病。小时候他爹心脏有病，偏偏又好色，在家偷人，他刚巧回家撞见，就破锣似的大喊了声'爹'，把他爹给吓死了。从那以后他就不会说话了。"说完，他自己就乐不可支地笑了起来，笑得差点背过气去。

韩朗的神色却渐渐变得凝重，他握住杯沿问道："你爹叫什么名字？你是哪里人？"

"我爹叫华艺雄，我是浙江余姚大溪镇人。"华容蘸着水在桌子上写道。

韩朗再没说什么，将茶杯一推，转身离开。

三天之后韩朗又来了，看向华容的神色突然变得和善万分，仿佛他的脸上开着朵花："没错，浙江余姚大溪镇是有个人叫华艺雄，你没说谎。因为你这么诚实，我决定接你到王府，替你治哑症。"

华贵正拿着那把剑杀鱼，闻言受了一惊，青鱼扑通一声坠地。

华容当然不会拒绝，受宠若惊，就差涕泪交流。

"王府有的是人服侍，你还要带你这位'华贵人'去吗？"韩朗闲闲地补充了一句。

华贵连忙提起那把沾满鱼鳞的乌鞘剑，朝华容亮了亮。

"带……"受到胁迫，华容只好拖泥带水地比画，"我只吃得惯他做的饭菜，别人做的吃了一概要吐。"

皇宫寝殿，门窗紧闭。

灯烛燃到了底，房间一寸寸暗了下去，呼吸声几不可闻，安静得宛如坟冢，皇帝枯坐着，呆呆地望向门扉。

黑夜中，一个声音响起："你还在等他？"

皇帝脊背一抖，往暗处蜷缩。

"天下之大，抚宁王能去任何他想去的地方，这宫中只有他想来的时候，才会来。"那个"声音"又低低发声，语气中透着一种难以捉摸的笑意——"您啊您，我的皇上，您却只能被困在——这金笼子里。"

"他会来的！"皇帝悚然一惊，猛地站起来比画："他说过，只会真心待我一个人。"

"真心？""声音"一黯，叹息道，"他一手遮天，侮弄皇权，对您人前没有君臣之谊，人后没有师徒之情，您哪一点、哪一处看得出他的真心？"

殿内一阵冷风吹过，灯烛彻底暗了下去，皇帝僵立，身影终于完全被黑暗吞噬。

一刀月色劈入，借一缕余光，皇帝露出赤红眼睛，疯狂比画："替我传话，告诉流年，我出宫要去见韩朗！阻我者，诛！"

华容终于投靠上了抚宁王，做了幕僚，青葱头顶开花，变成了高贵的水仙，在抚宁王府里度过漫漫时光。

华容入府的当夜，抚宁王府的侧门开，韩朗亲自迎接了一名贵客，然后侧门一关就再无动静。

有人说，韩朗迎接的就是华容；也有人笃定，韩朗迎接的是名纤细少年，少年贵气逼人，还是坐轿抬来的。无论如何，抚宁王府中的一切，都是绝好的八卦题材。

京师街头巷尾八卦得热闹，朝廷也不太平。

当今皇上不知何时又身体不适，一日没早朝，直接下旨："秋冬交替，朕身染风寒，久病难愈；深恐于养病之际，耽误国之政事，现诺：君之朱批，换臣之蓝批。所有奏折转呈抚宁王府，由韩太傅劳神代阅，钦此。"

从这日起，皇帝就绝迹朝堂，悠哉殿的大门紧闭，宦官们众口一词，说是圣上已经南下避寒养病。

抚宁王府从此就益发热闹了，门口永远排着等候觐见的大人们，一天十二个时辰轮岗。

华容如今就在这样一个权力中心养病，那心情可就别提多舒畅了。

韩朗对他可谓是百依百顺，大夫是一拨拨地请，拿绳子拴成一溜替他瞧病。

而华容也绝对是个好病人，让伸手就伸手，看舌苔时舌头伸得像个吊死鬼，是药就往嘴里灌，扎针扎得像个刺猬也绝不皱眉头。

这么折腾了几天毫无进展，进府的大夫就开始变少了，大夫的表情开始一个比一个高深。

其中一个白皮胖子顶爱给华容把脉，把完左边换右边，把了足足一个时辰才道："公子没有病，公子的脉相很好。"

华容双眼一翻，险些气昏过去，那个白皮胖子却还是不肯撒手，握住他的手送出一股真气。

真气逆着筋脉向上，像一记重锤"通"的一声敲上华容的心脏。

华容的嘴巴张大，发出了一声极低极低的嘶吼。

白皮胖子继续握着他的手："受刺激还有本能反应，说明你发声的功能还在，只要突破障碍发出第一个音，应该就能恢复。"

这话顿时引起了韩朗的兴趣，他一下子坐直，一字字地问道："那么怎么才能让他发出第一个音？"

白皮胖子摸着他的山羊须犹豫着道："这个很难说，也许要很强的刺激，也许要找出他心病的根源，解了他的心结。”

华容连忙比画手势：“心结是肯定解不了，我爹肯定不会活过来给我再吼一次。”

“那我们就来很强的刺激好了。”韩朗轻声道，笑得风流。

抚宁王府的厢房中，传说中的那名贵客，看着满桌的佳肴，没有一丝兴致。他随手一扫，“哗啦”一响菜扫一地，数只青花瓷碟被摔得粉碎。

流云很是懂事，当即跪在贵客面前。

贵客胸膛起伏，却不言语，只比手势，手势几乎比在流云脸上，来势汹汹。

“韩朗在哪？为什么不见我？”

流云低垂着头，将碎瓷一片片捡起：“回皇上，王爷有事在忙。”

“有何事比我还重要？”皇帝接连发问，“公务他不会避开我。私事？他暂不娶妻不纳妾，能有什么私事？”

流云只是沉默。

皇帝眼神一黯，咬紧了唇：“有本弹劾，他收了个幕僚。韩朗对他言听计从，成天不务正业，当真？说！”

“华容，私人书画先生。”流云微微直起身，看到皇帝脸色惨白，语气一顿，“王爷留他有用，仅此而已。”

白皮胖子呈上的办法，说是很强的刺激，其实韩朗还是手下留情了，只不过拿一根绳子绑住了华容的小指。绑好之后，他也不过就是把华容吊起来，稍稍吊离地面，将他整个人的重量吊在一根小指头上而已。

韩朗怕华容冷，又很是怜惜地在他的脚底放了个火盆，让他只能弯着双腿，说道：“我其实也不想这样，这都是为你好，你只要喊一声停，我马上放你下来。”

华容很是识趣地点头，韩朗打个哈欠，表示自己也很心疼后就去睡了。

一夜干吊十分无聊，到后来华容用一只手比画着手势，问眼前的华贵：“我踩着火像不像哪吒？”

看着他的小指乌紫，华贵脸色发青，难得正经地回答他：“你真的觉得那个王爷是好心对你？”

华容眨眨眼睛，拒绝回答。

华贵的嗓门不自觉地提高了：“我真奇怪你到底图什么？”

华容翻着眼皮，对他表示鄙夷，缓缓地比画：“当然是图当官发财，镶金牙，出门像螃蟹一样横着走。”

华贵气急，一梗脖子拂袖而去。

大厅里于是只剩下华容一个人枯吊着，细绳下一根乌紫的小指，缓缓渗着鲜血。他将牙咬得死紧，好像并不打算突破障碍发声。

后半夜的时间慢慢变得难熬，他开始踮脚，尝试在火盆里立足，好缓解小指上的疼痛。

这一站袜子起了大火，忽的一下向上烧去，他脚踩两团烈火，倒真的成了哪吒。

“喊一声我就替你灭火。”身后有了人说话的声音，正是越晚越清醒的韩朗，“喊什么都可以。”

华容连忙张大嘴巴，脸上青筋突起，做了个王爷的嘴型。

这次努力白费，“王爷”两个字没能说出口，而脚下的两团火却是越烧越大，烧出了肉糊味。

韩朗唇角上扬，似乎很欣赏他痛苦的表情，上来慢吞吞地替他灭了火。随后，韩朗将火盆一踢，火盆“咕咚”一声被踢得老远。

华容比画手势表示感谢，一口气还没喘定，韩朗望着华容，伸出一根手指，对着华容的眉心轻轻一推，于是华容前后摇晃。

“随便喊一声什么，我就放你下来。”

华容张大嘴巴，做了次徒劳的努力后又快速闭上嘴，上牙齿咬住下嘴唇，力气使得大了，把自己咬成了个三瓣嘴的兔子。

“喊不出你就哼，高声呻吟也算。”

华容尝试了一下，结果喉咙只会呼呼作响，像个破漏的风箱。

小指着力被越拉越长，华容依言回头，看他时眼神却已经涣散。小指再也承受不住拉力，临空“嘶”的一声断成两截，射出一朵血烟花。

华容将牙死死地咬紧，就这么掉落在地上，韩朗伸手虚扶了一下。

试验宣告失败，可韩朗也不虚此夜。他这才发现跟前多了双脚，而脚的主人正在低头看他，眼里满是愤怒。

“敢问韩太傅在做什么？”那个人比画手势，目光勉强镇定，十指却微微颤抖。

韩朗猛然起身，走向他，又回头去看华容。

华容紧闭双眼，尾指鲜血长流，居然在最合适的时候昏迷过去。

来人继续比画发问：“为何见他，而不见我？回答我。”

“他也是个哑巴，其他无足轻重。”

“既然无足轻重，那杀了他。”发令的人，高高昂起了头，胸有成竹地认定此次韩太傅依旧偏向他。

可惜这一次，他未等到韩朗的回应。韩朗犹豫了，这瞬间的犹豫，让那人脸色顿时难看了良多。他后退两步，随手操起一旁拨火碳用的铁棒，含泪疯狂砸向韩朗。

韩朗也不闪避，肩背结实地挨了好几下。顷刻，条条血痕横生。

看他受伤，那个人又开始后悔，将怒气又撒在昏迷的华容身上。

韩朗看出他的意图，手疾眼快，一把抓住往华容头顶挥落的铁棒子："够了，怀靖！"

疯狂的人，一下子停住。

多年来，这是韩朗第一次唤他的名字。天蓝雅帝的本名。

皇帝眯起眼睛，没放开铁棒，大口喘气，胸口剧烈地起伏着。

韩朗开始感到后悔，本来就不该心疼这皇帝，帮他混出宫闱，来自己的府上逍遥。现在……

华容倒在地上，纹丝不动，像是尊装饰好的假人。

皇帝的眼神轻飘飘地落在他身上，抬手比画。

皇帝长长呼出一口气，这口气也轻飘飘，惶惶然盘桓，落不到实处，眼眶徐徐变红："为何有他的存在？为何？"

"他与你经历相同，可以为你试药。"

"笑话，世间哑残者千万，你为何偏偏只选他？他对你有何不同？"皇帝的手顿了顿，倏地他心生一念，"或者，你是想要用他来代替我？"

韩朗只觉得好笑："他只是抚宁王府中一个幕僚。"言毕，他将手放在铁棒上，一寸寸从皇帝手中抽出，"你是我从小亲自教养长大的，无论如何，我不会害你。"

突然，皇帝松开了手，将铁棒交到韩朗手上，一脸坚决："我不喜欢他，我命你杀了他！"

韩朗平静地将棒子扔了几丈远，摇头："他对我有用。"

眼泪硬生生地凝在眼眶里，不再下坠，皇帝眼带鄙夷，利索地比画："他一个幕僚，不能言语，头脑不清，龌龊营生，你竟敢为他违逆君王，为什么？"

韩朗皱眉，还不及解释，皇帝的手已经慢慢握拳，指甲掐进皮肉。

韩朗叹息着想要安抚。

皇帝后退，双手飞快比画，清楚地表达着："君臣有别，韩太傅你逾越了。"

第四章

无人不冤

灼痛的感觉，烧到最后是全身一片麻木。

第一次醒来，华容没见跟前有人，只听见华贵的破锣嗓门："你们的王爷呢？我家主子昏迷到现在，怎么都没见过他的人影？"

接着，华容的眼前出现流云的脑袋，近在咫尺。

耳边听到简单的两个字："醒了？"突然，世界清静了一下。接着，他的眼里又窜进了华贵的大脸。

然后，又听见流云闲闲地道："银票我交给你的手下了，主子说了，你想吃什么就吃什么，想穿什么就穿什么。如果银子不够，尽管开口，当在自己家一样。没什么要求的话，我就先告辞了。"

"有钱了不起啊……你们大夫都不请一个，常识有吗……"

流云横了华贵一眼，缓缓地比画道："这里会比画的不止你一个，如果还想在这里待着，就乖乖地把你惊人的音调降低些。"简单的手势轻松地打消了华贵的气焰。

最后，在华贵的怒目注视中，华容眼前的景象再次扭曲。

他又冷又饿，没想过皇帝也有挨冻受饿的那天。

他之所以在闹市溜达，实在是因为食物的香味太过诱人了。不想回宫，却又好像没地方可以去，他正慢慢地踱到街口，突然听到后巷有女子惊呼救命的声音。

居然在他心情最差的时候，遇到这种事。管辖这个区域的是谁？他脑子的第一反应居然是这个！

"欠债还钱，饶是天王老子来了，也是这个道理。"轻佻的挑衅声后，是女子越来越微弱的求饶声和猥琐的起哄声。

好奇的皇帝将身体贴着墙，歪脑袋一看，一群衣着鲜亮的纨绔公子，正将一名女子逼至绝路。

女子跌坐在地上，背对着他，看不见脸。

而那群公子围着，正在步步逼近，看样子像是要把她生吞。

走在最前面的那个，穿着绯色锦罗，腰配宝刃，看着就像是练家子，似是这群人的头目。

头目当然是一马当先，他的手指最先碰上女子的衣衫，“撕拉”一声就扯开了一条长缝。

美味眼看就要到嘴，身后却有了异动。

一只水盆不知从哪里横空出世，呼啦啦地直向那为首的男人飞来。

那个人忙上举一拳横击，毁了木盆，却不可避免地被水泼了一身。

楼廊红光的映照下，这盆水反射着油腻腻的彩光，看来已经洗刷过不知道多少脏碗。

“谁敢伤你大爷！给我出来受死！”

“湘酝楼的洗碗小厮，林落音。”

话音未落，一个身影从酒楼后的小门慢慢地走出来。粗布卷袖，右手端瓷碗，脸色风霜而气概不减，正是那天卖剑的林落音。

为首的公子气愤地眯着眼睛：“我当是谁，原来是个洗碗的！怎么？这个女人是你的相好？那成，看样子，你倒是想替她还债。”

林落音毫无惧色，将瓷碗里的水又是那么一泼。水有质无形，在月光下划出一道银色的弧线。

那绯衣公子根本来不及躲闪，又被油腻的脏水泼了一脸。

“你是活腻味了吧？”男人吼叫着，将腰间的长剑一抽，出手就是杀招。

林落音身影微动，避开剑峰，伸出两指，只是这么一夹，四两立刻拨动千斤，将剑锋别开。

绯衣男子反应不及时，身子一时收不住，冲了出去，长剑划上石墙后居然回头，在他的右脸划下一道不浅的血口。

好厉害，偷看的皇帝在心里赞叹，这才发现自己头顶有阴影笼罩。

他看得太专心，没注意到有人站在他的身后，已经站了很久。

他转身，负气地凝视着那个黑影——韩朗。

“消气了？”韩朗笑问。

他想别过头，却被韩朗预料到，出手制止。韩朗顺着他的目光望去，一目了然。

“百姓袭击官家子弟是有罪的。皇上，你想帮谁？”夜色里只见韩朗的嘴角微扬，带着诡异的笑。

接下来的几天，抚宁王府的八卦，更新得格外厉害，版本也多样。

一会儿是邹起收的小徒弟找到了；一会儿是韩府来了个林大侠。

小徒弟自然就是皇帝，而林大侠自然是林落音。

这一出皇帝出走，倒是成全了林落音，让他蒙得韩王爷赏识，成了抚宁王的门生。

而这段时间，华容几乎都是在浑浑噩噩与清醒之间度过的。

醒来时他常见到韩朗，尤其是晚上。因为这些天，韩朗白天事务繁忙，就一直留他宿在外间。

“王爷为何留他在身边？”流云问起。

韩朗只当躺在榻上的华容是个死物，毫不在意地饮茶道：“那边是小孩子闹脾气，却还在气头上。放眼皮底下，华公子才不会突然被人毒死，或是被铁锤锤烂。”

“爷对华公子还是不同的。”

“或许吧，他比我想的有意思些。”

流云再无话说，而装睡的华容听得清楚，放心地睡了过去，性命无虞，皮肉之苦不过一时之痛，能睡千金榻，折成银子，他华公子不亏。

而此行亦有收获，华容慢慢摸到了韩朗的一些习惯。

比如说，他发现韩朗是个浅眠的人，晚上只要自己发出声响，他就必定会醒，随之发出轻轻的咳嗽声。因此华容哪怕醒了，也尽量不动，大气也不敢多喘，生怕影响到他。

只是凡事都有例外，比如今晚，华容实在熬不住了，脚碰到了案头的茶杯，发出了一声清脆的声响——

“你要什么？”不悦的声音响起。唉！还是惊醒了他。

华容抬头，面向快步而来的韩朗，将手伸出棉被，尴尬地比画手势：“小人的肚子不舒服，想去茅房。”

“不能忍吗？”

华容勉强地笑笑，点头。

韩朗轻轻“哼”了一声，带着恼意将华容扶起来。

华容惊诧到忘记捂肚子，双手在空中比画：“我自己能行。”

韩朗没放下他：“你这么虚弱，怕你掉进去。”

“王爷，可以叫华贵。”

“本王不如他？”晚上韩朗冷冷的笑声愈发骇人。

“人有三急，谢王爷体恤。”办完正事后，他还不忘记道谢。月亮东落，是该鸣谢。

韩朗还是不怎么理他。

回到屋子，韩朗将华容扶回榻上，看着他沉思。

“华容，你来本王的府上究竟是为什么？”

“银子。”反正无聊，华容揉揉肚子，索性也不睡觉了，用手语聊天。

“只是银子？”本来带笑的眸子忽然僵住，凝重的压力逐渐向华容袭来。

华容摇头：“还有本事。”

“华容，你知道为什么韩家几代一直权倾朝野吗？”

华容头一缩，手没敢多动，抽了口气。

“韩家一脉，有的胡作非为，有的浴血止戈，不管怎么样的，却都拥有护帝的天命。”

华容皱眉，肚子又开始感到不适了，突然他歉意地一笑，双手比画着：“王爷，我可能是吃坏肚子了，可否再带我去次茅房？”

“你都吃什么了？”韩朗皱眉问道。

“身体不好，小的就喝了粥。”

韩朗沉默了一阵。

喝粥都能拉成这样，不消说，粥里肯定被人做了手脚。

已经十八岁的当朝皇上，居然还玩这种把戏。

自皇帝哑后，韩朗从不会重说他一句，这回却因为华容而开了先例。

皇帝因此不安，内心明知道华容根本无足轻重，却也非常不快。一心想脱离韩朗掌控的皇上，见韩朗不再心向自己，又开始莫名感到焦躁不安。思来想去，只能耍些孩子手段，在华容身上做文章，算是泄愤，也算是给韩朗一个警示。

于是，他在人家粥里下了药。药真是毒药，量却不大，华公子还因嫌粥稠，喝少了几口。于是，那么阴差阳错地保住了一条贱命，只是要跑肚拉稀。

“恨铁不成钢啊。”他苦笑，再一次背起华容，直奔茅房。

翌日，韩朗派流年送来新衣服，让华容试穿。说如果衣服不合身，就当场派人来改，晚上穿新装应酬时用。

“脸白成这样还应酬？确定不是去唱戏？”华贵见今天当差的不是流云，音量又开始攀升。

“去给老王爷祝寿，到时候给他画幅贺寿图，装装样子。”

老王爷是朝廷中韩朗唯一没动过的元老。

原因无他，只是——老王爷实在是太老了，老到他说了后句，就忘了前句的地步。

以前老王爷有很多称谓：镇北王、扬荣王、安夷王……而现在，“老王爷”这三个字就代表了他一生的尊严与荣耀，以及无法追回的时光。

华容还没见到老王爷的人，先看到的却是老王爷的肚子。岁月果然不饶人，超级硕大的胖子，任谁都不会想到他曾是叱咤风云的沙场英雄。

“我就说，哪阵风把你吹来了？原来今天是你的寿辰。”一见面，老王爷就亲热地搀起韩朗，径直拉他回客厅。

“今儿是老王爷您的寿宴。”一旁的大臣小心地提醒。

“原来我和韩太傅同天寿辰啊，那同喜同喜。”老王爷不好意思地挠挠耳朵。

“是老王爷您一个人的。”又有一个大臣插嘴。

此时，老王爷这才如梦初醒地“哦”了一声，接着又开始与韩朗唠起家常来。

“韩朗，他们说你是奸臣，真的假的？”抽气声比比皆是。

“他们是谁？”韩朗兴奋地坐直了身子。

“他，他，还有他，好像还有他！”老王爷皱着眉认人，每认一个，就听见被指认的跪地大呼“冤枉”。

韩朗一笑：“老王爷，太平盛世才会出奸臣，他们说有大奸臣，正好告诉您老，天下太平得不得了啊。”

“哈哈……也是！太平,天下太平！”老王爷声如洪钟,猛拍韩朗的肩膀,“我就说嘛，韩焉怎么可能是奸臣？”老王爷哈哈大笑，浑然不觉周围沉默下来，几乎所有人都看着韩朗那瞬间变得铁青的脸。

“韩焉”，这两个字一直是韩朗的禁忌，已经尘封多年，无人敢提的禁忌。

韩朗眯着眼睛微笑，成功地掩饰住眼里升腾的阴鸷之气：“老王爷，我是韩朗。”

“哦，是韩朗啊。”老王爷的语气透出少许的失望，“韩朗，你的年纪也不小了，成亲了没？有孩子了没？几个是男丁啊？”

韩朗笑容满面地答道：“王爷深居简出，可能不知道我沉迷酒色，尚未娶妻吧。”

“这么大了还未娶妻生子，成何体统！”老王爷极其不乐意地摇晃着脑袋，“韩焉，韩家的血脉不能断的。”

韩朗只笑不答，也没再纠正。又聊了一会儿，有人请示该开席了。

百官入座，华容发现，韩朗不知道什么时候落在最后，与流年在一边窃窃私语，流年好像给了韩朗一张小纸条，韩朗一把夺下，瞅了一眼，略带沮丧地说了句话。

华容看他的嘴唇嚅动，好像在说，这个小祖宗，要闹到什么时候。

宴会开始，华容准备笔墨开始作画。

韩朗站起身：“老王爷，我敬您一杯，祝王爷福如东海，寿比南山。”

他的声音清澈，精神抖擞，百官也跟着站起来举杯。却见韩朗将瓷杯高高地举过头顶，缓缓倾下——清酒打湿了韩朗的脸。谁会想到他竟然把酒倒在自己的头上。

全场顿时变得鸦雀无声，所有人呆若木鸡。而韩朗却相当平静地将酒杯放回桌上，好像从未发生过任何事一般，坐下吃菜。

华容呆呆地盯着韩朗猛看。

韩朗笑得坦荡："此寿宴图，画我一人灌酒的姿态，旁人照常即可。"

韩朗身后的流年低头默不作声，而今天跟随在流年身后的"黑脸"小厮不知天高地厚地耸了下肩。

老王爷也探身问道："韩焉，你这样是逗我老头子开心吧？"

韩朗不温不火地环顾四周，徐徐道："自然是逗您开心喽，如果圣上在的话，想必会更开心的。各位，本王说得对吗？"

赞叹之声四起，大臣纷纷照做，将酒倒到自己的头上，哈哈大笑。盛况空前！

华容半张着嘴，一时忘记提笔，只见韩朗喃喃地道。

所言之词，应是——恨铁不成钢！

第五章

蝉蜕夜探

强悍有如华容，不过就是断了一根小指，根本算不得大事。

老王爷寿诞之后，他称作画辛苦，又装病装了几天，在床上做弱柳扶风状。

这天忍耐终于达到极限，他决定让自己康复，于是起床喝了一锅鸡汤，拿着扇子出去，满院子逛。

王府富贵倾天，自然是九曲十八回，不晓得有几进房屋。

华容理所当然地迷了路，大冷天里拿扇子扇风，拐进了邹起住的小院。

邹起不在，在的只有扮作邹起徒儿的皇帝，正在房里午睡。

流云负手站在门口，黑着脸把着门，不许华容进去。

华容翻着白眼，正打算离开，屋里却有了动静。

皇帝已经起身，从窗格里瞧见他，特意打开门许他进来。

进门之后，华容猛摇扇子，咬牙切齿地看着皇帝的那个云锦枕头，一边比画着："你是哪里来的？怎么王爷对你这么好？睡个枕头这么高级，上面还绣金线。"

皇帝冷笑，也比画着回答他："他当然对我好，普天之下，他只对我一个人真心，耿耿忠心，你自然不能体悟。"

这话说得自大，华容连忙鼻孔朝天表示鄙夷。

皇帝的手势比画得就更快了："粥吃得怎么样了？拉稀拉了几天？那天大家集体头顶喝酒，好不好玩？"

华容眼睛瞪大，开始有点明白他的意思。

皇帝连忙予以肯定："对，粥里我下了毒，可惜你命大逃过了一劫，也是我让王爷当着大家的面用酒洗头。他什么都听我的，你若惹我不高兴，我一句话就让你滚蛋！"

华容收起扇子一下子跳了起来，扑上去揪他的头发，比泼妇还像泼妇。

厮打的空隙床后突然一响，有一个声音透过墙板传来，清清楚楚的三个字。

"你是谁？"

华容不揪头发了，四处打量后比画手势：“刚才谁在说话？莫非你装哑巴？”

流云这时闻声进来，连忙赶鸭子似的往外赶他：“在王府里面揎拳拢袖，拜托华公子你也分分场合。”

华容一万个不情愿地被赶了出去，皇帝心满意足地躺下，继续睡他的午觉。

墙后面的那个“声音”却不依不饶，贴着暗门上一个小洞往外看，一遍又一遍地重复：“皇上，他是谁？”

“他叫华容，一个包藏祸心的低贱之人。”皇帝比画手势，又在墙上狠狠地踹了几脚，那个“声音”才总算安静。

从邹起那里回来后，华容的心情明显不好，他开始拿华贵撒气，要他炖肚肺汤给自己补补气炸的肺，不炖就请他走人。

华贵当然也不是好惹的，立刻去厨房领了新鲜的猪肚猪肺，拔出林落音的乌鞘剑，在华容跟前放血去油。

这么恶心的排场一摆，华容当然不想吃肚肺汤了，气得比画起手势来都不利落。

林落音就在这个当口走了进来，一进门就看见自己的名剑沾满猪油，刃口里滴滴答答流的都是猪血。

华贵眼睛发直，第一反应是把剑藏到背后，之后又赶紧拿出来，摆个造型：“林大侠，我正在练劈心裂肺剑，准备先劈猪肺再劈人肺，要不您指点一下？”

华容哈哈大笑，赶紧比画手势：“对，华贵还经常练吹毛断发剑，准备先刮猪毛再刮人毛。”

“我家主子请您喝……酒。”华贵盯着他的手势翻译，“吹……吹吹牛。”

说完人就顺势不见，说是去准备酒菜，让他们好好吹牛。

乌鞘剑被他落在了房里，搁在木盆上，和一堆猪肚、猪肺放在一起。

林落音不知道是该笑还是该哭，只好弯腰将剑捡起，拿抹布擦干净，又迎风将剑挥了一个弧度。

剑的确是左手剑，到了他手里就像龙吟九天，霍然间就有了王者气度。

华容暗自感慨，心想，同是青锋三尺，方才握在华贵的手里，就不折不扣地是把杀猪刀。

“这把剑名叫不祥。”林落音的手指抚过剑锋，“据说得到它的人都不得善终。”

华贵这时正巧把酒菜送来，华容连忙比画手势，示意他坐下再谈。

酒是陈年竹叶青，华容打开坛封，往里搁了一颗青梅、八瓣干兰花。

林落音看来心情不好，一个劲地喝闷酒，不一会儿已经半坛酒下肚。到后来，他是三分清明七分醉，终于看着长剑开口：“我到京城是来找我师父的，这把剑原来是他的，一年之前，剑回去了，人却没回去。剑在人在，剑亡人亡，这个道理我明白，可是我不相信。师父他剑法无双，又精通阵法，这世上又有几个人能够为难得了他？”

“可是我就是找不到他。”话说到这里林落音开始唏嘘，“他说来京城做大事业，可我散尽钱财打听他的消息，却一无所获。”

华容本来一直沉默着，听到这里突然比画起手势：“现在你找到他了，对不对？”

非常奇怪，林落音竟然看懂了他的这个手势。

“是。”林落音怔怔地回答，回想起那天在酒馆后巷和韩朗的相遇，“我找到他了，真正是踏破铁鞋无觅处，得来全不费工夫。”

踏破铁鞋无觅处，得来全不费工夫。

说得没错，消息花了千金也没能买来，可他那天在酒楼里一碗脏水一泼，却泼来了个抚宁王韩朗。

韩太傅的名头唬不住他这个江湖人，让他惊心的是韩朗后来那句话。

“负剑不祥紫袍客，沈砚池是你什么人？”

这句话就好似惊雷一记将他击中。之后，他就如坠云雾，怔怔地听韩朗描述，几句话总结他师父最后的人生经历。

原来，沈砚池化名沈磊，去抚宁王府做了幕僚，一年之前跟韩朗外出，半路有人行刺，他以一敌十，以自己的性命换得韩朗的周全。

“文武双全，忠勇有加。”这句话就是韩朗对他的评价，热血一腔、性命一条换来的八字嘉奖。

“文武双全，忠勇有加……”回想到这里林落音失笑，“师父，您就值这八个字，如果不是我出现，恐怕人家连这八个字都快忘记了。”

华容这时又比画手势。

华贵赶紧拿眼横他：“什么剑寒九州不如白衣封侯，主子，你别胡说，没看见人家林大侠正伤心。再说了，你什么时候穿过白袍子？”

华容笑笑，比了比自己身上的绿衣衫，他的意思不用华贵翻译，林落音就能读懂——改绿衣封侯。

“剑寒九州不如绿衣封侯？”林落音闻言又是失笑，醉眼里有了几分狷狂。

不知几时，不祥剑已经被他横握在手，一个弹指下长身出鞘，寒光便如雪浪卷来。

“郎朗男儿沙场饮血，会不如奴颜婢膝的佞臣？是谁教得你这样想、这样说的？”

这句话说完，不祥剑已经收回，方才那道寒光仿佛只是幻影。

而紫檀八仙桌却在片刻后分崩离析，裂成两半，激起好大一阵烟尘。

华贵瞠目结舌，之后又赶紧鼓掌："大侠就是大侠，说得好，我这不要脸的主子就是欠教训！"

林落音沉默下来，酒这时已经醒了大半，他意识到，自己刚才等于是甩了华容一记耳光。

气氛一时变得有些尴尬。

华容又比画手势，竖起三个手指。

"我家主子说三百两。"华贵尖着嗓子翻译，恨不得找个地洞钻进去，"他说，林大侠，你把桌子砍坏了，要想把剑再买回去，就得三百两。"

长夜静寂，韩朗外出，抚宁王府顿时显得冷清。

流云在皇帝的门外站岗，人是站得溜直，可脑袋难免开始像小鸡啄米。

屋子后墙上的那扇气窗这时开始松动，有人非常有耐心，花了一个时辰，安静地把整个窗户卸了下来。

卸下后的气窗孔洞还是很小，那个人很勉强地钻了进来。

皇帝已经进入深度睡眠，在床上呼吸均匀。

朦胧的月色照着来人的黑衣，那个人蒙着面，踮着脚一步步地走到床前。

睡梦中的皇帝只觉得颈上一凉，睁开眼时，一把刀已经横在了他的脖颈处。

刀不是什么宝刀，只是一把砍柴的长刀，一两银子买几十把的那种。

然而是刀就能毙命，那个人的手腕一个翻转，柴刀的钝口已经割开皇帝的皮肤，在他颈间留下一道长痕。

鲜血像珍珠一样从伤口渗出来，渐渐漫过了领口。

皇帝发不出声音，也不敢动作，只能由着那个人越来越近，近到和他咫尺对视。

柴刀没有往前递进，那个人似乎无意杀他，只是在床板上小心地摸索。

在床板上摸完，他又开始摸墙壁，一寸寸摸得仔细，小心地不发出声音。

流云这时在门外伸了个懒腰，开始跺脚驱寒。

皇帝也伸手摸索，终于摸到枕边的一个玉佩，于是挥动手指把它拂了下去。

玉佩在地上碎成两半，声音很小却很清脆，流云立刻发觉，敲敲窗户，问了一句："里面没事吧？"

来人停顿了一下，柴刀又往前推进，狠狠地架住了皇帝。

外头的流云又道："那我进来看看。"说完这句话他就开始敲门，没有回应，他开始越敲越急。

那个人的眼里闪过一抹厉色，忽然间挥掌击向墙壁。

墙本来就是空墙，这一击门户顿开，露出里头的一间暗室。

暗室里还有烛火，住的正是那个“声音”的主人，他正闻声回头，在烛火中现出一张正脸。

见到这张脸后，刺客似乎任务达成，人急速拔高，冲破屋顶，手里的柴刀则脱手，嗖嗖地直往皇帝的额前甩来。

已经闯进门的流云连忙丢出两颗棋子，白子击向刀锋，而黑子直追来人。

两颗棋子力藏千斤，全都正中目标。

那个人受了伤却毫不停顿，一个拧身消失在茫茫夜色中。

柴刀被白子击中，方向一改刚巧从皇帝的额前擦过，削下了皇帝的一缕头发。

半空里一丛鲜血滴落，是那个刺客的血，“叮咚”一声落到皇帝的头顶。

皇帝觉得头晕目眩，看见有鲜血从睫毛上滴落下来，只当是自己被人劈破了头，身子立刻一软，就这么昏了过去。

到韩朗回来时，一切都已经处理妥当。

“声音”的主人已经被安全转移，对外没有走漏风声。

而皇帝其实已经醒转，只是仍旧瘫软在榻上，睫毛不住地打战。

韩朗于是拍拍他：“醒了就醒了吧，别再装了。”

皇帝“哼”了一声，人还有点虚弱，赖在锦被中比画手势：“刚才我差点被人劈死，你差点就见不到我了。”

韩朗瞥了一眼他颈间的纱布，眉眼弯起，笑着说：“其实也没什么。在你做皇帝之前，太子党每个月至少派人杀我一次，你已经不知道有多少次差点见不到我了。”

皇帝愣住，又往床里缩了几分。

韩朗的笑意扩大：“可我不是照样没死，还扶你即位。这点风浪其实真不算什么。”

“可是我害怕,我的胆子小。”皇帝又比画手势,比完后捏住他的头发,开始绕圈圈玩。

他十成十还是个孩子，一个被韩朗惯坏的孩子。

韩朗忽然间觉得有些唏嘘，低头看着皇帝，神色带着疲倦：“不如您回去吧！皇上，王府到底不如皇宫安全。回去一样能治病，只要是华容试了有用无害的方子，我都会立刻差人送进宫去。”

皇帝不玩头发了，开始连连摆手：“我不回去，这个皇帝做得好没意思，不如干脆换你来做。”

韩朗脸上的倦色更深，叹了口气，再也不言语。

皇帝凑过来看他，嘬了会儿嘴，也学着他叹气：“我知道，你说过的，这天下姓周不姓韩。我就是说着玩玩。”

韩朗还是沉默着，许久之后才道：“到腊月皇上就满十八岁了吧？”

皇帝的神色立刻带着戒备，比画手势打得飞快：“我不大婚，我不娶女人。再说人家会发现我是哑巴的。”

“我没要你大婚。”韩朗摸摸他的额头，“我只是要替你做寿，然后大赦天下，顺便赦了我大哥。”

“你大哥？”皇帝闻言直起身来，一字字地比画手势，“韩焉？”

韩朗点了点头。

“可是你别忘记，他是太子党的党首，就是他一个月派人杀你一次。”

“我也曾经派人杀他，一个月起码两次。”韩朗轻笑，眼神明灭不定，“不管怎么样，他还是我大哥，这世上我最后的一个亲人。”

第六章

初觉疑云

皇帝没有正面回答，只是表示累了，不消多时，会了周公。韩朗将他安置好，熄灭了灯，迈出屋门。

门外，流云依旧低头跪着，见韩朗出来，忐忑不安地叩头，却被韩朗狠狠地踹了一脚，正中心口。

流云都不敢吭声，眉头也不敢皱一下，只将头垂得更低："属下知罪！"

"罪，你有什么罪？罪现在都是我定的，你倒说出个罪名来！我当初把你派到皇上这里来，怎么关照你的？"韩朗压低了声音呵斥道。

"属下……"

韩朗摆手，阻止流云的废话："这两天，有谁不该来的，却在这里出现的吗？"

流云蒙了一会儿。

"你想包庇谁？还是这点事都记不住了？"

"不是，流云记得——是华容。"

韩朗的眼神一凛，广袖鼓起寒风飒飒。

韩朗闯进屋子时，华容正要换衣，脱到半边的衣袖硬生生地定住。

看来他好像也没想到韩朗这时候会来探访，手一抖人一骇，胳膊原本夹着的烫金帖子，飘然落地。

韩朗察觉到异样，二话没说，一个箭步，赶在他之前拾起，翻开那张帖子细看，脸色顿时变得阴晴难辨，啧啧赞叹："身子刚好点，就想谋财，跟人私通消息了？还叫人往我府上送帖子？"

华容原本是有点不好意思的，听了韩朗的话，突然有了胆量，伸着脖子大方地比画。

"久不动笔，只怕手生，我想，闲着也是闲着，就干脆出去套点钱花。"

"什么叫闲着也是闲着？"

“做人幕僚，自然要出谋划策，鞠躬尽瘁。”

“哦？你华青葱有这能耐？”

华容摇头，“青葱开不了花，自然是没有。但我可以为王爷画私人画，王爷想如何威武雄壮，就如何威武雄壮。王爷想将画流传百世，也是可以。”

韩朗脸色变了变：“本王不好这口。”

“王爷不用我，可是有难言之隐？”华容突然眼光一亮。

“本王顾忌你有伤未愈，容你多聊几句，没想到，你倒是得寸进尺了？”韩朗突然明白，看了眼华容断了的小指，“你说我有什么难言之隐？”

华容连忙摇头，脖子都快摇断。

然而已经晚了，韩朗已经带着笑靠上门框，眼睛看着他，嘴角微扬，轻轻唤了声：“流年……”

流年应声出现。

韩朗含笑不语，流云躬身一礼，已经明白：“属下这就去教教我们华公子王府的规矩，让他明白，说主子闲话会是什么下场。”

屋内的灯笼里的灯油所剩无几，此时豆火随着寒风摇曳，顿时忽暗忽明。

华容被人拉出去打的时候，绝对是个人形；回来的时候，是被拖进来的，血当衣裹。

全身上下体无完肤，鞭痕一道盖着一道。王府的规矩果然非同小可。

韩朗瞟了下，揉着眉间漫不经心地说：“我不喜欢闻血腥味，把他给我冲洗干净。”

半炷香的时间，华容被人拿冰水浸泡，再拖进来，果然是冰晶样的身子，透着丝丝缕缕的粉色，真是“冻”人心魄。

韩朗打发下人出去，掩上门后，蹲下身，抓起华容的头发，逼他与自己对视。

华容冻得面色青白，眉头微锁，双唇也不住地打战，却面带笑容，没有丝毫不快的表情。

韩朗回给华容一个微笑，将他丢在一旁。

华容没一点意见，隐忍不发，随后瘫作一团。

韩朗走近，俯身，遗憾地开口：“体无完肤，不知道明儿刘郎中令看到你这副模样，会是什么想法。”

华容趴在地上，笑着喘着粗气。

“反正他那个破官职也保不了几天了，倒是你，”韩朗瞥向华容身上再次渗出的血渍，“你还真是无所不能啊。”

韩朗带着笑：“以前我总是琢磨怎么才能让人服从我。这下倒好，我开始好奇，你怎么才能不服从我。”

第二天，抚宁王府的书房。

韩朗处理好奏折，太阳已经西沉，夕阳如血，照着窗台。

韩朗起身，觉得双眼有些发花，于是揉了揉太阳穴。

“王爷。”一旁久候的流云这才敢发声，“有件事，流云想问一问。您昨夜去见华容，他的身上有没有伤口？是这样的，王爷，昨天流云没有奏禀。那个刺客其实已经被我的暗器所伤，我等追出府去没追着人，怀疑刺客藏在府内，所以一个个排查……”

“查到华容，发现他身上到处是伤对不对？”韩朗接了一句，颇有意兴地挑了挑眉，“那是昨天我差人打的，但打之前他受没受伤，我不知道。”

流云的腰于是更深地弯了下去：“那就算了，反正也不太可能是他。”

韩朗继续揉他的太阳穴，嘴角慢慢浮起笑意。

“未必。”到最后韩朗将眼睛眯起来，“也有可能他故意激怒我，知道我王府的家法是鞭刑，借鞭痕盖住伤口。”

“那属下是不是……”流云缓缓地抬头，“做掉他……以防万一？”

韩朗不语，逆光看向窗外，沉吟了片刻工夫。

“华容。”沉吟片刻后他念着这个名字，“看来你还真是有趣，我倒想看看，你到底是不是只吃老虎的猪。”

流云明白了主子的意思，忙抽身告退。

“等一等。”韩朗这才记起，从书桌上拿起一样东西，“这个东西就由你拿去给华容吧，有些话你也替我带到。”

“这是什么？”

半个时辰后，华容在床上比画手势发问，凝视着华贵从流云手里接过的小拨浪鼓。

鼓的开面不大，才比铜板大上一圈。鼓边镶嵌着宝石，金丝垂线上碧绿的祖母绿做坠，鼓柄是红木的，尾端骨白色的镶套，看不出什么质地，却篆刻着三个字“殿前欢”，华丽精致得很。

“这是韩王爷连夜叫人用你背上刮下来的两块小皮，赶制出来的鼓，鼓柄的尾套就是你小手指的骨头雕刻成的。”华贵大着嗓门，然而声音终究有些颤抖，“他还要人转告说，如果你的生意还那么红火，他保证用同等料子做一面更大的鼓，放在你的棺材里。”

书房内，流云站在案前，将朝臣们上奏的折子分门别类布好。

窗外阳光正好，照出好大一只影子，落在地上。

流云手下一顿，自然走到一旁，拈起一枚棋子，毫不迟疑向外丢去。

宛如杀驴劁猪的哀号应声而起，嗓门之大，令人想忽视也难。流云蹙眉闪到门外，从未见过这样蠢笨之人，偷窥得拙劣，和街头顽闹幼童有得一比。

门外华贵正抱着头跳脚，额头上肿起好大一只包。

“你来做什么？”流云冷眼上下打量，“这不是你该来的地方。”

华贵高如铁塔，眼中却汪着一泡泪，扯开嗓门叫骂：“门上只写了华容与狗不得入内，关我华贵什么事？”

流云哑然失笑：“也对，那么贵人，有何贵干？”

华贵即刻摆出一副英雄架势，两手叉腰，扎起马步：“我来打听林落音的消息，等他回来，和他做个好兄弟，学几招。”

“你要习武？”流云上下打量，找准穴位，在他手臂上轻轻一戳，人就立马倒了下去。

“根骨奇差，先天不足。”流云摇头，“空有块头，只能担水挑柴。”

华贵忘了喊痛，急赤白脸地在地上打了个滚爬起来：“那怎么行？不学几招，华容就被你们玩死了。老子虽然看他不起，但那也是条人命，再说了老子毕竟靠他吃饭。”

流云脸色一冷，笑容顿敛，未等华贵反应过来，已经捡起适才被自己丢出的棋子，出手。

华贵顿时变成哑巴，不仅哑，且金鸡独立，立在书房门前做奇观。

“你不过是他的仆人，最好不要多事。”流云神色淡淡，转身便走：“今天的事，权当个教训，两个时辰后，自然就能动了。”

华贵眼凸嘴张，脖子上暴起青筋，只能目送他身若行云，飘逸而去。

可惜华贵人这一番忠仆救劣主，着实空用力、白遭罪了。不到三天，华容已经生龙活虎，有力气在韩朗书房外蹦跶。

“喊他进来。”韩朗见状抬头，老规矩，揉了揉鼓胀的太阳穴。

华容受召，立刻风也似的闪进屋，对流年的白眼照样视若无睹。

“你能这么早起来，不容易哦。”韩朗啜了口茶说。反正看折子也累了，调节下也不错。干华容这行的，夜里声色玩乐惯了，怎么可能早起得了呢？

华容隔了好一会儿，才比画手势回道：“知道王爷向来不贪床，所以投您所好。”

“回答这句，也需要你考虑这么长时间吗？”

“王爷果然是举手投足间清雅宜人。华容有你这样的主公，深感荣幸。”有点答非所问的味道。

“华容，你此行的目的是什么？”韩朗放下茶盅，向华容勾勾手，让他上前。

华容打开扇子，缓缓扇动几下，作揖后继续比画：“当然是多谢王爷送的小鼓，以后还有什么礼物王爷尽管送，好不好看我不计较的，金砖、金条都成，我不嫌俗气。”

韩朗皱眉，华容今天比画的动作，有点怪。他再次勾手，华容收拢折扇，上前，还未开口，韩朗就一把夺下扇子，扫了眼华容吃惊的脸，慢悠悠地展开。

扇面原来面朝华容的那面，夹带了一张巴掌大的小纸，果然暗藏玄机。

小纸上有几行蝇头小字：

一、夸奖美貌：举手投足，清雅宜人。

二、谢谢礼物，别忘记提醒以后多给点，最好顺带也要那个烧粥徒弟的枕头。

三、要点补品，滋养身体的。

四、靠着聪明的头脑，随机应变。

韩朗乐不可支，随机应变？亏他想得出。

“华容，我突然之间，发现自己对你很不错。”

“那是，王爷对我的赏赐，向来不吝啬。”把戏被揭穿，华容没半点不好意思，一串手势比得如行云流水。

“不是指这个，是指我现在还留着你的性命，没杀你。”韩朗似笑非笑地睨他。

第七章

覆水难收

华容听后不自觉地吞了下口水，没扇子撑门面，还真是不习惯。也不可能做任何动作，因为他的右手腕已经被韩朗紧紧扣住。

华容只好抬起头看韩朗，那双眸子光华流转。

韩朗搭着华容的脉，觉得他的心跳快了些，便凑近华容轻声问："很怕我杀你吗？"

施加在手上的力量在不断地加重，再加重……

华容虚应地点头，手被扣住，依然不能打手语，手腕疼得发麻。

一滴水，从华容的额头坠落，极缓。

接着是第二滴，第三滴……

韩朗用力更甚，华容脸上的水滴骤落，转瞬即干，是——汗。

寒冬的阳光，灼亮却不刺眼，光从华容的身后透照过来，使得他那华贵的青衫衣色逐渐向外淡开，人形显得越发加地单薄。

韩朗依旧继续缓缓施力。

"扑"的一声。

华容双膝落地，身子一倒，直接昏迷过去。

过了一段时间之后，屋里传出韩朗叹息的声音："他果然不会武功。是哑巴有时还真好，连惨叫的时间都省下了。不过晕得也算及时，我再用点力的话，筋脉就断了。"

屋内取暖用的火炉吱吱作响。

休息娱乐完毕，韩朗坐直，准备继续看折子，并圈点下其中的重点。

"主子。"随着一声通报，门被打开，是流云。

韩朗一见是他，就猜到几分，蹙起眉头："还没准备好吗？"

流云扫了地上昏厥的华容一眼，恭敬地回禀："还是不肯回去。"

“主子，那他呢……”流云指的是华容，虽然有暖炉，但天寒地冻的。

“就让他这样躺着，”韩朗人在门廊处停顿了一下，“如果你不嫌麻烦的话，就把华贵叫来。”

去见皇帝的路上，韩朗一直在暗骂自己，他做事一旦感情用事，就会乱了所有的计划。每次都是这样！

带皇帝出宫，绝对是他的失策。

以前在深宫中，皇帝还有所顾忌，从没做得那么过分过。

现在到了王府，反正天塌地陷，都有他韩朗庇护；而且也不必再刻意掩饰他的哑巴身份，所以一天比一天无法无天。

比如，现在——

他还没进屋子，就头顶天外飞“物”，应该被带回宫的衣物，在这个房间随处可见。

还未开口，皇帝已经站到他的面前，气势汹汹的。

韩朗只是苦笑。为什么，对皇帝，他就是发不出火？

“太傅，我不回去。”皇帝果断地比画手势，仿若孩童撒娇的模样。

韩朗索性不回答，反正是不可能的事。

“我的伤还没好……”皇帝比画着双手，开始为自己找理由。

韩朗摇头，只好拆穿：“华容的伤比你严重得多，他与你是同天用的同种创伤药。他已经生龙活虎的，你怎么会没见好转？”

“你当真用他的贱命与我比？”皇帝警戒地退后一步，眼珠转动，手稍一顿后，开始慌乱地比画，“你说过只会对我一个人真心相待，那怎么对他这样上心？还是说，我真的只是你的一个傀儡，你是不是真想用他取代我？”

“皇上多虑了，如此瞒天过海，哪里那么容易。”

“可你做到过，你韩朗从来一手遮天，奇思妙想，只要你想，有何不可？”

皇帝比画的动作开始变慢，而眼中的忌惮却一层深过一层，他最终制止了韩朗的靠近。

韩朗一言不发，站在原地看着皇帝眼神，隐现失望。

“太傅你有没有后悔救我，扶我登基？”皇帝再问。

韩朗依旧没有开口，而皇帝认定了那是默认。

“你当初真不该救我，应该让我去死。”皇帝的手势越来越决绝。

韩朗面无表情。

“你若真要舍弃我，让我死在外头，也是易如反掌。”皇帝退到墙角，眼露伤痛与疯狂，牙咬着唇，“只是我要你记得，这一切都是你逼的，我就是你韩朗逼死的！”

刹那——覆水难收！

骤然，皇帝的比画停在半空，但已经来不及了。

赶来的流年、流云都不自觉地倒吸了口气，突然伏地不敢说出半个字。

“都是……我逼你的……”韩朗的声音，略微发颤，“原来是这样。”话说到这里，韩朗笑了笑，双眼紧闭。

皇帝半张着嘴，想伸手过去，但身子犹如灌铅，动弹不得。

韩朗再次睁开眼睛，精神抖擞：“我会让人尽快收拾好这里，逼皇帝三天后回宫。”

说完他就转身，背影决绝，可也带着无限怆然。

一切归于平静，皇帝失神地站在墙角，身子沿着墙壁下滑，颓然地跪倒在地。

房间暗室里的“声音”发出沉重的叹气声，如鬼魅般缥缈游荡。

皇帝的双手在身体两旁支撑着，泪落如雨。

“你这话，是寒了他的心。”“声音”又开始幽幽地说话。

皇帝依然看着地面，视线变得越来越模糊。

“声音”在自言自语，仿佛在回忆：“韩朗与我家从无冤仇，却害死我家满门，为什么？是因为皇上啊。因为我的声音，与哑前的你极其相似；你在皇宫，他起得比该上早朝的你还早，每日逼我背下必须在朝廷上做的发言；你来这里，他每天代你批阅奏章，还做下摘要，让你了解，告诉你他为什么要这样做，可以说是手把手地教你，一字一字，一句一句。”“声音”说到这里，兀自一笑，“连我这么恨他的人，都想说句公道话。”

皇上听到这里，怨怼地猛捶着墙，好似要“声音”停止。

“声音”终于不吭声了。

墙壁又有节奏地捶击了几下，“声音”从小洞看去。皇帝对着他打手语道：“我该怎么办？”

“声音”迟疑了一下：“皇上如果真的想让抚宁王回心转意，又不撕破脸的话，不如顺着他的意思，把韩焉招回来吧。”

皇帝忙摇头，否定。

“韩朗既然请您这么下诏，一定有他的打算，皇上何苦杞人忧天？”“声音”说完后，也不再继续说话，转身走到暗室的深处。

坐在桌旁，依旧只有枯灯相伴，“声音”半垂眼帘，摸索出一张纸片。

这张纸原本是在蜡丸里的，蜡丸是他在早餐的粥里发现的。

纸上写着：“想重见天日的话，就合作。先想办法劝皇上赦了韩焉。”

“声音”想了一下，将纸靠近火光，冷漠地看着那张纸逐渐发黑，卷起，燃烧。

虽然“声音”不知道写这张纸条的那个人是敌是友，不过他现在只是一个“声音”，既然有戏可看，他没必要推辞。更何况如果真的成了，他……重见天日，的确是很大的诱惑。

而现在皇帝的任性，真是天赐良机。

“声音”冷笑，原来每日被韩朗逼着背的字字句句，也不是一无是处。

华容醒来的时候，人是躺在床上的。眼珠一转，认得是自己的房间。

他伸了个懒腰，见韩朗就坐在一旁新买的八仙桌旁，尝着点心。每样只尝一口，随口地尝，随心地扔回盘子。

华贵在一旁像样地伺候着，如果他的嘴不动，表情不是那么恶毒的话，就更像样了。

韩朗见华容醒了，从容地向他招手：“我正等你呢，咱们一起去炎枫院玩吧。”

华容立即坐直了身子，还没来得及比画手势回答，华贵倨傲无比地搭了腔：“人家王爷和小徒弟闹翻了，你是个充数的。可千万别在脸上贴太多的金子，防止以后一样被弃如草鞋。”

王府多嘴的人开始多了。

韩朗决定先不计较，只对华容摊手道：“没办法，你必须去。”

夤夜。

老王爷府边门的角落。

“你是做什么的？怎么在这里睡觉？抚宁王早就下过禁令，不能打搅王爷，这里方圆三里连小摊贩都不能有，更别说你靠着王府的墙头睡大觉了。喂！快起来，起来啊！”

巡逻的城卫嘟囔着朝一位素衣书生叫喊，却没人敢靠近他。

挨训的书生睁开惺忪的眼睛，双眼毫无焦点地瞄了下周围，打了个哈欠，一股浓郁的酒气扑面而来。

奇怪的是，这些城卫只是远远地叫唤，谁也不敢唐突地弄醒他。

虽说是小小的护卫，会看眼色的还是大有人在。他们总感觉书生即使闭着双眼，也有种凛然的气度，并且这气度浑然天成，和衣衫打扮绝对无关。因此，他们只能扯开嗓门吵醒他，不敢轻易得罪。

喝醉的书生揉着眼睛，似乎是没搞清楚情况，一副打算继续倒下睡觉的样子。

在倒地前，他的袖子被城卫一把拉扯住：“喂！再睡的话，就抓你去大牢睡觉喽。”

书生眨眨眼睛，无奈地起身，注意力似乎依旧不能集中，人却好似清醒了很多。

磨蹭了半天，他终于摇晃着身子消失在夜色中，招呼也没打。

三更鼓响。

偌大的寝屋里，回荡着肥胖的老王爷雷鸣般的打呼噜的声音。

响着，响着——戛然终止。老王爷打了个激灵，弹跳起来，猛地坐直了身子，桃木床架嘎吱嘎吱地来回响了好几次，才停了下来。

老王爷满脸狐疑地摸摸自己生疼的鼻头，凝神向床帏外看去。

月色中，一个书生，素服滚银袖，眼似秋潭，在纬纱后若隐若现，竟不像凡人。

“妖怪！”老王爷大骇，叫声被书生及时出手捂住，大多被隐没。

“老王爷，熟人也不欢迎啊？”来人放下捂住老王爷的手，拍拍他的胸口，似乎在帮他压惊。

老王爷“哦”了一声，眨眨眼睛，安静地摸了下银白发亮的胡须。

“你是谁啊？莫非知道我的肚子饿了，找我吃饭的？”

“你已经忘记我是谁了吗？”书生望着窗外的月光，遗憾地说。

王爷听后一脸愠色：“我当然认识你喽，谁说我忘记了！”

风透过窗缝吹入，嗡嗡作响。

书生眼露欣喜地笑道：“老王爷记得就好，那也一定记得韩家？”

“那是。”老王爷胸有成竹地挺身，圆鼓鼓的肚子又好像大了几分。

“那当年皇后给韩朗下毒的解药，你可以拿出来了。”

“你听谁说我有这个的？”老王爷将被子撩到嘴边，咬着被角，含糊不清地说。

“你不是答应给我的？”书生似乎有点伤心，“难道你真忘记了？”

“我的年纪大了，但是我可记得清清楚楚的！”老王爷拍着胸口狡辩，“刚才我只是逗你着急一下嘛。”

“那好，解药呢……”书生伸手。

“解药我已经给韩焉了。”老王爷缩了下胖胖的脑袋，两腮的肉一晃一晃的。

“韩焉……”书生似乎对这个名字很感兴趣，反复念着。

过了一会儿，老王爷抱着棉被，头靠在床柱子上，开始打鼾。

“老王爷，韩焉我回来了，可解药你从来没给过我。”夜色里，声音低沉沙哑，正是来自那个半醉的书生。

第八章

似无可言

炎枫院是间茶馆，歌舞升平的茶馆。

茶馆一般卖的是茶，不过也有卖酒的时候，比如今朝——

韩朗兴起，带了抚宁王府所有的门客来饮酒，作诗行乐，连自己带华容等一共十七个人，坐了一大桌。

老板干脆关门拒客，站在桌边一心服侍。他问道："王爷，可想好了酒令？"

韩朗一笑，拿手指点着华容："酒令，什么样的都行，反正他是个哑巴。"

华容连忙潇洒地摇着扇子。

门客们七嘴八舌地提议了半天，韩朗都不满意。最后，韩朗的手指轻抚酒盏，作诗不行，就作画吧。

可惜韩朗的门客书画水准有限，每拿出一幅，韩朗便摇一下头。

到最后韩朗开口："既然是哪个都比不上华公子，那咱们今天就让华公子赐画，各位觉得如何？"

华容的扇子摇得就不那么潇洒了。原来这才是韩朗的本意，在众人面前，来让他华容难堪而已。

众位门客开始耳语，露出什么样表情的都有，但都一起看着华容。

华容抬眼，露出无所谓的表情。

纸墨送到，韩朗拍拍手；"华先生，持笔作画，本王看腻了。不如，你用嘴可好？反正你也说不上话。"韩朗又微微停顿一下，"哦，画画即可，就不必题字了，作好有赏，作丑则罚。"

韩朗微微一笑，指向自己："第一幅画，不如就来画我。"

华容感觉脊背发凉，已经猜到韩朗的目的便是为难他，于是深深地吸了口气。

果然，华容嘴里咬着笔，轻轻添墨后落笔，只在纸上歪歪斜斜地涂了丁字，左右两圆，豁开一张四方嘴，支棱几笔算作手脚，格外弄丑作妖。

韩朗不语，早有人察言观色，高呼起来：“该罚！”

“早听说华公子最会讨人欢心，本王见画如此，确实很开心，”韩朗徐徐开口道，“不过画得着实丑了些。既然华公子画不出，那让大家来画你如何？”

拿人取乐，最不把人当人看。

“现在请华公子笑，想象自己正在泡温泉。”韩朗折了画笔，断笔崩开，竹丝戳入华容的指尖。

华容只好笑起来，享受状地半眯着眼睛，额头上的冷汗一层层地冒出来，倒真像泡温泉泡得热了。

韩朗退后，抱着双臂欣赏，又露出那种玩味的笑容，朝众人道：“诸位明白了吧。让本王瞧瞧，到底谁的点子最绝。”

门客们都寄居在韩朗门下，期望韩朗能给自己一个好前程，所以也不好拂他的意。

有好表现的第一个站了出来：“请华公子哭，喜极而泣。”他说道，学着韩朗玩味的语气。

华容并不擅长哭，可最终还是挤出几滴眼泪来，勉强地做喜极而泣状。

那个人又道：“现在请华公子露出纯洁的笑容，想象青梅竹马的恋人就在眼前。”

华容愣了一下，在极度的痛苦中艰难地比画手势：“请问什么叫纯洁？”

韩朗大笑：“不知道什么是纯洁？那好，青梅竹马的恋人你总有吧，你想象她就在你跟前。”

华容的脸色忽然间变得凝重，只是一瞬，转眼间又恢复了，他笑眯眯地比画手势：“报告王爷，没有，华容从小就一个人长大。”

“华公子拒绝你的要求，那你就想办法，让他愿意为止。”

韩朗抱着手臂退后。

那个人得了上谕就更加放肆，一把将华容从凳子上扯下来，掼在地上，又有门客上来，先是点了华容的笑穴，接着又使出分筋错骨手。

于是华容开始笑，无声地疯狂地笑，身子在地上扭曲，所有的鞭痕乍裂，鲜血流了一地。

小楼里所有门都打开了，门客们和院子里的小厮、乐伎全都睁亮双眼，在围观他如何被人折辱取乐。

真是好笑，好笑至极。华容笑出了眼泪，可能还预备笑出血。

酒桌上这时终于有人发声，将酒杯重重地一掼。

是林落音，抚宁王府的门客之一。

韩朗深深地看了他一眼，双臂仍然紧抱，道：“继续。”

游戏于是继续。

林落音站了起来，一步步走近，边走边脱下自己的长衫。

衣服裹上身体的那刻华容仍在笑，一口血涌上来，于是连忙转头，吐在地上，没弄脏林落音的衣服。

林落音看着华容，又慢慢转头看向韩朗：“不管他是什么人，总归还是人，总归还有人的尊严，王爷不该这么对待他。”

华容笑穴未解，闻言益发笑得疯狂，满楼的人于是也跟着哄笑起来。

韩朗脸上的笑意却慢慢收敛，上前也蹲下来：“不让拿他取笑，那拿你怎样，你愿意救他替他吗？”

林落音回头望着他，眼里寒芒闪烁，一只手已经搭上剑柄。

厅里的气氛顿时变得凝重起来，门客们面面相觑，流年已经悄无声息地现身，兵器牢牢地握在手里。

华容的手伸了出来，在他们中间比画手势：“王爷莫开玩笑，他这种货色怎么和我比，一根筋死心眼，根本不懂王爷的心思，有什么好玩的？”

韩朗脸上又露出了笑意，拊掌大笑。

林落音的手指轻弹，不祥剑已经铮鸣出鞘。

“定远将军，死鬼苏棠留下的位子，从今天起归林大侠。”在气氛最紧张的那刻韩朗突然开口，收起手掌站直身子：“林将军明天就赴北疆上任，去替皇上守住北方要塞。”

“北方苦寒，外族又不停地侵扰，这差使是又辛苦又没有油水，当然，林将军可以拒绝。”在林落音抬头的那刻韩朗又道，衣袖一拂离开了小楼。

回到住处的时候已经是下半夜了，那个杀千刀的还是没替华容解穴，于是华容只好继续笑，笑得花枝乱颤。

华贵看他，鄙夷地上下来回看：“被作践惯的，去做了次人上人，那也不用笑成这样。”

华容上来踹他，比画手势：“谁做人上人，我才不做，我偏爱为奴为婢，流水的贵人铁打的奴才，做奴才才能万年永在。”

华贵气得打跌，正想拿话噎他，外头有人“笃笃”地敲门。

门开着，敲门只是礼貌，敲完后林落音就跨进门来。

进门后，他将手指对准华容的笑穴，有些犹豫：“每个人点穴的手法路数都不同，我不一定能解，说不定反而弄伤你。”

华容比画手势，示意他宁愿死也不愿再笑了。于是林落音催动真气，一指按了下去。

笑穴应声而解，华容身子前倾，往前踉跄着，在栽进林落音的怀抱前硬生生地止步。

他比画手势，那个手势林落音已经识得，说的是“谢谢”。

林落音摇头，示意不必谢，又问："你不要紧吧？"

华容比画手势，华贵尖着嗓子翻译："我家主子说寄人篱下，仰大人鼻息当有大德，就要禁得起。"

一句话说得林落音无言，华贵只好打圆场道："我叫下人去弄些酒菜，林大侠，你再教育教育我家主子。"

华容又比画手势："顺便恭喜林将军，王爷这次是要选个耿直不阿的人去守边疆，而林大侠正是不二人选。"

林落音苦笑了一声，似乎不愿再提这个话题，于是问他："上次在你这儿喝的酒与众不同，不知道叫什么名字。"

华贵按照华容的手势翻译："烈酒加青梅和干兰花，酒的名字叫'没法说'。"

"无可言，酒名叫无可言。"华容连忙纠正，拿手指蘸水，在桌上一字字地写："无、可、言。"

"无可言……好名字！"林落音露出笑意，"没法言说的滋味，的确是贴切。"

华容沉默着。

深秋的风这时从门里透了进来，烛火摇曳，两个人相视而笑，那一刻的情景，忽然间就有了一丝肝胆相照之意，一丝无可言说的默契。

连续几日，流云还是没查到那名刺客的底细，韩朗索性下令将皇上身边近侍的太监、宫女全部换班，秘密歼杀。在韩朗看来，总有人从宫里传出了点风声，才会导致这样的结果。皇帝的身边，疏忽不得。而有些事情，他依然束手无策。

"皇上不肯吃东西。"流云禀报。

韩朗闭着眼睛，摇头。

"皇上说，明儿不早朝。"流云继续回禀。

韩朗还是闭着眼睛，摇头，额头出了细汗。

流年乘机向流云挤眼，流云也很识相，抿着嘴唇索性不说了。这些日子韩朗吃得不多，睡得也越来越少，气色一直不怎么好。

沉默了一会——

"主子……"流云、流年异口同声地轻唤。

韩朗扬眉睁眼，轻笑："什么事情？"

"主子真的要求皇帝大赦大公子？"韩朗知道，他们的大公子指的是韩焉。

韩朗点头。

流年与流云对视了一下，一起磕头："请主子三思。"

韩朗托腮，扫了一眼已经拟订好大赦的圣旨："喜欢三思的人只有两种结果，其一，还被我踩在脚下，不得翻身；其二，这辈子过得也没什么乐趣了。”韩朗说到这里停顿了一下，“可惜，大赦的圣旨还没颁布，我大哥已经逃离流放之地了。”

话音未落，他突然右手中指一弹，毛笔飞射向跪着的流云，流云急忙伸手接住。可惜只接到了半截，另外半截已经被流年挥刀劈断。这两个小子的反应又进了一层。

韩朗满意地点点头后，若有所思地看着圣旨的黄绸卷轴，背脊上的汗又开始涌出。韩焉在朝廷最后的一根羽毛——苏棠也已经被自己拔了。这次逃脱，是不是韩焉还想出什么招呢？

“流年，帮我吩咐下，准备沐浴。流云，你去歇息吧。”韩朗索性不想了，决定及时行乐。

两个人领命退出书房，却在门口停住。

“主子，华容公子向这边走来了。”

韩朗戏谑地笑道：“把门开着，让他自己进来。”背后的冷汗已经将袍服完全浸湿。

华容果然不请自进，摇着扇子，装着风雅，作揖施礼。

韩朗眨着眼睛，露出招牌式玩味的笑容：“华公子果然举世无双，这么快就恢复神采了？”

华容比画着手势，表示对韩朗的赞赏很是受用。

“早知道你如此喜欢，我真该让你裸身穿上浸泡着盐水、比你身形小一号的衫子，等湿衣服紧贴着你的伤口后，再命人迅速风干，衣服一干，就快速扒掉，绝对能撕掉你一层皮。”韩朗乐呵呵地打趣，“有兴趣不？要不我们过会儿试试？”

华容不知死活地看着韩朗，点头：“只要王爷开心就成。”

这时，流年神色怪异地进屋，禀告说门口的守卫报告，有人送来了礼物，并扬言非常重要，一定要呈给王爷。

韩朗倒没传说中那么怕死，叫华容去把礼物带回来。

不一会儿，华容带回了一只笼子。笼子里有只鸟，是只孤独相思鸟。

鸟的脖颈上坠着个不大的纸卷。

韩朗叫流年打开笼子，捉住鸟，取下纸卷。

“食不知味，夜不成寐，药不得医。”流年轻声念道。

华容闻言，脸色一变，不大乐意地比画道：“不知道是哪个相好给王爷送相思来了，真的恭喜！”

韩朗眯起眼睛，夺下纸，细辨笔迹，摇摇头：“不是相好，是对头，这只鸟是我大哥韩焉送来的。”

“大哥……”念完这两个字后他冷笑，将手指抚上大赦的圣旨，脸色变得阴晴不定。

第九章

叹非将离

铁打的人也有生病的时候，韩朗终于病倒了，病情严重到根本不能上朝，只能待在家中疗养。于是乎，京师八卦排行榜蝉联第一位的，还是这位抚宁王。

据说韩朗只是风寒，但皇上召集御医看病，开了最有效的药方，也迟迟未见好转。

渐渐地，街头巷尾传开谣言，说是韩朗中了蛊，中了什么怪咒，总之，众说纷纭。

“流云，你这破嗓子别再读折子了，我的耳朵受不住。”韩朗披散着头发趴在床上，边说边笑，精神不错。

流云有点委屈地咽了下口水，明显是敢怒不敢言的样子。

韩朗知道流云觉得委屈，依旧保持着笑容道：“你可以把那个大嗓门华贵叫来。”

说实话，韩朗听到华贵的大嗓门就觉得头疼，所以不常见他，不过万事都有通融比较，情非得已的时候。

华贵毕竟是“贵人”，即使没三请孔明的架势，也相去不远。他进了韩朗的寝屋，就亮开大嗓门：“我大字不识几个的，读不来的！”

“让你主子比画手势，你翻译。”韩朗指了指站在华贵身旁的“碧绿小葱”——华容。随后，闭目养神等待着。

华容当然尽心做事，可华贵却翻译不出什么所以然，毕竟不是日常的词汇。但即使大伙听得云里雾里，韩朗也能猜到八九分的意思，就这样也不喊停。

一个下午折腾下来，华容手的活动速度，逐渐变得缓慢。

“念这个没意思，我自己都要睡着了。干脆念点别的，提提神。”华贵也不听别人的意见，从怀里抽出本书，开始大声念起，“京师陈家里有一美人，亭亭玉立，气质非凡，如仙人在世。朝上有位王爷慕其绝色，欲纳，屡遭其拒绝，还不死心，欲用强，那日桃花盛开……”

所有人半张口，不言。

韩朗闭着眼睛，好像还是听得很专心，而念的内容越来越火辣……

“王爷一见美人，心乱如麻，就想趁着四下无人，轻薄佳人……”

韩朗依旧没动静。华贵却脸色酡红到了脖子，停了下来。

“怎么不继续了？”韩朗终于睁开眼睛，唇畔带着笑，笑得相当邪恶。

“欲知后文，且听下回分解。”华贵不含糊地回敬韩朗，本来他是准备恶心韩朗的，怪自己不争气，实在是读不下去了。

这时，有仆人端来刚煎好的中药，韩朗起身，一饮而尽后又躺下侧睡，单臂枕头：“华贵，把这本淫书给华容。流云，你进宫去看看流年，我怕他顶不住。这里除华容留下外，其他人都出去。”

华贵瞪大了眼睛，竖起眉头：“我拿错书读了，本来是……”

他的话还没说话，人已经被流云拉出了门。

华容还没来得及有所反应，就见韩朗微笑着向他钩钩手指，又指指床边的一张椅子。

华容很乖巧地坐下，见韩朗还在出细汗，很本分、很体贴地为韩朗打扇。

“这几日，你在忙些什么？”韩朗笑着看华容，周围有股淡淡的药香。

“王爷根本看不上我的画，又不准我接生意，只能到处闲逛。”华容停下扇扇子的手，比画着手势回答，“只在王府里逛”，有时候适当的补充也是需要的。

韩朗轻轻地“哦”了一声：“听流云说，你屋里最近很晚才熄灯？”

“王爷生病，我自然担心。”华容显然是前面手势比画得累了，这次动作拖沓得很。

韩朗抬起眼，笑意一凛：“担心到查看御医给我开的药方？”

华容面不改色，连连点头。

韩朗更靠近了华容，伸手握住他颈间的脉门：“不过你也真够嚣张的，居然敢吃本王的餐食，是不是觉得这菜的味道浓了点？”

华容打开扇子为韩朗扇风。

“不吃外食，是因为本王食不知味。”韩朗心平气和地道，“吃自己记得味道的食物，不容易被揭穿。”

“你也该知道本王浅睡，不想办法，恐怕是小睡都没了。”夜不成寐。韩朗的瞳孔开始收缩，手上的力气大了几分，他动了杀心。

“华容，你为你的贵客，花尽心思。所以我今天也不和你打哑谜，我百毒不侵，是药三分毒，因此御医开的药方不论是否针对我的病，都不会有效的。”病不得医。

韩朗眨眨眼睛，笑容和煦，而钳住华容喉结的手指，却慢慢开始用力，华容发出“咯咯”的声音，不是喉咙，而是喉结的骨头。

华容也不变色，眼角被掐得泛出血丝，嘴角依然带笑。

韩朗突然松手，一笑："你倒是真不怕死。"

华容弯腰干咳了几声后，动手解释："有贵客说过，濒临死亡的时候，人说的都是真心话。"

韩朗停住笑，不置可否。

屋外冷风萧瑟，夜幕降临。

"嘭"的一声，木制大门突然脱开了所有的销栓，冲着床这边扫来。

韩朗背对大门，挥臂一挡，精致的木雕门顷刻间四分五裂，向着四周散落。

华容睁大眼睛，一口气没接上来，眼睛一翻倒在床上昏迷过去。韩朗扫了他一眼，转身将披挂在身上的袍子束好。

门外，传来略带遗憾的声音："这门的材料不赖。"

斜晖放着金光。

韩朗弹了下落在肩上的木屑，将头发束起，进入备战状态："大哥，我还在和我的幕僚算账呢。"

来的正是韩焉，他倚靠着门外的翠竹，摇头："反正他已经晕了，我们先算好了。不过话说回来，你病得没我想象得那么重。"

"那是当然，否则大哥怎么肯现身呢？小弟特意感谢你送的鸟，来提醒我的病。"

韩朗的话未说完，韩焉已经突然飞出："是毒，不是病吧。"

韩朗跃起，两兄弟在半空中相遇……

红日已有九分西沉，只剩洒向大地的最后一点余晖。

一开始兄弟双方的拳脚如暴雨般骤落，互不相让，旗鼓相当。

而渐渐地，韩朗感到自己的胸口开始发闷，速度有点跟不上，连视线都变得有点模糊。只是一个空隙没留神，韩焉已经飞身转到他身侧，抬手朝他的左肩拍下。

韩朗中招，单膝落地，即使以手支地，也控制不住身体向后猛退数尺，激起一地烟尘。

重创之下，韩朗屏息，咳了几声，控制住自己的身体，呼出一口浊气，在寒风中化成一团白烟。

"我们的账算清了吧？"韩朗吃力地站起来，"刚从流放地逃出来，就这么迫不及待地找我寻仇，你就真的这么恨我？"

韩焉沉默不语，冷笑着看他。从权倾朝野到流放异地，这一切全拜他韩朗所赐，若说不恨，怕是谁都不信。

“那我如果特赦你，让你官复原职，把一切都还给你，算不算已经让你报仇了？”韩朗抬起头来，缓缓地说了一句，和他四目相接。

两双眼睛是如此相似。不论恩怨如何，兄弟终究还是兄弟。

日落月升。月光下，人的影子被拉长，变得浅淡。

韩焉声音冷冷地道：“中了毒药‘将离’的人，没解药就只能慢慢等死。韩太傅，你是怕自己死后，没人辅佐皇帝，才找上我的吧？”

韩朗不说话，行气过穴之际，回头瞄了眼昏迷的华容。屋子没了门，夜风在里头胡乱地窜，他倒真是能忍，那么冷的地方，居然也能一动不动地躺着。

“大哥，要与不要只是一句话。”

“法办了当年背叛我的人，我就回来。”韩焉也不多说废话，走到韩朗的身旁，笑着道。

韩朗皱了下眉：“你是指潘尚希？”

“对，就是他。”

“韩焉，你这是为难我？”谁都知道潘尚希的二叔潘克是兵马大元帅，韩朗的近臣，如今兵权在握。

“有诚意，就来个舍‘车’保‘帅’，至于那个‘帅’值不值得保，你自己衡量，我不管。”韩焉的声音轻飘飘的，却力含千斤。

等流云赶回来，才知道府中发生了意外，连忙赶到韩朗现下暂时休息的书房。

韩朗翻阅着书册，纸张翻动的声音极大，不知道是和谁在闹气；华容此刻居然在榻上睡觉，四平八稳的。

流云虽然有些不明所以，却还是先尽职地领罪。

韩朗没责怪他，叫他起身。

“主子，皇上他……”流云知道主子的心情不佳，犹豫着回复。

“跟他说我死了。”韩朗不客气地打断，手翻书过猛，撕坏了一页。

“主子，这个——”

“是不是要把我的灵位送进宫，他才信？明天叫流年去定做！”

流云也不敢在书房多待，乖巧地退了出去。

过了一会儿，韩朗起身，用书猛敲华容的脸：“有本事你一直装晕下去，明天一起帮你定个棺材，活埋！”

华容惊恐地坐直了，朝四周扫视了一下，摸了摸挨打的半边脸，火辣辣的。

之后韩朗倒没为难他，只是突然抓着他的肩膀发问：“如果我死了，你怎么办？”

华容呆了好一阵儿，才做了个痛哭流涕的动作。

“行了行了！还是我自己给自己立个牌位比较实际点，没一个有良心的。明天我就去弄，路上采点野花，招点彩蝶也不错。”韩朗冷笑着，将华容丢到一边。

“华容，你会做梦吗？”

华容摇摇头，眼神里露出迷茫，好似第一次跟不上韩朗的思路。

“我很久没做梦了。”韩朗似乎突然想到了什么，将嘴角扬起，“华容，这里叫睡穴。我允许你点我这里，让我好好休息一下。”

华容摇手。

“不会武功，没关系。流云他们会才麻烦，不知道被他们点中，我要睡多久。你点的话，我睡得就不可能太死。”韩朗这哄骗的话语，让人听得忍不住想要照做。

受到韩朗蛊惑的华容，还真出了手。

当然不是一次点中，点了好几次后才成功。

韩朗终于中招，昏昏沉沉地入睡。

醒来时韩朗揉揉眼睛，发现华容正盯着他看，表情十分复杂。

“我如果帮你解决难题，让你放心地杀掉那个潘尚希，你会不会就能睡个安稳觉？”看韩朗醒来，华容缓缓地比画手势。

韩朗眯着眼睛：“你果然是装晕，什么都听见了。”

“你睡着的时候，一直在说‘我还不能死’，一共说了二十六遍。”华容继续道，回避着装晕这个话题。

韩朗抿着嘴唇，神色中隐隐现出疲倦。十四年无眠，那种疲倦，已经在他的身体里结成亘古不化的冰，要拽着他直至长眠。

而那头华容的手势还在继续：“王爷招我为幕僚，并非因我有一技之长，而是看中我的人脉。”

韩朗轻轻地“嗯”了一声，示意华容继续。

“大元帅潘克和我也有交情，我可以一试。”

韩朗还是似笑非笑：“那你就拿你的笔墨交情去试一试，如果得成，我就满足你的一个要求，只要这个要求我能做到。”

华容美滋滋地点了点头。

韩朗叹口气，偏头南望。南方不远处就是皇宫，里面住着他的皇帝周怀靖。

夜色静谧，都没有一丝风。

对着金銮宝殿的方向，韩朗沉默着，最终将眼垂低。

第十章

金戈铁马

三日之后，华容被抚宁王府扫地出门，没有什么理由，只是连人带包袱，再带着华贵，一起被扫上大街。

关于这点，众人倒也一时无语。

韩太傅素来为所欲为，幕僚众多，人来人往，三教九流都有。他突然对一个作画先生产生了兴趣，自然不会感到意外，当然也不会长久。

华容走得施施然，照旧穿得葱绿，回到自家院子，又在院门口处挂了盏长明灯。

老规矩，灯亮人在，这表示主人开始接受拜帖。

生意又开张了。

开始那几天生意并不热络，官人们畏惧抚宁王，当然是要观望一阵。

华容不急，没事就在院里躺着，晒自己晒得腻味了，就开始拿一只匾，天天翻晒银票。

"我还没死，所以银票还是我的，我就喜欢晒着玩。"面对华贵鄙夷的眼神，他一般都这么比画。

华贵气急，叉着腰正想拿什么新词噎他，门外有人朗声诵传。

"潘克潘元帅，请公子入府一谈。"那个人顿首，面孔熟悉，是潘府的近卫，所以连拜帖也省了。

华容笑得灿烂，当然不会拒绝。

只有华贵觉得气愤，人走后开始磨叽："假惺惺的，还入府一谈，谈什么？秉烛谈心吗？"

"谈军国大事，金戈铁马，反正没一样你能听懂。"华容比画着，扬眉转身，居然在院里的梨树下倒立，开始活动筋骨。

金戈铁马，一点没错，潘大元帅半生沙场，连要画的私人画也与众不同，名字很有派头，就叫作"金戈铁马"。

“价码还是老价码，一千两。”三张书画既成，潘克格外满意，隔空甩来一张银票。

这次的要求简单了点，华容双臂垂下，只是执笔许久，没有气力舒展手脚。银票轻飘飘的，最终盖上了他的脸。

“多谢。”过了一会儿他才起身，收银票入袖，比画手势。动作看起来有气无力的，对价码的不满他表达得很是含蓄。

潘克的脸却立刻沉了下来，他看着华容，玩着手里的短刀：“一千两，你不会还嫌少吧？”

华容后退，连连摇头，见桌上有纸笔，连忙拿来落墨：“元帅误会，潘家待华容已经足够慷慨。”

“潘家？”听到这两个字潘克看了他几眼，“潘家还有谁对你慷慨？你别告诉我是尚希。”

华容低头，抵死沉默，似在默认。

潘克停顿了一下，很快想开：“倒也没什么，只是他这个人迂腐，想来也没多少银子给你。”

华容咳了几声，点点头，眼角的余光却控制不住地去看了眼手上的扳指。一只水头盈润的正翠色扳指，看一眼，就知道价值连城。

潘克凑了过来，一把握住他的手，几乎把他的骨头握碎：“这只扳指是尚希给你的？他几时变得这么阔绰？他还跟你透露过什么？”

华容沉默不语，不是铁骨铮铮，而是央求地看他，意思是无意介入他们叔侄之间的是非。

潘克脸色铁青，在掌上施力。

华容被握住的那只手先前才断了只尾指，伤痛瞬入骨髓，他的身体摇晃着，冷汗一滴滴地落下，打湿了潘克的手背。

“算了。”终于潘克大发慈悲，手掌松开，长袖一拂，“不消问你，事情我自然能查个清楚，领着你的银子走人。”

华容当然很快走人，事情也很快就查了清楚。

潘尚希，兵部侍郎，满朝闻名的清官，住在一个简陋的四合院里，平日里清粥寒衣，没承想到头来却是个伪君子。

潘克夜探他府上，闯进他家的地窖，打开箱盖，居然看见整整十二箱黄金。

兵部的官职，潘尚希原来是以潘克的名义卖了出去，收人钱财时总是眯着眼睛道：“银子我叔叔也不是白收的，是拿来上下打点的。”而对着潘克，他则是冷脸昂然，一副慷慨的腔调：“某某是个人才，侄儿诚心举荐。”银子他落下，骂名潘克来担，这算盘他未免也打得太过精明。

潘克不是傻子，见到这十二箱黄金就已经明白七分。

出门再一求证，事实就更清楚不过。

他原来是全天下最大的一个傻子，白白地担了个卖官的骂名。

事情到了这步，其实也不是完全不可收拾。潘克暴怒，到侄儿家发飙，说了些要举报他的狠话，原本也做不得真。

可潘尚希太过狠辣，到这时居然反手拿出一本册子，递到潘克的眼前：“叔叔如果非要举报侄儿，不妨先看看这个。”

潘克愣住，打开册子，翻了几页，立刻色变。他几时买通朝官，他又几时挪动公款，甚至是他的一些特殊嗜好，册子上都事无巨细地记着。他一心倚重的侄儿，原来早是只养在家门的饿虎。所谓叔侄情谊，顷刻间就破碎一地。

“王爷可以给那个潘尚希安个罪名了。”从潘府回转三天，华容前去求见韩朗，开门见山地道。

韩朗感到讶异，饶有兴趣地看他。

华容于是比画着，很是费力地解释了事情的过程。

韩朗的兴趣更浓了：“这么说潘尚希也是你的贵客？你还真是广结善缘，八面玲珑啊。”

“他当然不是。”华容笑得很无耻，“我反正是小人，栽赃什么的很拿手，只要让潘克知道他的侄儿很有钱就成。”

华容接着回答问题：“潘尚希有钱我怎么知道？不奇怪，世上没有不透风的墙。有人从他那儿买官，看透了他，知道他将钱落进自己的口袋，又管不住嘴，和我饮酒的时候顺便告诉了我。”

这一顿比画完韩朗顿时沉默下来，眼里寒光荡漾，将他上下看了个透。

“潘尚希卖官，那么多人都没听到的消息，你这么轻松就打探到了？”说这句话时韩朗的身体前倾，一步步逼近，“我是不是把你看得太低了？”

华容后退，不过却止不住韩朗的来势。

“我答应过你，可以满足你的一个要求。”韩朗站定，轻声道，“既然你把握这么十足，不如现在就想想，想要些什么。”

华容的眼睛眯了起来，过一会儿开始比画手势：“我的要求是再要两个要求。”

“第一个要求是再做把扇子，上面堂堂正正地写‘殿前欢’。”他的手势一顿，“至于第二个要求，我要回去盘算，起码得盘算个三天。”

第十一章

别恨惊心

处决潘尚希的告示，高悬已过三日。

三日，韩朗未得韩焉的半点音信。

于是第四日一早，韩朗决定不再守株待兔，派出流云亲自巡查，一定要得到韩焉的最后答复。

杉林兰谷，楚香佩寒。

一个落魄的布衣书生背靠山石，坐在地上喝酒，幕天席地，欢畅淋漓。

在他面前，单膝跪地的正是风尘仆仆寻来的流云。

而那个半醉的书生不是韩焉，又该是何人？

流云施礼：“大公子，我家主子说您托他办的事，他已经做到了，命小的今天一定要等您的回话。”字字清晰，却也并不客气。

韩焉闭目扬头，又向嘴里倒着烈酒。

流云依旧跪在地上，不动。

过了许久，韩焉才睁眼讥笑道：“怎么你家主子就那么没耐心？我倒想问问清楚，如果我今天真的不答应，你回去要怎么交差？”

流云将头垂得更低，话里透着隐忍：“主子没交代，只说流云一定要得到大公子答复，才能回去。大公子要耗多长时间，流云自当奉陪。”

韩焉大笑着，站起身，拍拍身上的尘土：“好！那你就等吧。”

流云依旧垂头，慢慢地握拳：“请大公子体恤。”

韩焉皱眉，轻轻晃着身子，走近流云，俯身而下：“凭什么？”

他的那个“么”字之音尚未吐出舌间，流云已经指间发力，弹出棋子，刹那出招，劲风里卷带着浓浓的恨意！

图穷匕见！

韩焉一惊，吸气侧身而退，酒醒了大半。

一子错身而过，一子擦过韩焉的脸颊，留下浅浅的一道血痕。

韩焉并没乱了分毫，冷笑着还招："韩朗就只派你行刺，未免太小瞧我了吧？"

流云抿着嘴唇不答，咬牙应战。可惜，他本来就不是韩焉的对手，也并不擅长近身攻击。这次突袭不成，就等于宣告了失败。

面对韩焉，流云招招受挫。最终，流云倒地不起，鲜血流了一地。

韩焉走上前，手提流云的乱发，逼他抬头对视。流云怒目而对。

这次，终于让韩焉看清了流云的眉眼，他的心猛地像被一根细线牵动了一下，忙收回手。

流云的头"扑"地一下落在地上，沙尘飞扬。

韩焉皱着眉头，惊讶地问道："你是随云的什么人？"

流云挣扎起身，无力撑地，横目瞪他："您还记得我姐姐的名字，不容易啊！大公子！"

韩焉哑然，原来随云是这小子的姐姐。

随云自小就被韩家看中，定为韩焉的陪练，从三岁起便陪伴韩焉练武，将韩焉奉为神明。二十余年的朝夕相伴，感情已经升华，蜕变为更深的默契。可韩焉无情，居然在自己大败那日，亲自送她上了极乐。

"她爱你，敬你，心里只有你。可你为什么这样对她？"

韩焉退开一步，冷漠地看着已经对自己毫无威胁的流云，摇头轻笑："你是不会懂的。"

杀她是为她好，神是不能失败的。她的神就是韩焉，所以韩焉不能让她看到自己的失败。

神怎么可能失败？所以随云是该死的，而他杀她，是对她最好的恩泽。关于这些，世俗的外人，怎么可能会懂？更何况……

"杀你姐姐的，不是我。是韩朗！"韩焉的声音有些发抖。是韩朗的错！如果不是韩朗，他和随云，绝对不会是这样的结果。

想到这里，韩焉又开始恍然大悟，"原来，不是韩朗指示你来杀我的。"

流云闻言，笑笑，鲜血汩汩地从他的口中涌出："主子一直教我堆棋子，为的是让我能沉住气。可惜到头来，流云还是辜负了。"说到这里，流云的眼睛有些泛红，最后还是憋不住这口气。他努力想忘记姐姐那死不瞑目的样子，却在见到韩焉后，功亏一篑。

韩焉越趄不前，想饶了流云独自离开，走出几步后，人又不自觉地转回。无奈地伸手，扣住流云的心脉："我还是觉得，我不亏欠你任何东西。"

生死一线，流云索性阖目，将心一横。

"噗"！鲜血喷淋了韩焉一身，和着寒风，伴着幽幽兰香，飘落在四周。

寒风飒飒，飞鸟惊恐地悲鸣，纷纷振翅高飞。

红日当空，嫣红胜血。

韩府的书房。

韩朗跪坐在流云一直爱坐的蒲团上，做着流云平常爱玩的游戏，堆棋子。

日落月升，流云还是没回来。

屋外，鸦叫，归巢。

韩朗突然心头一颤，眼睛死死地盯着棋子，若有所思。

如果流云能沉得住气，那他一定能安然而归。可是，偏偏韩朗很了解流云，他知道流云沉不住气，也就是说流云一定会出手。

那就意味着，流云的生死，是韩朗亲自丢给了他哥哥韩焉来掌控。

如果韩焉念旧情，流云必定能活。这样，以后韩焉也极有可能会念着种种情义，不计前嫌地效忠皇帝。

如果相反，韩焉杀了流云。韩朗紧捏手中的棋子，屏息眯眼。那他这个哥哥也没有活在这个世上的必要了。他必杀韩焉，永除后患。

走出这步棋，无险，却让他伤情。

韩朗伸手，平静地将棋子落下，没带一丝颤抖。

棋子越堆越高，每堆上一枚棋子，他都用了心，很用心。

"喂！出大事啦，出来个活人啊，要死人啦！"破锣的嗓子，震得门直晃，这时候居然传来了华贵的声音。

与此同时，流年冲进书房，惊慌地叫道："主子，流云他……"

韩朗突然站起身，棋盘顺势被掀翻。

"哗"的一声。

棋子散落一地，非黑即白。

屋子里，流云躺在床上，人已经昏迷，却并不平静。

不平静的是他的身体，他的全身颤抖着，没有因为不省人事而停止抽搐。

无意识地颤抖，是出自身体受重创的本能，血不停地向外涌，但因为穴道被点，血流得极慢，不会死去。

屋子里抢救的几位大夫忙碌着，流年面无表情地站着，傻了半天。在这间屋子里甚至还能感受到流云血液的温热。

没等到结果的韩朗，已经料到了结果。

流云的武功全废，性命无碍。

要韩焉念旧，必须付出代价。

韩朗盯着地面，沉默着，准备离开。

出门前，地上出现一个浅长，双臂张开的影子，拦住了他的去路。

韩朗抬头，是救流云的人之一，华贵。

韩焉还算是客气，将流云丢在抚宁王府附近，而华容主仆二人机缘巧合，在生意开张前，正好路过。于是华贵不计前嫌，将流云背进了王府。

韩朗不自觉地掀起唇角，月下的影子，要比这位真人的形象好看得多。

“他还没醒呢，你就这样离开了？”华贵不可思议地质问道。对于任何人，这位韩太傅好像都不关心死活。

韩朗侧目，懒得回答他，大步绕开，一眼瞧见旁边垂手的华容，顺势敲了敲他的肩：“跟我来，你要的扇子做好了。”

以前送华容的小鼓，可以说是巧夺天工；如今赔的扇子，如果用一个字形容，那就是——重。

黑褐色玳瑁作架，足赤金子为骨，沉甸甸的，能压死人。金银双线交织点缀的绢绡扇面，亮得明晃晃的。绛紫色的扇坠，垂吊的红珊瑚，也是独一无二的精致。

说俗不俗，说雅非雅。这把扇子如果拿到大街上，那绝对契合华容的性格，迎风一亮就是一句话：“咱是有钱人，打劫我吧，千万别客气。”

“符合你上回来书房提的要求吧？”韩朗喝了口茶，闲闲地问道。

华容拿起扇子，端详着，然而没过多久，就觉得腕子有点吃力。

不过这不妨碍他打开扇子时潇洒的动作，两指一错将扇面全开后，他将扇子摊开在韩朗的桌上，点了下空白处，随后亲自研墨。

韩朗懂得他的意思，不就还少“殿前欢”三个字吗？他利索地执起笔，笔尖吃饱墨汁，摆好姿势，却未动笔：“在我写前，你把你另一个要求也说了吧。”

华容摇摇头，用手势表示并未想好。

韩朗漠然地将笔架回笔山上，人往后靠。

“古有曹子建七步成诗，今天华容你也在七步之内回答我吧。”

“王爷想反悔？”华容比画着。

“谁说本王会反悔？我只是不喜欢拖欠，你若七步内不说，我就另施他法，打到你想出来为止。放心，保证不打死你。”韩朗看着扇面，表情平静。

华容转动眼珠，委屈地迈出第一步，双手摆动：“王爷的心情不佳，也不用拿我出气吧。”

“一！”韩朗抬头，看他。

“王爷心情不好，是为流云吧？”

“二！”韩朗目不转睛。

“流云的伤还真厉害，会变残废吧？”

“三！”数数声照样斩钉截铁。

如果说当年曹植七步自救成功，那今日华容三步就想出了明哲保身的办法，可否算更胜一筹？

“华容可以暂时代替流云公子，照顾王爷，鞍前马后，义不容辞。”华容比画着，一副忠心为主的狗腿腔调。

头又开始晕，韩朗抬手，习惯性地揉了揉太阳穴，随口就说了句：“好。”

话说出口，他就惊讶地发觉自己的疏忽，正想反悔。

可华容已经上前，两手上抬，在他的头上做起了按摩。

想来他学过按摩，不过一会儿工夫，韩朗的晕眩感就减轻了，两眼难得清明。

应了也就应了吧，韩朗暗想，见华容用嘴朝着扇子努了努，旋即又露出无奈地笑，韩朗再次提笔，在扇上写下三个字：殿前欢。

得了便宜自然还要卖乖，华容咧着嘴，大冬天里扇着那把沉死人的扇子，在抚宁王府里一路展示，去找华贵回家。

路上经过门客们住的院落，他愣了一下，不自觉地往里面瞅了一眼。

林落音已经不在这里，早飞黄腾达去了边疆。

片刻之后他就猛地想起，叹一口气，继续摇着扇子准备开路。

就在这时，门里一声闷响，有包东西“呼”的一声飞出门口，正巧落在他的脚下。

华容打量着四周，好奇地看了一下，发现包裹里全是林落音的衣物。其中有一件赭色长衫，正是林落音饿晕那天他穿的。

看来王府是来了新门客，林落音的东西是腾房间时被打扫出门的。

华容弯腰，将那件长衫铺开，居然很细心地把所有东西理好，打个包袱扛上肩头，走了。

很快就到了流云的房间。

华容伸出食指，很小心地敲了敲门。

没有人回应，屋里的流云已经转醒，正目光空洞地盯着天花板。

而华贵立在床边，吸了口气，又开始声如洪钟地劝说道：“武功没了有什么，再从头练不就是了？这不就像吃饭，拉完再吃，力气不是还会回来！”

流云还是没反应，不搭理他，改盯床板。

华容伸出手指，又重重地敲下房门，比画手势：“华贵，我们回去吧。”

华贵见到华容，愤愤地看了流云一眼，又愤愤地转身，扯着嗓门：“回去就回去，谁稀罕在这儿看他的死人脸？”

说完又伸出脚，有意无意地“咣当”一声打翻了痰盂。

华容扬眉，似乎明白了点什么，也不敢惹他，跟在他后面一路暗笑。

“笑什么笑？”快到家时华贵终于发觉，一叉腰，“我现在去买菜，晚上喝苦瓜百合黄连汤，你给我好好等着！”

第十二章

夜踏宫墙

苦瓜百合黄连汤果然下火，喝得华容“眉开眼笑”，一边喝一边还替华贵盛了一碗，比画手势：“奇怪奇怪，这汤不苦，甜丝丝的。”

华贵觉得诧异，瞪圆眼睛，埋头猛喝了一口。喝完后，立刻猛拍桌子：“我以后要是再上你的当，就是你孙子！”

华容点头，比画手势：“这句话你是第七十九遍说了，我已经有七十八个孙子了。”

见华贵瞪眼，华容又伸出食指，指了指汤盆：“我现在去找秤，称称这把乌金扇子有多重。回来之前你最好把汤全喝掉。”

“不为什么，喝不喝随你。”在华贵狮吼之前他比画手势，坏笑着道，“反正我马上要去王府当差，正考虑要不要带你去。”

“还有那个流云，我看他的精神不好，也不晓得什么时候会寻死上吊。”之后华容又补充了一句，假惺惺地蹙眉，一把打开扇子扬长而去。

不消说，华贵后来当然喝完了汤，好好地败了下火，耷拉着马脸收拾东西，第二天跟华容又搬进了抚宁王府。

王府之内一切照旧，韩朗对华容上下打量着：“你到底何德何能，自以为能够替代流云？”

“流云是无可替代，”华容比画手势，“如果主子不方便表达，至少我可以代替主子安置他。”

韩朗的笑意扩大：“看人心思你是一流的，这点我喜欢。”

“这本书你帮我转给他。”韩朗忽然翻出一本册子，甩手丢到华容的脚边，人缓缓躺倒，“还有，你帮我点穴，让我睡一个时辰，睡多或睡少后果自负。”

华容耸耸肩，捡起那本册子。册子名叫《两仪四象镇九图》，看来是学机关阵法用的，横竖他也看不懂。

可是点穴他也未必懂，点得恰巧能睡一个时辰，那更是要了他的老命。

“不管。”到最后他想着，在心里嘀咕，手指随便一捣，“后果自负就自负，又不是没负过。”

“半个时辰都不到，我没睡够。”一觉醒来之后的韩朗打着哈欠，朝华容笑，半斜睡眼，“没睡够我的脾气就会不好，华公子要见谅。”

华容连忙点头，不分辩自己连半个时辰也没睡。

作为抚宁王近卫的第一天就这么开始了，韩朗其实也没怎么为难他，只是不断地差他跑腿，跑得慢了就甩来一方砚台，砸他的头上，让他做了半盏茶工夫的瞎子而已。

“王爷果然不好做，这次华容一定拼尽全力，让王爷好好休息。”到了晚上，华容其实已经发飘，但拍马屁还是一丝不苟。

“今天要一个半时辰。”韩朗轻声，抬手擦擦虚汗，又按了按太阳穴。

华容点头，点得用力，手指就更加用力，使上了吃奶的力道。

韩朗扑通一声栽倒，这次休息铁定足够，没三五个时辰绝对醒不来。

皇宫，西侧门，夜深露重，守卫们只好跺脚取暖。

就在这时，有人近前，步子轻飘，穿着一件全黑色的大氅，风帽很大，完全遮住了脸。

“站住，鬼鬼祟祟的，你是哪里来的？”守卫的嗓门立刻大了起来。

来人不说话，只是举手，将一样东西伸到他的眼前。

是一块明晃晃的腰牌，金色的，上头用隶书刻着个“宁”字。

守卫立刻噤声，宫门立刻大开。

抚宁王韩朗的腰牌，足以让这些人放弃好奇立刻让道。

悠哉殿，又是一个不眠夜，寂寞似乎比夜色还凉，皇帝辗转，最终还是起身，差走所有宫女太监，扭开了那扇暗门。

“你真觉得他对我真心？”等人出来后，皇帝走近，迫不及待地比画手势。

“声音”暗笑，许久才抬眼：“他？皇上指谁？”

“还能是谁……”皇帝皱着眉，一句话还没比画完，手势却已经顿住。

烛火之下有个暗影，有人从布幔后缓步走出，蒙着面，脚步声几不可闻。

大内居然来了刺客，一个轻功极高的刺客。

皇帝感到错愕，连忙比画手势，示意“声音”：“快喊，喊完你赶紧回暗室。”

“声音”不动，居然不喊也不动，只是朝那个人转身，定定地看着。

那个人不语，一双外露的眼睛雪亮，右手一扫，立刻将皇帝击晕。

还是西侧门，守卫们打着哈欠，远远看见两个黑影走来。

两个人差不多齐头高，都穿着黑色大氅，风帽盖脸，脚步匆忙。

守卫弯腰，在一个人亮出腰牌后立刻让路，一句也不多问。

两个人往前走，只差一步就跨出这十里宫墙。

“等等！”就在这时身后突然喧嚣起来，有御林军快步奔来，“你们是什么人？”

守卫立刻发声：“这是抚宁王府的大人。”

一贯有效的名头这次却没奏效，为首的御林军不依不饶地道：“请大人揭下风帽，刚才悠哉殿传话，说是发现皇上被人打晕，为免嫌疑，还请大人配合。”

那两个人沉默着，其中一个人抬手，手指搭上帽檐。

风帽落下，里面却还是一张蒙面的脸，那个人甩手，突然发难，一记甩出了几十枚暗器。

卫兵中立刻有人倒下，可是更多的人上前，刀刃雪亮，将他们围住。

于是混战开始，那两个人中只有一个人会使武功，顷刻间就落了下风。

御林军越战越勇，兵刃虽然没能染血，但拳风霍霍，不止一记击上了那个刺客的后背。

不走即死，局势再明白不过。

“声音”沉吟着，最终退步抽身，一步就退出了那个刺客的保护。

数十把长刀雪亮，立刻架上了他的颈脖。

刺客跺跺脚，也不再停留，拼死杀出条路来，施展轻功，飞出西门，消失在茫茫夜色中。

“禀王爷，出大事了。”韩朗方才醒转，就听到头顶喧嚣，是流年，说话有些吞吞吐吐，“有人夜探悠哉殿，击晕皇上，还差点带走了……那个人。”

韩朗大惊，霍然起身，止不住地感到一阵眩晕，连忙朝守在身边的华容挥挥手。

华容识趣，立刻闪人。

韩朗于是蹙起了眉头，甩袖狂怒：“皇宫大内也有人自由来去，御林军莫非是死人？”

“那个人有王爷的腰牌，腰牌一共三块，属下、流云和王爷各一块，属下已经查过，这三块都在。”

韩朗低头，晕眩感更甚，一只手搭上流年的左肩。

“随我进宫。”片刻之后韩朗发话，眼里戾色一闪，“你去安排，把今天所有见过……那个人的都给我召齐，一起送他们上路。”

皇帝受惊自然要安慰，凶手自然要查，政事自然要理，没有一桩能够逃过。

韩朗倦极，回到王府已经是第二天深夜，两腿沉重得像灌了铅。

睡房里华容正候着，托着下巴打盹。

韩朗一笑，放重脚步，华容果然立刻清醒，上来侍候左右。

床是绝顶好床，轻纱软帐，可韩朗却毫无睡意，于是抬了抬手，把华容召到榻前。

韩朗困倦至极，却始终还缺一分睡意，他感到头晕目眩，觉得自己好像在水面沉浮。

“人死之后就能长眠，一气睡个够。”过了半晌他感慨道，似乎在对华容说话。

韩朗阖目，过一会儿又发话：“大哥，同父同母的亲大哥，你觉得值得相信和托付吗？”

华容依旧没有给出答案。

“值不值得都得相信，可笑我别无选择。”韩朗又叹了口气，坐直，好奇地睁眼去看，却见华容将一袭帕子捂在唇上，咳得无声无息。

“血？”将帕子翻过之后韩朗皱眉，看到帕子上一片猩红，“你别告诉我做侍卫这么伤身，居然累得你呕血。”

华容愕然，立刻转身，寻了面铜镜，左右端详后开始比画手势：“王爷，我的脸色不好，不会得了痨病吧……”

“又或者得了内伤？”过一会儿华容又开始比画，“王爷，我要瞧大夫，我……”

“瞧，明儿给你瞧，瞧不死你。”韩朗低声，一指床头的椅子，“现在你先过来。”

华容立刻坐稳，不像有病，比兔子还利索。

交谈于是开始。韩朗先发话，闲闲地问了句：“你有哥哥没有？”

华容迟疑着，过了一会儿才比画：“有的，但是早已经死了，得痨病死的。”

“他待你怎样？”

“待我还好，就是比我聪明，比我俊朗，连头发都比我多。”

“那你怎么办？”

“怎么办？兄弟情深呗，朝他的茶杯里灌洗脚水，夜壶口子上抹辣椒，马桶沿子上涂胶水，怎么友爱怎么来。”

“他不恼？”

“不恼，恼也没用。哥哥是白叫的吗？让他比我大、比我强，活该。”

“的确活该……”韩朗应了声，有一点点倦意，“兄敦弟厚，你这才叫兄弟。”

华容沉默了，眼神闪烁。

韩朗阖目无声，似乎已经入睡。

门外这时有人通传：“禀王爷，林落音林将军到，说是王爷交代，让他一回京立刻来见王爷。”

第十三章

青葱连天

林落音奉军令，披星戴月而归。未等林将军发声，韩朗就正色道："林将军，西南边塞告急，随我去正厅，本王有要事相商。"

当晚，林将军连夜举兵西征。

安置好了一切，韩朗端坐在正厅，屋外启明星明亮，又如此无趣地过了一日。

"主子，皇上不许我审那个人。"流年的声音带着抱怨。

"那就别审了。"韩朗摆摆手，示意流年替自己更衣。

"主子，他心甘情愿地跟着逃跑，分明和刺客是认得的……"流年面带不服，为韩朗系上官带。

韩朗叹了口气，流年的定力、修为还是不如流云。

"所以不用审了。流年，既然他是心甘情愿的，足见不是朝中有人搞鬼，那就只可能是一种解释……"

——漏网之鱼。

因为悠哉殿出事，皇帝暂时移驾偃阳宫休憩。

情绪不佳的皇帝不许任何人打搅，独自对着空荡荡的殿堂，坐在龙案的台阶上，如同失聪，不闻不问。

"皇上该准备上朝了吧？""声音"轻声提醒。

皇帝苦笑，他的"独自"，似乎永远得带着这个影子，从不纯粹。

"皇上昨夜受惊，今天真的要早朝吗？""声音"继续道。

"边疆军事急报，战事当前，今日必须上朝，告知天下，朕没事，让民心大定。"这都是韩朗教导皇帝的道理，他一一用手语转达。

"声音"逮到了皇帝一闪而过的迟疑，紧接着道："皇上还记得，那天晚上问我的话吗？平心而论，我真的觉得，太傅没以前那么疼惜皇上了。”

皇帝听了这话，神色一凛，“啪”的一声扇了“声音”一巴掌，愤恨地用双手比画：“你是介意自己挨了顿韩朗好打吧！”

“声音”垂下眼，表情木然，“我知道，若非皇上出面为我担保，韩太傅这次绝不会轻易放过我。我也承认我恨他，不过皇上自己也该知道，我说的也是事实。如果是以前，韩朗会舍得让陛下在遇刺后的第二天就早朝吗？”

这话一如冷水泼身，冻得皇帝的心猛地一抽。

在沉默中，皇帝的呼吸渐渐变得急促，显出了凄惶。

天色逐渐明亮起来，“声音”垂眼，凝望着逐渐缩短的影子，忽然抬头，“皇上，想要一只鸟活得好好的，却不再飞翔，就该关进笼子。”

“韩朗是鹰，不可能有这样的笼子。”皇帝摇摇头，比画手势反驳。

“那只有折了他的翅膀！”

“他不能飞，那朕又该怎么办？”

“万岁，忘记还有韩焉了吗？”

“朕不喜欢韩焉！”皇帝拒绝，手势比画得飞快。

韩朗与他产生嫌隙，原因出在华容。只要除了华容，韩朗就会还是之前的韩太傅，那个一心一意的韩太傅。这才是他的盘算。

“我们该上朝了。”想到这里皇帝终于挺直脊背，手势开始不疾不徐。

“声音”唯唯诺诺，跟着皇帝，目光开始变得僵冷。至此，他已经完成了刺客交代给他的任务。

“如果逃不了，你就挑拨。利用韩焉克制韩朗，我们才有机会。”想到那个人说的这句话，“声音”的眼眶有些发热。

昨晚，他终于明白了人世间原来还有“希望”，那是原本他早已放弃的希望。

冬至雪来，接连下了几日，流云所在的偏院，雪积了足有半尺深。

白茫茫一片，一只脚印也看不到，里边的人，显然已经很久不曾外出。

华贵端着一份食盒，几步跨到门内，流云仍旧背身躺在榻上，只盖了一床薄被。

“早说了，留得青山在，不怕没柴烧，再不吃饭，我看你不是要吊死，倒是要饿死自己。”食盒掀开，精致菜品飘香四溢，华贵声如洪钟，一边拿，一边凑到流云耳边报菜名，“蒸羊羔儿、腊肉、松花、小肚儿、什锦酥盘儿、清蒸八宝猪、江米酿鸭子。”

流云终于出声，只是仍旧阖着眼睛：“你这大嗓门，也不怕你那哑巴主子，变得又聋又哑？”

“听不进人话，聋就聋了。”华贵口鼻喷火，叉腰盯紧依旧不动的流云，“你已经躺了三天了。”

流云不作声，华贵又站了一刻，气得将屋中第三个痰盂也踹倒，转头就走。

流云早已习惯他这几日的种种做派，只当他终于被气走。只是片刻后，脚步声又响了起来。

华贵端着一碟蚕豆，坐在门槛上，“咔咔”剥皮吃起来，一边吃，一边就着好大一碗凉水。

不消片刻，腹中已如擂鼓，轰隆隆响个不停。噗一声，臭气顿出，直奔门内，且一发不可收拾，接连作响。

“屋里这么臭，不信你还躺得住。”华贵得意地扬起眉毛，高高撅腚，用力到脸憋红。

一盏茶的时间过去，他总算从门前起身，喜滋滋地站在院中，等着流云受不来恶臭，逃命奔出。

只可惜屋内仍旧安安静静，半点动静也无，华贵皱眉，在门口跺脚搓手，大声咳嗽。

门内仍旧寂寂无声。

华贵一惊，以为流云真的吊死在梁上，“砰”一声就撞进门里。

屋内臭气熏天，他一时收不住脚，门板薄脆，轰然倒塌。抵在门上的痰盂应声扣下，直中脑门。

华贵一个趔趄，向后倒在雪地里，扑出一具完整人形。

雪地湿冷，华贵破口大骂，额头上很快鼓起一个大包，格外显眼。

流云不知何时站到他身边，一条布巾系在脸上，堵住鼻子，只露双明亮眼睛，把手递过去。

华贵拽着流云的手起身，两个人并肩站在雪中，互相打量对方的狼狈模样。

华贵大笑：“你可算出来了。”

“……”流云打算转身回去，却被华贵拦住。

“一条路堵死了，那就换一条走，当行则行，当受则受，不必和自己过不去。”华贵从贴肉的内里翻出一本册子来，塞到流云手里，“我家主子虽然不是好东西，但他说的话总有三分歪理。”

一册《两仪四像镇九图》正摊开在流云掌心。

流云眸光倒是多了一丝动容，没有猜错的话，这应该是韩朗授意的。

流云昂起头，看向漫天飞舞的大雪，忽而长长舒出一口闷气，心中苦闷也随之吐出：“其实我的出身并不比你好，我与姐姐出身贫贱，都是披甲人的奴才，只有学好功夫，才能抓住活下去的机会。”

在做披甲人奴才的日子里，流云每日的愿望就只有一个，就是活下去。

“后来，姐姐因为根骨奇特，被选成了武媒，进了王府，跟了当时的大公子……”

因为姐姐的付出，他不再忍饥挨饿，终于活成了人样。

流云昂首，张开手盖在眼睛上，呼出一团白气。

“姐姐死后，我唯一能抓住、能活下去的理由，就是要用这一身武学，去报仇……可惜我一败涂地。”

雪落无声，华贵却开始抽起鼻子，一汪泪险些冻成冰珠。

“那又如何？我家那烂人主子说，天降大任给有用的人的时候，必须先让他拼命干活，不许他吃饭……”

流云叹气：“那叫劳其筋骨，饿其体肤吧。”

“反正就这个意思。我虽然不懂，但我看得出你的功夫，还是比流年差一点点，是不是？那个狗屁王爷那么看重你，绝不是因为你那三拳两腿，而是你比流年机灵。”

“你这话让流年知道，一定会挨打，我现在可护不住你。”流云有些哭笑不得。

华贵脸憋得通红，猛地拍上流云的肩膀：“等你学会了这些机关部署，就护得住。”

流云一个踉跄，勉力站稳脚跟，终于露出多日来第一个笑脸来，“好，我试试。”

十二月初八，腊日。

每到腊日，韩朗都不进朝堂，不问世事。在兔窟，独酌清酒，风雨无阻。

兔窟非窟，是韩朗在京城郊外的家。

这个习惯，是缘于多年前的那个腊日。

彼时的风雪就和现在一样狂肆，他记得他因好奇，跟踪他鬼鬼祟祟的大哥韩焉进了太子府，亲耳听见他们密谋，要杀害皇后亲生的小皇子。

小皇子便是周怀靖，那个叫他师父，让他成了韩太傅的孩子。

他救下了皇子，也因为皇后的鼓动，正式和韩焉为敌。

以后的一切是非恩怨，都在那年腊日开始，也在几年之后的腊日结束。

腊日，算是所有故事的起点，的确值得纪念。

门未关，锦棉门帘被撩起，一个人进入屋内。寒风呼呼地跟着，盘旋扫入。

“你是来告诉我，你接受我开的条件了，大哥？”韩朗望着手中的瓷杯，缓缓道。

韩焉没说话，只对着韩朗，缓缓展开了手上的绸绫。

“朕惊闻贱民华容，蛊惑本朝太傅，居心叵测，其罪当诛。特下密诏，十二月初八，赐予吉象踏杀。”

韩朗浑身一震，放下酒杯，披着风裘起身。

“你真的打算去救他？”韩焉冷笑，上来握住他的酒壶，给自己斟了满满一杯。

“也许我只是想去看看，华容华公子，在知道要被邻国进贡的大白象活活踩死时，还会不会笑。”

华容果然在笑，即使双眼被蒙，手脚被捆着，倒在地上。

眼前是场难得的好戏，文武百官噤声，全部拭目以待。

校场充当临时的行刑地。寒风中，乌云灌铅样地死压下来，显得十分湿冷。

纯白的吉象，额上佩戴的祥玉温润，原本寓意吉祥，可是如今却被蒙上双眼，驱赶着要去将人踏成肉泥。

周围一片黑暗，原本温顺的白象也开始慌乱，卷着象鼻高声大叫。

侍象者上前，拍拍它的左腰，安抚了下它，挥动鞭子催它往前。

白象呼着气，虽然慌乱，但闻到主人的气息也不反抗，一步步往前走。

一步一个脚印，这个脚印绝对巨大，足够将华容碾成肉泥。

天空灰暗，这时零星地飘下几片雪花，落在华容不浓不淡的眉上，慢慢融化成水珠，却不坠落。

华容凝神，听着声音。

又一片雪花飘落而下，白象的前蹄扬起，举在了他头顶。

华容听见了满场百官的抽气声。

不枉众人期待，白象落足，虽然没踩中华容的要害，但一脚踏上了他的右腿。

鲜血喷涌而出，华容的大腿血肉外翻，被这一脚踩得几乎稀烂。

天地一时颠倒，华容咬牙，虽然没昏了过去，却再也笑不出来。

雪终于开始变大，染白了天地。

蒙眼的大象察觉到脚下的异样，用鼻子将华容卷起，向天空高高地抛去。

全场人惊呼，以为这次他必定丧命。

就在这时，校场内突然闯进一个浅蓝色的身影，人影腾空，恰巧接住了即将落地的华容，正是未换官服的抚宁王韩朗。

皇帝一言不发，从龙椅上霍然起身。

雪湿透了韩朗全身，他放下华容，跪倒在地，默不作声。

而大象并没有安静下来，狂躁地伸出后腿，朝韩朗的后背猛地一踏。

韩朗抽口冷气，脑子一瞬间变得空白一片。下一瞬间，他的手已经劈出寒芒，将大象眼前的黑布一分为二，劈落。

白光耀眼，这时的白象却益发狂躁起来，又恼怒地卷起吃痛的韩朗，甩出去。

皇帝张口，向前冲了几步，却在观摩的围栏前停下。

护栏是坚硬的花岗石做成的，韩朗迎空撞上，前胸的肋骨立刻折断。

“请皇上开恩，饶了华容。”起身之后韩朗又道，爬起来缓缓跪下。

两道热流从鼻孔缓缓淌下，他伸手去接，是血。

“请皇上开恩，饶了华容。”

这句话已经强硬得有了威逼的意味。

皇帝冷哼，一甩袖扬长而去。

韩朗举目，却不回望。

此一去，也算雏鹰展翅，只望未来有鹰击长空之日。

三天后。

天子寿辰大赦天下，韩焉被特赦返回天朝。韩朗被禁足闭门思过七日，扣一年俸禄。

大雪足足下了两天两夜，第三日一大早才逐渐停止。

王府中的幕僚陆陆续续走了不少，最终只留下一根青葱的华公子依然坚挺。

对于皇上的决定，韩朗没任何表示，成日窝在书房，和流年下棋。

“记得我跟你说过的漏网之鱼吗？”棋下到一半，韩朗突然发声，一颗白子拿在指尖。

流年立刻侧耳。

“你这就出发，去查查楚家还有什么人是被遗漏掉的。就算是刨了他家的祖坟，也别给我漏了一个。”

“是。”流年颔首。

“回来的路上，是要经过浙江大溪镇的吧。”隔了一会儿韩朗又道，眯着眼睛，目光闪烁不定。

流年点点头。

“那就去查查华容的身世，确认一下，仔仔细细地查。”

流年沉默着记下，没有多问。

“第三，明早你传出消息，就说本王突然想听双簧，重金聘请各地的能人义士，来抚宁王府献艺，有名无名，只要演得好，本王皆有重赏。”

流年又愣了一下，迟疑地问：“主子是想……换人？”

韩朗摇摇头：“你只管放出消息，其他的就别多问了。”

“是！”

破釜沉舟这招，韩朗他未必会用。毕竟，他已经没有时间，再去培养一个天衣无缝的声音出来，但是空穴偶尔吹个风，让听得懂的人着急显形，也未尝不可。

第十四章

陌上花开

浙江大溪镇，好地方，标准的江南风景。

流年敲响华家大门的时候，华家人正在包过年用的大馄饨，薄皮，荠菜猪肉馅，远远地就能闻见馅料的香味。

来应门的是个小媳妇，十指沾满面粉，探出头来问他："你找谁？"

"华容。"

小媳妇的神色立刻就有些闪烁，她伸手准备关门："华容去了京城，你有事去京城找他。"

流年低头，将佩剑外伸，抵住了门板。

小媳妇有些害怕，连忙奔向里屋，一路喊着："有人找华容，姆妈、爹爹快出来。"

所谓的查证于是这样开始。

华家四口人垂手，立在了流年跟前。

流年问华容的相貌，一家之主立刻回答："直眉长眼挺鼻梁，比我高半个头，右耳垂有颗痣，是个哑巴。"

想也不用想，这位好像背过，还不止背过一遍。

流年笑，拿出一张华容的画像，摊在桌面："是不是他？"

一家四口人瞄了一眼，立刻点头，整齐得很。

"你们是他的什么人？"

老头子发话："我是他二叔，他爹和他哥都死了，他没什么直系的亲属。"

"据我所知，华容还有个姐姐，比他大十二岁，老早远嫁，有八年没回来了吧？"

老头立刻点头。

流年又笑了笑，将画像抖了抖，迎光看着："不如我把她找来，让她瞧瞧这可是她的弟弟华容。"

那家子人立刻开始抖腿，不看流年了，低头看自己的脚尖。

流年的笑意收敛，人影一闪，手已经卡在了老头的脖颈处，手指收紧："你最好说实话，我这人可没什么耐心。"

老头呛咳，一张脸紫胀起来，还没来得及说话，小媳妇却已经跪倒在地。

"大……侠，那个……那个我说，画像里的这个人不是华容。"

流年立刻转身，看着她，眼睛隐隐放光。

小媳妇的声音越来越低："四年前，画像里的这个人来咱家，给了咱好多……好多银子，说是以后华容的名字就归他。还交代，不管谁来问，要一口咬定他就是华容……"

"那真的华容呢？"

"真的华……容，收了他更多的银子，说是去外地，去哪儿我不知道，肯定是快活着呢。"

"四年前，画里的这个人来这里，买了个身份，还封了你们的口。"流年沉吟着，理理头绪，将画像折好搁进怀里，"'一根葱'华公子，你还真是计划周详……"

"府里来了好多演双簧的！主子，你要不要瞧瞧？"同日同时的抚宁王府，华贵的嗓门还是一如既往地大。

华容睁开眼睛，点点头，又示意华贵替他解开绷带。

距离被踩已经有半个多月，华容的伤势才算有些好转。依照大夫的说法，大象没踩中他的腿骨，只是踩坏他的皮肉，已经是万幸中的万幸。

可华容还是感到很沮丧，对着那个骇人的伤口叹气，比画手势："这么难看，我以后怎么见人？"

华贵立刻翻着白眼："又不是脸，你有什么不能见人的？"

华容瞪他，拿过新绷带，仔细地缠好伤口，又打了个漂亮的结，这才扶着华贵慢慢站起来。

"瘸了好，瘸子沾不上风雅的边角，一瘸一拐的，估计没有达官贵人会喜欢和瘸子走在一起！"华贵立刻咧嘴。

华容冷哼一声，不瞧他，穿上自己的招牌青衫，又拿起乌金扇，哗的一声抖开。

"疼死也要走得好看，吾是谁？吾是风流倜傥的华公子……"抖开扇子之后，华容比画着，一回身，果然走得半点也不瘸，摇着扇子去看他的热闹了。

王府的热闹果然是好看，演双簧的扎堆，还专门设了个院子，每个门上都有门牌，刻着各人的姓名。

这会子是上午，韩朗上朝没回来，院里横着摆了十几张凳子，乱哄哄地都在演练。

华容走进院子里，侧着头看，扇子摇得饶有兴味。

“华大少对双簧也有兴趣？”身后不知道什么时候有了人声，是韩朗，一只手搭在他的肩头。

“那咱来演一出。”

那只手又开始下压，把他压在方凳上。

华容很是配合，还拿起粉扑，把半张脸扑得雪白。

“你，”韩朗将手指一点，“演我教你的那出，记好台词。”

那个人诚惶诚恐地蹲到椅子背后，清了清嗓子。

“今天春光好，蜜蜂嗡嗡叫。”

开始两句很简单，华容的嘴型勉强能对上，两只手扇动，学蜜蜂学得很卖力。

过了几句之后就有点勉强了，那个人开始念对白，声音颤抖着。

“杀人总要有个理由，敢问大人，我楚家何罪之有？”

这句华容就跟得不太好，多半都没跟上。

凳子后面那个人的声音高了起来：“草菅人命的狗东西，我跟你拼了！”

接下来就是一道风声，听着像利器划过。

华容拿起扇子，捂住嘴，示意自己跟不上。

而凳子后面的声音还在继续。

那个声音开始变得慌乱，显然是拼命不成被制住，“你做什么？你疯了吗？”

接下来的拟音更是精彩万分。

刀兵碰撞声加上求饶的声音，是人都听得出来，是血流漂杵的惨案。

韩朗的眼睛亮了起来，他近前，拿下华容面前的扇子：“上段不会，这段你总会吧，会的话咱再来一遍。”

华容抿抿嘴，轻轻地摇着扇子，勉强配合了一次。

“不像，华公子不敬业。”

第二次，第三次，演到第三次时有了意味，华容出了汗，冷汗一颗颗地滑下额头。

“陌上花开。”韩朗捏他的脖颈，捏得死紧，“这出双簧的名，好不好听？华大少，你很热吗？正月里扇扇子，居然还大汗淋漓。”

“热倒是不热，就是腿有些疼。”华容比画着，“陌上花开，王爷真是好才情。”

韩朗眯着眼睛，撩开他的长衫，果然看见伤口渗着血，将绷带染得通红。

“可惜，伤没好，就不好赏花了。”

“陌上花开，可缓缓归矣。王爷这般风雅，华容的腿子又算什么。”华容一字字地比画手势，笑得倜傥，冷汗片刻就已收干。

戏罢，清静下来之后，韩朗将手枕到头后，开始假寐。

记忆里的那幕还是那般鲜明。

楚家，原来世代都是宫医，可不知道为什么突然请辞，在周怀靖登基后搬去了南方。

那年南方作乱，有韩焉余党盘踞，于是就有了韩朗的南方之行。

遇见那个“声音”的一幕犹在眼前。

是在酒楼，当时韩朗坐在二楼包间，听见有人在楼下大放厥词：“谁说妲己是妖孽，我说她才是《封神榜》里第一功臣。”

那个声音清脆，卷舌味偏重，竟然和刚刚失声的皇帝一模一样。

韩朗追出门去，楼下却已不见了那个人的影踪。

“回大爷，刚才那位是西街楚家的公子。”老板的这一句话就好像一盆冰水，顷刻就浇灭了楚家人所有生机。

是夜星稀，楚家被灭门，韩朗终于找到了那个“声音”，知道“声音”的主人叫楚陌。

像方才双簧里演的那样，楚陌跪在当下，看着满地亲人的鲜血，问他：“杀人总要有个理由，敢问大人，我楚家何罪之有？”

“你和你楚家的罪，就是你这个声音。”当时韩朗俯低，轻抚他的咽喉，就像抚过一件最最珍贵的宝器，“从今往后，你没有名字，不复存在，存在的就只有这个声音。”

楚陌当时目眦尽裂，眼里烧过怒火，还是一个意气风发的少年，骨子里的东西和今日的林落音有些相像。

“陌上花开。”想到这里韩朗失笑，看向侍立在一旁的华容，“故人可缓缓归矣，华公子。”

华容立刻咧嘴，露出满嘴的大白牙。

如果他真是楚家的人，曾经目睹那一幕，见过楚陌全家枉死，那他的定力的确非常。

一切的一切都还只是猜测。

韩朗在等，等流年归来，届时一切猜测就可以得到证实。

又过了半个月，流年还没回来。

京城里的雪开始融化，风也不再料峭，只略微带着寒意。

华容已经大好，能走，只是不能再跑。对此他还是十分遗憾，跟华贵比画手势：“这样戚大人的生意以后就不能再做了，他喜欢玩老鹰捉小鸡来着。”

华贵心情看来不好，理都不理他，“呼啦啦”只顾扒饭。

华容只好趴在桌上，指着桌上的碗碟：“干煸四季豆、干炒牛河、干锅豇豆，华贵，你明知道我不吃辛辣……到底是谁惹了你？你要这样拿我撒气。”

华贵“哼”了一声，咣当地收碗：“那你可以叫王府的厨子做给你吃，反正你现在得宠。”

“叫……叫了等你劈死我？”华容撇嘴，气愤地比画手势，亦步亦趋地跟着他。

跟出厨房后，又跟出院子，华贵一回头他就看天，乌金扇子扇得飞快，一点儿也不心虚。

果然，跟到最后跟进了流云的别院，华容咧着嘴，心想自己猜得果然没错。

惹华贵生气的果然是流云。

流云已经大好，这阵子正在演练阵法。演练阵法也就罢了，他居然还请了个帮手，给他打下手跑腿。

“怎么还在摆这个？摆来摆去也学不会。”一见面华贵就翻白眼，瞧流云一万个也瞧不上。

流云于是叹口气：“阵法最好是有人实验，可是这个阵法有危险……”

华贵立刻双眼放光。

“主子！流云大侠说，阵法要人实验。”

华容气得打跌，咬牙切齿地比画手势：“干吗叫我？难道我的命就不值钱？”

“被大象踩死还不如被阵法憋死，这叫死得其所！”

华容又是气得打跌，也没空纠正他死得其所的用法，上来蹲低，朝流云比画手势：“你为什么要请这个丫鬟帮忙？”

流云看得懂，一愣：“我现在手足无力，连块小石头也搬不动，当然只好请人帮忙。”

“可是你不觉得我家华贵的力气更大吗？”比画这句话时华容偷偷摸摸的，不让华贵瞧见，“我帮你试试，你记得请他帮忙。”说完人就踏进阵法，扇子轻轻扇着，那架势好像在街上闲逛。

处理完公务已经是深夜，韩朗回房，咳嗽一声，却不见华容的踪影。

下头有人禀告：“华公子被困在流云公子的阵里，到现在还被倒吊在枣树上呢。”

“就让他吊着。”韩朗将手一挥，“吊到流云学会解开阵法为止，你去书房，把我的折子拿来。”

折子被拿来，屋里灯火通明，可韩朗突然觉得索然无味。少了华容，这屋子好像变得冷清许多。

门外这时有人通传：“禀王爷，大公子求见。”

人是自己请来的，韩朗并不感到意外，差人煮酒，等韩焉进门立刻举杯，“我记得我们兄弟已经很久没一起喝酒了。”

韩焉点点头，落座，一口气将酒饮尽。

韩朗又替他满上，“以后我们对饮的机会也不会太多。”

“我中了毒，毒名‘将离’，我也的确行将离开。”停顿片刻之后，韩朗又道，表情并不悲伤，而是平静。

韩焉轻轻笑了一声，将杯子拿在手心摇晃，环顾左右，“怎么不见你那位殿前欢华公子？”

韩朗不答。

“你就从来不觉得他这个人不简单吗？”

“有劳大哥关心，这件事已经在查证。”

“有了怀疑还需要求证？”韩焉的笑开始带着嘲讽，“抚宁王韩太傅，你几时变得这么优柔寡断？”

韩朗顿时沉默下来。

产生了怀疑却不灭口，是啊！他几时变得这么优柔寡断。

停顿了一小会儿，韩朗立刻接口 ：“大哥不需要这么关心我，还是好好考虑一下我的建议。”

“什么建议？”

“我死之后，接我的位子辅佐圣上。”

韩焉还是笑，笑里分明带着芥蒂，“今天咱们不说这个，听说你最近得了个人才。”

“谁？”

“林，落，音。”韩焉一字字地道，“风闻他在西南打了胜仗。”

“没错，他这人的确是个将才。”

“听说他使左手剑。”

“是。”

韩焉将酒杯递到唇边，一口口极其缓慢地饮尽，隔一会儿才道，“恭喜”。

第十五章

鹏翔我前

月半圆，树不矮，华容华公子就这么被高高地倒吊着，闭着眼睛，温习《静夜思》。

“没想到你这样挂着，还挺有气质的嘛。”韩朗现身，用食指推着华容的太阳穴，不动声色地看着他来回晃。

华容睁开眼睛，笑眯眯的，充满血丝的双眼，在月下勉强可以算是璨亮。只见他单手打开扇子，准备拍马屁，而此时吊着他的粗绳突然断裂，华容的头笔直地坠下。

头在落地前，韩朗伸腿勾足将他的头抬住。

“王爷，你来破阵接我回去。”华容勉强站起来，活动了一下麻木的手脚，带着一脸讨好的表情比画手势。

韩朗冷笑着拍拍华容冻得冰冷的脸：“你当本王是万能钥匙，想开哪里就开哪里？若是让你的脑袋开瓢，我还比较有信心。”

华容嘴巴半张，词穷，足见是挂的时间过长，脑子暂时不够用了，“王爷不会阵法？”

韩朗大笑着坐在地上，拉华容并排坐下，环顾黑漆漆的四周。

“既然我们暂时回不去，不如趁这个月黑风高之夜，我们主仆交心畅谈。”韩朗就地坐下。

华容哪里可能拒绝，他露出笑容，正想表示自己有兴趣时，韩朗却已经将自己的大氅给他披上。

“王爷真好，谈心前，还怕我冻着。”华容的手指舞动。

“华容，你可真够假惺惺的，本王为救你受伤，也没见你‘半’个谢字呢！”韩朗的笑容和煦，眼神却冰冷，浓浓的杀气迅速凝聚，重重地压在华容的身上。

“我原先是想买补品来孝敬您的，但是又觉得——反正羊毛出在羊身上，自己少向账房要滋补品，也就是了。”华容动手，应答如流，没丝毫的犹豫和害怕。

羊毛出在羊身上。好！有胆识！

可这份胆识，不足以让韩朗能不杀华容。而韩朗的心里很清楚，自己确实也没想杀他。

“皇帝不过是将您哥哥封为护国公——息宁公而已，可见王爷的地位，依旧无法动摇。”

“华公子如今是在显示你幕僚的捧杀才华，还是故意泄露你的蠢，让我可以放过你？”

华容比画：“王爷如何想都可以，华容悉听尊便。”

四周的夜风，缓缓地流动，韩朗的眼睛一亮，他突然拢起华容披着的大氅，拽他起身。

“该回了！”

“王爷怎么突然没兴致赏月了？”不怕死的华容狐疑地比画。

韩朗白了他一眼，冷冷地回答道：“再不走，大阵一发生变化，我可真不认得出路了。”

华容会意，一瘸一拐地跟着韩朗小跑。

“上次看双簧，你的腿脚不是已经很利索了吗？”韩朗在远处，站定等了他一会儿。

“我挂着太久，伤口可能开裂了。”

韩朗的视力再好，在黑夜里隔得远，也看不清华容比画着什么，但心里早料定了是华容在辩解。他皱着眉，回头放缓脚步，华容好似得意地摇扇而笑，盯着韩朗身前阵形的变化，万分地专注。

“华容，林将军近日要凯旋还朝了，你说我该如何赏他？”

韩朗突然那么一问，华容还在茫然，大阵已经变动。

韩朗笑着眯起眼睛：“华容，你迟早是个祸害，我又正好相当地欣赏你，不如我死后，你做我的陪葬吧。”

华容想比画手势，却听得韩朗抢白：“你别比了，我身后可没长眼睛，省省吧。”

华容识相地不动，两个人出阵。

如韩朗说的那般，几日后，林落音果然大捷而归。韩朗十分欣喜，为他特地设宴接风。

宴席上韩太傅笑着听人将他比成伯乐，人一得意，自然喝高了，当众特准了坐在身边的华容一天假，用来陪林将军叙旧。

没啥道理，就算林将军秉性正直，但韩朗能当着这么多人的面，将自己的幕僚出借，足以表明韩朗对林落音的器重程度有多高。

赞许声又起，韩朗擎杯敬酒。林落音一扬脖，喝下酒，准备起身谢绝，却见华容目不斜视地望着韩朗，吃力地用金扇为抚宁王扇风的样子，硬生生地咽下了这口气，没有反对。

韩朗言出必行，第二日一早，华容就带着华贵到新赏给林落音的将军府门前报到。

林落音以礼相迎，见华容的表情似笑非笑，突然心里又觉得非常不痛快。想打发华容回去，又怕韩朗借此再为难他。于是建议道："还是出门走走，散散心吧。"

华容当然赞同，一出门，他便亮开金扇，器宇轩昂地跟随着。

华贵心不在焉，林落音本来就是个闷葫芦，华容是个哑巴。

出乎意料地，他们三个人一个比一个安静。

熙熙攘攘的人堆里，他们之间的气氛出奇的尴尬。

"你明明文采不差，怎么会想起干这个行当？怎么不找个好营生？"为了打破尴尬，林落音好不容易琢磨出来一个话题，可这话一脱口，林落音就开始后悔，却已覆水难收。

华容侧头单手缓缓打开扇子，冥思了一会儿，像是在犹豫是否要揭底。

华贵的脸盆面孔也凑近过来："人家都问了，你就别装清高，说啦说啦，我也想知道。"

华容因为华贵的突然靠近，受了惊吓，居然不停地打起了嗝。林落音这才安慰道："你不想说就算了。"

华容收扇，食指抚摩了下扇骨，眼睛笑成一条缝，一边打嗝，一边断断续续地比画手势。

华贵那向天歌的脖子一伸，添油加醋，卖力地讲解道："我家主子在潦倒时，突然发现一栋大宅子，金碧辉煌却没个活人住。于是他很贪心地在里面好吃好住了三天三夜。第四日一早，有人来请，才知道这座房子原来是个作画先生住的，不知道怎么人不见了。请的人是群新手，只当那个人就是我家主子。开始啊，主子挺好面子的，摇晃着小脑袋解释，可是那些粗人不识字，更不懂哑语啊，只是认为他不乐意，于是赶鸭子上了架。等到了地方，才知道请错了人。但是面对满屋子人，金主怎么肯丢面子啊，好说歹说地让我家主子落笔。我家主子画完了，得了不少银子，觉得也没有损失什么，反正糊口不易，索性就入了这行。"

阴差阳错，铸成千古绝作。

好长的一段话，华贵说完，只觉得口干舌燥，眼睛四处瞄着，寻找路旁的茶馆。

林落音听得一愣，听完也不知道该说什么，干脆头一低，又开始不说一个字了。

沉闷无比，没劲透顶。

"你们那么少话，根本不需要我。流云那边，我……还有事，先回了。"华贵直言不讳，退堂鼓一敲，立即闪人。

又走了半天，华容依旧不时地打嗝。林落音频频看他，闷了半天，才问出一句："听说你受了伤？”

华容点点头，神色怪异，明摆着是在责怪林落音，等翻译专员开溜了，才开了尊口。

随即——林落音又没话接了。

又打了个嗝，洒脱活络的华公子，摇着扇子走到了闷葫芦前头，林落音倒不介意他反客为主，欣然跟从。没走几步，华容合扇伫立，林落音不解，顺着他的视线望去，石阶直铺而上，尽头只见一座寺庙。

京城第一大寺泰莱寺。

“华容，你想上香拜佛？那一同去啊！”

华容忙摆手，一下子不打嗝了。

“走啊。”林落音催促。

华容为难地笑笑，眼如弯月，佛曰众生平等，他就算进得庙堂了又如何？人生千百，那些人自是看他不起，划分出三六九等，见了他只会啐一口“奸佞小人”，捂着鼻子远远躲开。

何必有辱佛前？

在京城，华容因其“一二三名言”而小有名气，一靠近佛门就有人侧目，鄙夷多过好奇的侧目。他们每多上一步石阶，三姑六婆七十二婶就多上几个，一起指指点点地嘀咕着。

最终，护院僧侣上前阻拦，拦下的却是无法开口的华容。

“施主留步。”

林落音率先往前跨一步，挡在华容身前质问道：“众生平等，参佛难道也看人？”

高僧笑而不答，绕开林落音，带着七分歉意、三分畏惧的表情，将华容拉到一角，嘀咕好半天。华容双手入袖，洗耳恭听。

林落音不解，侧身细看，正巧见到和尚将几张纸塞入华容袖中。华容收了东西，眉开眼笑，欣喜地转向林落音，用金扇指指路，表示要循路回去了。

知道林落音郁闷，华容一反常态，用殷勤的目光向他示好，林落音却视若无睹，拉着华容直接问道：“那个和尚到底给了你什么东西，让你这么开心？”

华容笑容可掬，却面带心虚，眼睛控制不住地向自己袖子里瞟。

林落音眼疾手快，从华容袖袋里搜出几张叠好的平安符箓，顿时心凉半截。原来佛不拦他，划下天堑的，是人。和尚看着他想求几张平安符，只能悄悄塞下，避免一众口舌。

华容见事迹败露，笑脸垮下，眼睛眨眨，不舍地抽出一张，递交给林落音，意思明白：见者有份，不必多说。

林落音木然地深望华容，看见华容双眸清澈如泉，却让自己怎么也看不穿。华容看他不收，又心疼地多分了一张。

“余下的还要给别人。”他胡乱比画，紧紧护住袖袋，“这两张，足保你平安富贵。”

“你就这点骨气？他们作践你，你也不会反抗？”质问者声音沉哑，目光炽烈。

华容一愣，抬眉挠头。林落音这才意识到，这本来就是华容推崇的职业精神。

林落音怒气勃发，掉头就走，听到华容的足音，他吼道：“你回吧，不用送了！”

夕照一地，华容双手执扇，向着林将军的背影深深作揖。

眼前之鹏，可水击三千里，扶摇上九天，可惜燕雀不知其志呀。

华公子恭送着已然如大鹏展翅的林落音，保持他贯有表情：微笑。

顺道拐弯，林落音的步伐逐渐慢下来，最后他停了下来，站了许久，许久，直到落日西沉。

目送林落音离开后，华容回府交差。没料到，韩朗提前回府，官服未换，高坐在正堂发脾气。

华容停在门外竖起耳朵，才知道是为流年至今未归，消息全无的事。

表现的机会难得，华容亲自为韩朗泡茶送上。

“你今天得了什么，如此高兴？”痛骂之后，韩朗喝口茶，消了点气。

华容马上比画手势：“只因为离开王爷那么久，很是想念。”

韩朗冷笑着睨他：“我看你是觉得流年不回来，对你是件好事。”

华容忙摇晃着脑袋表示否认。

韩朗没有追究：“晚上我出趟门，你在府里好好待着，不必跟着去了。”

华容点点头。

“还有，我想借你的宝扇一用。放心！我决不白借。”

华容听后，乐呵呵地比画手势：“还是王爷好，最懂小人的心思。”韩朗又瞥了他一眼，不再吭声。

当夜抚宁王造访泰莱寺。寺院住持一代宗师，笑问韩朗来意。

韩朗大笑地缓缓展开借来的扇子，面上“殿前欢”三字在灯下闪光，道：“来求平安。”

众僧面面相觑，没过多久，韩朗在沉寂中宣布：“佛门平等，既然是求平安，无论皇亲百姓、乞丐、戏子，都可入内，一律不得阻拦！另外——”韩朗一顿，又道：“你们最好都给本王记着，以后见此扇如见本王，如果谁见了这扇，还拒让人进佛门，就是看不起我抚宁王。”

翌日，韩朗夜闯泰莱寺，已成街头巷尾一桩奇闻。

可惜当朝已非他韩朗能一手遮天之时，他狂妄的行径，隔日大早就有人上奏弹劾。

韩朗垂目，只字不辩。朝上户部尚书已然出列，积极为韩朗开脱。

上告天子称，百姓疾苦，抚宁王此举恰可安定民心，是一夫得情，千室鸣弦的善行。

满朝附议，韩焉站一边也但笑不语。

好一招借花献佛。只是韩焉没看懂，他韩朗借了谁的花，献了哪家的佛。他拨弄着自己的手指，心里想象着当韩朗知道流年已经永远回不来时的表情。

满朝文武大臣皆沉默着。

韩朗垂首，渐渐觉得呼吸不能平顺，于是抬手，掩唇压抑着咳嗽了几声。

指缝间猩红触目，韩朗略微愣了下，胸口的气血却再不能压抑，突然间悉数涌上了喉头。

局面脱离控制，他居然在朝堂上吐血，当着百官的面轰然倒地。

场面混乱一片，天子大惊失色，冲下龙椅，死死地搂着韩朗的脖子，表情十分无助却不出一声。

韩焉开始对皇帝的始终沉默产生怀疑。

而韩朗此刻撑着最后一抹清醒，迎上韩焉的视线，说道："皇上，臣没事，明日就能好……"

"皇上，宣御医吗？"

等韩朗昏厥之后，韩焉才说道，他蹲下身，看着皇帝紧闭的双唇。

第十六章

夜星乍无

韩太傅言而有信，第二天果然好了些，至少有力气坐上马车，回到抚宁王府。

这次毒发来势汹汹，他开始卧床，一身一身地出汗。

华容很是尽职地陪他，替他换衣裳、擦汗，拿小勺一口口喂他喝药，马屁功夫绝对周全。

这么熬了十天，两个人都见瘦，脸色一起变得青白，还真是一对齐心的主仆。

抚宁王府来人无数，韩朗一概不见，能进出他房门的就只有流云。

流云已经痊愈，虽然武功不再，可事情还是办得周密。

第一天来禀："礼部和刑部的事已经交给大公子，大公子说会悉心料理。"

第三天则是："流年的确失踪，属下会派人去查探，还有他去查的事会另派得力的人去查。"

一切的一切都不避讳华容，俨然已经把他当成了心腹。华容感激涕零，小扇子打得更勤，更是寸步不离地悉心照料。

第十天时流云又来禀告："双簧那里来了新搭子，声音……很像，王爷如果大好可以去瞧瞧。"

说这句话时华容毫无反应，正端着药，一口口地仔细吹着。

"今天是三月三呢，"喂完药华容开始比画手势，"在我们老家，这个节气大家都赶庙，还放烟花，可以祈福的。"

韩朗咳嗽了一声，支起身子："你的意思是要替我祈福？放烟花还是进庙？"

"放个烟花吧。"

"那叫管家预备？"

"那也不必。"华容蹙眉，壮士断腕般咬了咬牙，比画手势，"我院子里早先买了些绝好的烟花，浏阳出的，可以喊华贵去……"

"一千两，买你绝好的烟花和好心，够不够？"韩太傅绝对体察人心。

华容连忙比画手势，表示感谢，因为对价码满意，手势比画得格外优美。

烟花的确是绝好的，特别是最后一个，三色火球追逐着飞上半空，在夜色里盛放成一棵烟花树。

“再加一千两，赏你这朵确实绝好的烟花。”看完之后，韩朗抬手，从怀里夹出两张银票。

一旁的华贵咋舌，大嗓门毫不知趣：“这朵烟花只卖十两，因为主子和那厮攀交情，最后那死鬼五两就……”

华容瞪着眼睛，拳头立刻杀到，气愤地比画：“见面百两，合缘千两，一眼只便宜五两，那厮是占了天大的便宜！”

几个回合下来气氛活络不少，韩朗也觉得气息通顺，于是从椅上站起来，站在华容身边。

华贵打了个嗝，黑眼珠翻上天，正想抽身，却看见月光下有个单薄的人影，已经无声地跨进了院门。

外头的流云跟进来，连忙跪下：“主子，我……不敢拦，也拦不住。”

韩朗摆摆手，流云连忙识趣地退下。

华贵找流云有悄悄话要说，也跟着走了。

院子里于是只剩下三个人。

韩朗，华容，还有那个悄无声息而来的皇帝。

皇帝的手动了起来，表情有些凄楚：“你好些没有？是不是不再需要我的探问？”神色好像被全天下遗弃了一般。

韩朗的心一时被牵动，他上来揽住皇帝的肩，就像揽着年少时那个孤独无助的他。

皇帝的头仰了起来，手势缓慢：“到底你待我是不是忠心，能不能给我一个……”

韩朗沉默不语。

沉默叫人抓狂，皇帝的身子渐渐颤抖着，手不自主地就按上了韩朗腰间的佩剑，再也不能控制怒意，一剑就指上了华容的咽喉。

华容还是笑，分明带着轻蔑。

剑往前再送一分，割破了他的肌肤。

韩朗的手就在这时握了上来，空手捉住剑刃，手掌立刻鲜血淋漓。

“我可以倚重韩焉，不一定只能一心靠着你。”皇帝的这个手势已经比画得失去理智。

“那我要恭喜皇上，终于学会了制衡。”韩朗还是很冷静，五指握紧，不肯放松。鲜血从指缝落下，一滴滴，猩红，炽热。

就在这个沉默的当口，院门处居然有了人影，流云去而复返，屈膝跪在了门口。

华容
恨到
生死不容。

你当真是如此
恨我，恨到……
韩朗

“禀王爷，大内去了个刺客，武功极高，御林军没人能拦住，已经被他将人劫出了宫去！”

韩朗吃惊，立刻上前，捉住了他的领口：“哪个人？我问你哪个人？”

“关在悠哉殿的……‘声音’。”

“你不是说人关得极其隐秘，入夜还在花园布阵，任谁都出入不？”

“属下该死，那个人看来熟悉流云的阵法，不到片刻就破阵而去。”

这一番对话让韩朗觉得目眩，连退了几步才稳住身形，扶住门喘息着。

“什么时候进的宫？”揉太阳穴片刻之后，韩朗平静下来，开始追问细节。

“方才，就是府里燃放烟花那会儿，不过片刻人就已经被劫走，看来是计划周详。”

这一句话让韩朗有所顿悟，回头，看着面无表情的华容。

皇帝手里的长剑被他劈手夺下，一个闪身就钉进了华容的肩胛，将华容钉在了身后那棵榕树上。

“阵法，那天你见我破过，知道生门在哪儿。还有，烟花一放刺客就入宫，你别告诉我这些都是巧合！”

夜色之下，韩朗的长发飞舞，剑身旋转，缓缓搅动着华容的血肉。

华容微怔，无辜的表情绝对做得逼真。

“你们约在哪里会合？”韩朗的眼里燃起血色，手指握拢，卡住了他的咽喉。

“华容不明白王爷在说什么。”华容从容不迫地比画着手势。月色这时透过树梢，照着他的脸，终于照出了他眼底的凛然。

“王爷一定是误会了。”在濒死的那刻华容还是以手代口，抬眼看天。

天上星辉朗照。可以肯定，楚陌这时已经自由，在做了六年囚徒之后，终于迎上了自由的夜风。

自由的味道。楚陌嗅了嗅，也许是太久没有闻过，一时间还是觉得有些恍惚。

身边救他的人穿着黑衣，还是一贯的沉默，递给他一壶水，示意他先休息一下。

楚陌急忙喝了一口，问：“我们和他在哪里会合？”

“和谁会合？”黑衣人显然一愣。

楚陌的心沉了下去：“那是谁要你救我？他没说在哪里会合？”

“救你的是十万两雪花银。”那个人停顿了一下，“我从不打听主顾的姓名，只知道他愿出十万两雇我，动手的信号是三色烟花。”

“那他没说在哪里会合？”

“没说，他只让我带你脱离危险，哪里安全就去哪里。”

“哪里安全就去哪里……”楚陌痴痴地跟了句，忽然间通身冰冷。没有目的地，也不知和谁会合，他根本就没法脱身。

早春的风在这时吹了过来，一丝暖意里裹着刺骨的冷。

楚陌的声音开始变得僵硬："最后放烟花是在哪里？你看清楚没有。"

"抚宁王府。"那个人肯定地道，"最后一次联系就是在王府东侧的小巷，他给了我阵法的破解图，说是万一有用。"

楚陌沉默下来，抱住双臂，眼里有火在燃烧。

那个人催促道："我们还是快走，虽然已经出了城，也不能大意。"

"我不走。"

蹲在地上的楚陌突然低声说了一句。

"我不走。"再抬头时他目光灼灼，里面仿佛有着不能摧毁的坚定，"除非他跟我一起……"

天色微亮，韩朗起身，掬水洗了洗脸，踱到偏院。

偏院里华容呼吸沉重，已经昏迷了足足三天。

床边的大夫见到韩朗赶忙起身，低头道："按照王爷的吩咐，肩胛的伤口没替他处理，现在他高烧，昏迷也是真的，可是没说胡话。"

韩朗停顿了一下，搬张椅子靠着床，手指拍打着床沿。

或许是真心有灵犀，华容就在这时醒来，睫毛微微颤抖，露出一个虚弱的笑容。

韩朗拿了一盒药，靠近："高烧昏迷也不说胡话，莫非你真是哑巴？"

华容眨眨眼睛，表示他完全多此一问。

"那天进皇宫的，据人描述应该是'踏沙行'，江湖上绝顶的刺客，报价十万两一次。"韩朗继续说道，到这里略微停顿。

"十万两，不知道华公子要攒多久。"之后他的声音嘶哑，身子前倾，威压愈甚。

华容喘息着，艰难地举起手，比画着："那要看是什么样的主顾。"

"不管什么样的主顾，十万两你出得起。"韩朗眯着眼睛，手指在他肩胛的伤口处轻轻一按，"还有，华公子聪明绝顶，应该知道那些消息我是故意放给你的吧？"

华容眨眨眼睛。

"你果然行动了，可惜我愚钝，没想到你居然这般胆大，在我的眼前公然放信号救人。"

这句话说完，华容还是眨着眼睛。不论何时何地，他好像永远笑得出来。

抚宁王韩太傅，平生第一次有了无计可施的挫败感。

时间在沉默中流走。

“我应该向你致敬，无所不能的华公子。”到最后韩朗低声道，眼里燃着火，在华容肩头的伤口处狠狠按下。

“王爷……谬赞。”华容果然还是笑着比画，只是比画得很艰难。

“王爷。”

流云来访，不依不饶地叩门。韩朗应声，流云进门附耳，低声说了几句。

“好。”闻言之后的韩朗的眼眸骤亮，将头偏向华容，“你去将人带来这里。”

流云领命。

门外很快响起脚步声。

韩朗扶起华容，扶他到床前太师椅坐正：“幕僚如此能力，当赏。”韩朗说着，将白色的创药膏慢慢涂在华容伤口上。

两人目光对峙，都好似在等对方出后招。

来人进门。

不出意料，那个人是楚陌，手脚戴着镣铐，脸颊有一道长长的伤痕。

流云在一旁禀告：“他是在城外十里被拿住的，被抓时孤身一人，没有见到‘踏沙行’。”

韩朗点头，脸上充满笑意，用手将华容面容摆正，“不知道两位认不认识。”他低声说，食指沾着白色的药膏，在华容脸上画下一道白痕。

楚陌的身子一颤。

而华容抬眼，也在这时对上他，两个人终于四目相接。

第十七章

心哀归息

伤，一白一红。无论真假，都是苦。

两个人摆在一道，相貌并不相似，但眉宇间的神情却有一丝相似。

楚陌面无表情，转头盯着韩朗不屑开口，华容在韩朗的身后摇头。

韩朗回头看了一眼，笑着看华容："你离我那么近，不是想咬死我吧？"

其实压根就不需要答案了，韩朗意在看戏，而且是一出能让华容笑不出来的戏。

阳光游进屋子，在华容汗珠陡然落下那一刻，韩朗已经推开了他，向楚陌出手。目标不是楚陌的前胸，而是他的后背，韩朗要硬生生地拧碎楚陌的脊椎。留他的声音即可，至于他的下身将来能不能动，根本不重要。

即将得手的那一瞬，华容猛地一头扎向韩朗的身前。啪！声音干脆利索！华容的左肩再次受创，沾了血变成粉色的骨头突了出来。

韩朗倒吸一口冷气，旋即又怒目转向楚陌。

华容顺势倒在韩朗的怀里，用头顶住，阻止韩朗向前的步伐。

"你！"韩朗气得掐住华容的咽喉，华容直视着韩朗，双眸带笑，态度坚定。

韩朗的手劲松了下来，终究没起杀念。而他松开手指的那一刻，楚陌已经疯了一样地扑过来，却被韩朗一掌甩开，破门而出。

楚陌咬牙撑着门外的古树，踉跄着站起来，对着华容遥遥一笑。

一场能预料到结果的游戏，竟然让韩朗感觉到没来由的愤怒，可浓浓的杀气却因为华容慢慢收敛。他深深地看了华容一眼："华容，很多时候你不懂。"

华容的手捂住横刺在外的骨头，怔怔地看着门外。

韩朗眯着眼睛，随着华容的视线看过去，门外来人逆着光，长弓拉满，弦上的羽箭直对着自己。

"嗖"的一声，箭划空射出！

韩朗冷笑着站定，等着箭到。此箭居然是支空头箭，可即便如此，也射穿了韩朗的衣袖。

“韩朗，我有话问你！”射箭之人大吼，居然是从不折腰的林落音。

韩朗冷哼一声，单手扯下残袖，往地上一掷：“忙家事，没空！”

“只问一句，我师父是不是你杀的？”

韩朗目光一凛，猜到韩焉已经找到林落音，将真相全盘托出。果然，四面楚歌，前歌后舞！

该来的总是要来，韩朗从小到大，还不知道“怕”字怎么写。

“没错。”韩朗昂着头，斩钉截铁地回答，也没想多解释什么。

林落音的师傅，负剑不祥紫袍客沈砚池，居然是韩焉暗插在韩朗身边的内应，不解决，怎么可能？让他死得异常风光，绝对是韩朗的仁义。

这时，王府的护卫已经闻风赶来，纷纷引弓搭箭，一齐对着林落音，把他团团围住。只要一声令下，林落音就会变成刺猬一只。

林落音咬着牙，恨意不减，又取出一支箭。这次，有箭头，锋锐的箭尖在日光下寒芒森森。他毫不畏惧地将弓再次拉满，弓弦牵动，黑羽雕翎箭，一触即发！

忽然，有个不怕死的踉跄着上前，挡在韩朗的身前。

“华容，你让开！”林落音与韩朗异口同声地道。

林落音的箭头微微发抖，楚陌不可思议地凝视着华容。

韩朗横扫华容一眼，皱着眉头。华容后脑像长了眼睛，不客气地靠在韩朗的身上，捂住伤口的手指指缝间渗出殷红。

指挥府中守卫的流云在一旁冷眼旁观。远处传来华贵的大嗓门，声音略微发飘：“死流云，放我出去！”

云随风移，悠悠然地遮蔽住了天日。

韩朗扯了一下嘴角，转身，放低声音：“你真想维护谁，别以为我看不出。”

华容还是挡在他的跟前，缓缓动手比画着：“用林落音的时候，王爷就应该料想过会有今天，那么王爷为什么还要用他？”

韩朗微微一愣。

为什么，因为林落音耿直不阿，是个将才。一将难求，自古如此。

“好，念你舍身护我，我卖你一个人情。”心念至此，韩朗挥挥袖子，“楚陌我是万万不能放的，林落音这件事我可以当没发生过。”说着，挥手命令他们退开。

不料楚陌此刻居然想张口说话，韩朗余光瞥见，情急之下，随手拿腰间的玉佩掷投，第一时间封住了他的哑穴。

这一下动作过大，林落音以为韩朗要动手，箭急急地离弦。华容真的去挡，韩朗的神情僵硬，转回身护着华容闪避，箭身擦着他的眼角而过，鲜血急射，喷出一道弧线。

“主子！”流云惊呼一声，守卫执弓再起，林落音木然地收住攻势。

华容近身，紧紧地拽牢韩朗的胳膊。韩朗的血模糊了一只眼睛，却不食言：“当本王的话是玩笑吗？都退下！”

红日从云端探出头，光透过屋檐悬钟上的饕餮纹照下，光影斑驳，照着华容的笑脸。

当夜，楚陌被秘密押送回宫，像其他所有皇帝不该知道的意外那样瞒住了皇帝。

华容继续养伤，昏倒前已经下好了补品清单。

“主子真的相信华容说的，那个人是他的旧知交？”当夜流云回书房复命时，终于按捺不住心中的火气。

“信。”韩朗揉揉伤处，闲闲地开口。

流云闷头不语，堆着棋子。

“流云，你别动华容。”韩朗道。

流云不答话，棋子没堆好，撒了。明明所有症结都在华容身上，凭什么动不得？

“这叫愿赌服输。”韩朗阖眼，低低地补充了一句。

起用林落音就是在赌，放消息逼得华容动手也是在赌。

一局棋有输有赢。

林落音的确是个将才，然而知遇之恩却盖不住前仇。

至于华容，毫无疑问是和楚陌有天大的瓜葛，是楚陌的旧知交也好，是楚家的漏网之鱼也罢，如今已经不再重要。

“他到底是什么身份，已经不重要。”韩朗叹息着道，“重要的是他绝不会再有机会弄人出宫，你不要动他，我和他的游戏还长着呢。”

流云还是沉默着。

韩朗忽然一笑：“这样，你不动华容。我也不会用华贵这招去牵制华容，如何？”

连着几日，韩朗因为眼睛受伤告假，听说韩焉又拿下了工部。

朝堂上，韩焉觑着冕旒下的当今天子。

从始至终，皇帝一直闭着嘴，精神涣散、表情呆滞，根本无心朝政，那双眼睛可以说是没离开过平常韩朗站着的位置。

韩焉连叹气都省了，相当不屑，这样的无能小孩，有什么值得自己护卫的。

没想到韩朗护短到如此地步。真验证了那句话，聪明一世，糊涂一时！

不一会儿，皇帝宣告退朝，太监恭敬地请韩焉后宫议事。

静瞻轩，皇帝遣退了太监、宫女，闷声高坐品茗，好像对韩焉还是心存芥蒂，一副爱理不理的模样。韩焉见了更加泄气，想想韩家世代护国，扶持的却是他周姓天家一堆堆的烂泥。老天不公！

皇上终于开口，寒暄的话，三句不离韩朗。可为什么语气与皇帝的神态，格格不入？

韩焉正盘算着如何试探，小天子一推茶杯，竟然昏睡案前。

后面的暗门一开，一个人走了出来，步履坚定。

“是我在茶里下了药，让他睡着的。”韩焉闻言一呆，随即莞尔。

“你是——”

“我是皇帝的‘声音’。”楚陌道。

韩焉“哦”了一声，等待他的下文。

“其实当今天子，根本是个哑巴。”

韩焉转眸消化这句话，把以前的事猜了个大概：“是什么原因让你冒死，告诉我这个秘密的？”

“为了我，和我弟弟。我想请你帮忙，推倒韩朗，还我们自由。”

“你说你是为你弟弟，可阁下似乎忘了韩朗也是在下的弟弟。”韩焉饶有兴趣地看着楚陌。

楚陌沉默着握拳。

韩焉冷笑道：“再说，我也不喜欢帮窝囊废。”

楚陌绝望的眼里又放出光彩。

韩焉起身，用冰冷的眼神凝视着昏睡着的皇帝头顶上的冕旒：“纳储阁以前是历代先帝存放重要奏折的地方。当年，太子身亡，先皇要立这个小皇帝为太子时，韩朗有一本劝杀皇后的密折。你能让这位圣主找到那份奏折，我就答应帮你推翻韩朗。”

楚陌想了想，点头称好。

殿堂上的明烛再亮，也照不透那层浓浓的晦暗。

“不过，事先提醒你，韩朗以前为找这份奏折，也下了很多功夫。可从他下令封闭纳储阁来看，他也没能找到。”

第十八章

留犊弑母

劝杀皇后的密折，韩朗居然曾经上书劝杀当时的皇后——小皇帝的亲娘，这个消息绝对让人震惊。

可是一个月过去了，楚陌根本没有靠近纳储阁的机会，更别说是去寻找奏折了。

一夜又一夜过去，没有任何华容的消息，他只能伴着他的小皇帝，无人时偶尔对坐，看窗外的积雪渐融，露出了新绿。

“再过十天就是我娘的忌日。”这日深夜，楚陌垂着头，眼里寒波闪动，“我……”

之后是久久唏嘘，引得皇帝也埋下头去。

片刻之后皇帝抬手，手势比画得沉重，缓慢，“我娘，过世也快六年了呢。”

楚陌的呼吸隐隐变得急促起来，他故意放缓语调：“圣上的娘亲，一定极美。”

“是很美，还很……强。”

皇帝缓缓地比画着，隔着这些岁月，似乎还能感觉到他强势的娘亲给他的压力。

“六年。”那厢楚陌暗地里计算了一下，“这么说，是圣上登基那年娘娘去的？”

“是的，她自愿追随先帝，殉葬了。”

这句话比画完之后又是久久地唏嘘。

楚陌也不说话，眼睛亮着，抿了抿嘴，欲言又止。

“她必定很爱你。”许久之后楚陌才道。

皇帝无力地点点头。

“可是……”又迟疑了一会儿之后，楚陌终于说话，“既然你说她强，又这么爱你，按理说……不该放心让你小小年纪……”

皇帝顿住，漆黑的瞳仁在夜里慢慢变得澄亮起来。

“她一定是被逼的，毫无疑问，毫无疑问！”烛影之中他的手势比画得飞快，动作铿锵有力，黑影投上后墙，舞动的动作都带着无声的恨意。

“禀王爷，华公子的伤已经大好，只是……新伤加旧创怕是已经落下病根，日后一定要好好将养。”

抚宁王府，韩朗的书房，刘太医躬着身，一席话禀得十分小心。

“你的意思是他活不长？”韩朗闻言抬头，一双眼斜着，似笑非笑地道，“那依刘太医看，我和他，谁会活得长久些？”

刘太医额头上冒着汗，好半天才回答：“王爷……自然是千岁，那……那……”

“当然是王爷活得长久。”门外这时传来“哗啦”一声响，是华容亮开了他那把乌金大扇，正一边比画着手势一边走近，“万一华容不幸，活得比王爷还长，王爷自然可以拿华容垫棺材底子陪葬，生生世世压着华容。”

“华公子的觉悟非凡。”韩朗挑眉，一双眼笑得更弯，手指却在书桌上叩着，不停地敲着一份奏折。

华容知趣，连忙凑过去看。

“没什么，林落音将军请辞回乡而已。”韩朗继续叩着桌子。

华容眨了眨眼睛。

“要请辞他一个月前就能请辞，为什么偏偏要等到今日？非得等到你华公子痊愈不可呢？”

华容愣住，抿抿嘴，又摸了下鼻梁。

“王爷的意思，华容明白。”过一会儿他弯腰，比画了个手势。

“明白了？华公子果真聪慧。”韩朗拊掌，“将来本王百年，一定考虑拿你垫棺材底。”

去见林落音时，华容提了坛酒，照旧，竹叶青里面搁了青梅和干兰花。

林落音举杯，喝了一口后眯起眼睛：“我记得这酒有名字，叫‘无可言’。”

华容点点头，又拿笔在宣纸上写了个“是”字。没带大嗓门的华贵，他便带了纸笔，方便交流。

写完之后，华容又连忙替林落音斟酒，没有继续讨论酒经的意思。

这个时候，酒是什么酒不重要，吐真言才重要。

林落音很爽快，来者不拒。

一坛酒很快喝完，可华容发现林落音除了脸色有些发红，眼睛越来越亮，话是一点儿没乱讲。

“小南，去，再打坛酒来。”见坛底朝天，林落音挥手，掏了掏袖口，只勉强掏出一锭极小的碎银。

跑腿的很快回转，显然私自吞了主子的银两，打回来的酒活像马尿。

两个人于是又继续喝。林落音的双眼还是晶亮，华容的嘴巴则越喝越苦，他不停地夹花生下酒，或许是夹得太勤，吃得太猛，一下子被一粒花生卡住，满脸涨紫，眼珠子都突了出来。

林落音大吃一惊，连忙上来替他拍背。

拍一下没用，华容的双手开始乱抓，林落音急躁起来，再拍背时下手未免就重了些。花生“扑”的一声被他拍出来，可华容却没好转，趴在桌面上，样子像是被他拍断了脊背。

林落音一时惶恐起来，举着手，连眼睛也不会眨了，只顾着问：“我……我是不是拍伤了你，拍伤你哪里了？”

华容趴在桌上，勉强拿起笔，写了一句：“不妨事。”

林落音更加惶恐，酒喝得太多，终于到了让人头晕目眩的地步。他发觉自己呼出的气息滚烫，“轰”的一声，竟比华容先醉倒，一头栽在桌子上。

每个男人酒醒后的表情都会不同。

林落音这种是抵死不照面，耷拉着头，仿佛无地自容。

华容弯着眼笑了，起来找纸笔，一字字地写：“你放心，不会说出去。”

本来是句玩笑话，可林落音不知道为什么着恼，将纸捏在手心里，揉了又揉，浸得满掌心都是黑墨。

“你不要这样。”过了半天林落音只说了这一句。

华容又笑，手势比得林落音都能看懂：“不要怎样？”

“不要……不要穿这种绿色的衣服，你知不知道他们都叫你一根葱！”

“那么穿白袍子？”华容拿起笔，写字后又画了轮圆月，在旁边写道，“皎洁无瑕？”

“红袍子？”见林落音无话，华容又写道：“三贞九烈？”

林落音不说话，慢慢抬头，看着华容，胸膛缓慢地起伏：“不如你……”

话刚起了个头，华容就侧身，不知道是有意无意，将桌上的砚台扫了下来。沉甸甸的方砚落地，很闷的声响，林落音顿时醒过神，把余下的半句话又咽了回去。

两个人沉默着，气氛一时变得有些尴尬。

“是不是韩朗让你来的。”

过了一会儿，林落音才说话。他只是为人耿直，却并不是个呆子。

华容抿着嘴，连忙此地无银三百两般摇头。

“让你来，是不是劝我不要走，继续替他卖命？”

这句话听完，华容已经不摇头了，直接默认。

林落音无语，开始擦掌心的黑墨，越擦那墨渍越大，很快一片狼藉。

“如果我不答应，他会拿你怎样？”

对这句的应答华容是摆姿势，一副不会怎么样，无非那样的姿势。

林落音接着沉默，又开始擦墨渍。

“那我……”等到林落音开口，一抬头，这才发觉华容早已离开。

回到王府，华容第一个见到的是华贵。

华贵看来心情不佳，学棍子般杵在门口，闷头就是一句：“做下人，是不是不配做大事？不能做英雄？”

华容一愣，过一会豁然开朗，开始比画手势：“胡说！”

华容凑近，仔细瞧着华贵的脸，戳戳他肩头隆起的筋肉：“人生而有志，本来你长得也不像个草包，就是没人教你独门武学，这才离做大英雄还差一点。”

华贵的脸立刻拉长，嘴扁成一条线：“那怎么办，那个……”

“好办。”华容大笑，退后比手势，“记得你说过，我这个人唯一的本事就是让人对我掏心挖肺，你成天跟着流云，不就是想学他四两拨千斤的武艺？我帮你说动他。”

“你唯一的本事是见人说人话，见鬼说鬼话！”华贵恨声，脸憋成猪肝，“谁和你说我羡慕流云的本事，你少胡说！”色厉者内荏，古语有云。

华容打开了他那把大扇子，摇了好一会儿才坏笑着比画道：“去做鸭血豆腐，好好做，合我的胃口了，我便考虑帮你。”

华贵瞪圆眼睛，在原处跺脚，跺完一下又跺一下，最后还是一转身直奔厨房。

华容继续笑，乐不可支，又起身去找酒来喝。喝完酒，他开始拿笔有一搭没一搭地乱画，不知不觉地就画了两只蛤蟆。蛤蟆兄弟形貌狼狈，看样子要一起亡命天涯，华容大笑，又给一只蛤蟆添了把佩剑。

这时，身后响起脚步声，步伐轻盈，听着不像华贵。

想要遮挡已经太迟，来人斜在桌前，一只手指已经搭上宣纸。

“仗剑走天涯？是这个意思吗，华公子？”那个人弯起眉眼，离得越来越近，“我很好奇，华公子到底……是想怎么仗剑走天涯？”

第十九章

攀天追云

华容不用回头，也知道说话的正是抚宁王韩朗。他没半点心虚脸红，将笔头一转，抓住韩朗的手，直接在韩朗的袍袖上写上“仗‘贱’走天涯”这几个字。随后放手搁笔，手比画着：“王爷天分高，当然能理解。”

韩朗也不心疼新缝的罗衫，只转眼瞧着纸上那两只傻呆呆的蛤蟆，再看一眼自己袖子上的字，冷笑了三声：“你的手脚比以前快多了，是发生了什么有趣的事？”

华容连连摇头，用手语解释：“只是华贵要做好吃的。”

“林落音那事呢？”

华容比画出两个字：“搞定。”

韩朗明显不快，冷冷地扫了一眼进进出出好几个来回的华贵，“他和流云，不必走得太近。”

华容这回没做墙头草，当即比画着问道：“为什么？”

韩朗反倒乐了：“华容你的病见好，脾气也见长。他与流云，本不是一条路上的人，为人处世也大相径庭，流云我要予以大任，他们迟早形同陌路。”说完，又回身去看那两只蛤蟆。

“华贵是好人。”华容带着讨好的笑容，却没有妥协。

“道不同，不相为谋。”韩朗没看华容，干脆收起了那张碍眼的纸，“花无百日红。”

“草是年年青。”

韩朗铁青着脸，猛地一拍桌子：“你再顶上一句试试！”

华容立刻正襟危坐，腼腆地打开扇子，斯文地一笑。韩朗带着怒气坐在他的身边：“我在和你讲道理，知道吗？”

华容的眼睛夸张地瞪大，明显一顿后，他马上如同小鸡啄米般不停点头。

韩朗冷笑一声，一脚踹开华容的椅子，阻止他继续点头。华容倒知书达礼地应付着，典型的“从善如流”。

屋外翠柳随风，划碎湖面。

“华公子，卖画鬻字这么多年，存了多少积蓄？”韩朗终于表情渐好，“反正你爱数票子，天气不错，不如拿出来数数。”

华容当然不肯，韩朗不管，翻找出华容的银票，攥在手里没归还的意思。

“外面都在传我要倒台，说不准我还真要倒了。”

“为什么这么想？”华容的心思不在这儿。

“不该倒吗？”韩朗回答得飞快。表达明确，就该倒，“不如，你早些做打算，另谋出路……”难得华容会拒绝，虽然眼睛盯着韩朗手上的那摞银票。

韩朗沉默了一会儿，忽然笑起来：“好啊！我是什么都不会，不如将来你供养我们大家吧。”

华容险些跌下床，手势也不稳：“王爷不怕，别人说……”

“我不计较。反正你花钱供养，我还计较什么？”韩朗挑挑眉毛，“你的银票呢？我替你收着，做好监督，好筹划未来。”

“数票子，是小人的乐趣。”华容的手直发抖。

韩朗的脸色一寒，然后用手肘推华容，“放心，我不会吃死你的。你这些银票落的户太散，我会帮你兑换成同一个大银庄的，整个京畿决不会倒的那种。”

华容气得手彻底不能动了，韩朗整整衣服，迈步而出，十分豪迈。

翌日，果然得到林落音愿意留任的消息，韩朗波澜不惊。第三天，他告病假没上朝。刑部侍郎倒殷勤，傍晚时居然登门来拜见。韩朗正好无聊，就应允了下来。侍郎一入书房就神秘地询问韩朗可认识华贵这个人。

韩朗皱眉：“你直接说，什么事？”

侍郎连忙禀报：“今早市井出现一个怪人，嗓门奇大，而且一见来往行人，就说……”说到这里，侍郎古怪地扫了眼一边当差一边堆棋子玩的流云。

“说什么？”韩朗很合作地追问了一句。

“说他这辈子绝不辜负朋友，愿意和流云公子做生死之交，结拜成异姓兄弟，不求同生，必定共死的那种兄弟。”

“这个人现在被关进刑部大牢了？”京城谁不知道，凡抚宁王府中人，都官居六品以上，何况流云。所以有人在街上如此高呼，披露私事，事关重大，不会被关在普通牢房，也难怪刑部派侍郎会来通报。

“是的。他说他叫华贵，是……”

“我知道了，等会儿便派人去领他。”韩朗闷笑，遣退了刑部侍郎，转头问流云，“怎么回事？”

“他自己不好。”流云有所保留，似乎不愿意多说。

韩朗叹气：“你自己处理好吧。”

流云果真去领华贵回王府，流云低着头向前走，后头的华贵走走停停，慢慢地跟着。进入抚宁王府门，两个人一左一右，很自然地分道扬镳。

华贵不争气，还是自己找上门，带着嘶哑的嗓子发问：“你真愿意教我本事，与我结拜成交？”

“嗯。”流云很平静地看着华贵。

“真的，真的？”华贵开始擦手心的冷汗。

“我记得自己说过什么，不问门第出身，我愿意和你结拜成兄弟，助你成为大英雄、大豪杰。”流云给着肯定的答复。

华贵激动得脸色发红，马上开心得“扑通”一声，昏过去了，昏倒后手还牢牢地抓住流云的袖子。

一家欢喜，一家愁，最愁的居然就是帝王家。

自从皇帝对自己母后的死因起疑后，在楚陌的提点下，那股疑惑，闷在他的心中，与日俱增。

外加韩朗一直告病不上朝，小皇帝早没了方向。终于被楚陌逮到了机会，说服皇帝，与他一同进入那座废弃多年的纳储阁。两个人找了大半天，满殿扬灰，腾了又腾，却根本没发现任何线索。

皇帝感到沮丧，然而楚陌却不肯放弃，三天后怂恿皇帝又来。

又是一次徒劳无功。

无趣的小皇上呆坐着，手里拿着一个卷轴，苦笑着比画手势：“纳储阁居然也有禁书，看来这皇城也不是……”

楚陌的眼睛眯了眯，里面跃出一道光。这的确是本禁书，内容和画面荒谬至极。楚陌咬着牙，将卷轴展开，看到尾端果然有异，中间有一道缝痕。将线拆开后，图末那一截事后缝上的绢纸落了下来，正面是书，反面却粘着一张奏折。

藏奏折的人藏得的确巧妙。韩朗好风雅，就算再心细如发，也断不会盯着这禁书猛瞧。

奏折上有些字已经无法辨识，但大概字句都能揣摩得通，而且这笔迹楚陌认得，的确是韩朗的没错。

韩焉所说的没错，的确是韩朗上奏，力主先皇后殉葬。

楚陌认得，皇帝自然也认得。

这些他再熟悉不过，曾经陪伴他近二十年时间的瘦金体字，原来也可以这么无情，几个字就断送了他亲生母亲的性命。

纳储阁的灰尘渐渐落定，他的心也慢慢沉到一个不可见的暗处，目光空洞地直视前方，过了很久才比画手势："下诏，革了抚宁王韩朗所有职位，软禁府中，等待发落。"

"皇上，那么快就……"这回倒是楚陌犹豫了。

"朕才是皇帝。"少年天子转回头，手语与目光一样透出决绝。

而抚宁王府这些日子，依旧春暖花开，万物更新，一副欣欣向荣的样子。

可惜韩朗的气色是一天不如一天，他也洒脱得几乎足不出户，在家养病。

开始几天，巴结的大臣会来探望，他高兴就见，不乐意就赶人。后面几天，有这些心思的大臣也觉得没趣，不再登门。几个胆子大的，干脆溜达进了韩焉的门庭。

韩朗乐得清静，偶尔会独自去喂养家中白白肥肥的信鸽，或者一个人在偌大的书房中呆坐半天。

清闲了那么几天，韩朗的心思又开始活络，提出与华容对弈，并说好谁输就赔银子。而华贵因为记恨韩朗搜刮了华容的银票，也来凑热闹，拉着府中的下人一起开外局。自认为了解华容的华贵，信心满满地将宝押在了韩朗身上。

谁知，万能的韩朗棋艺根本不高，关键一步总是给对手留余地，多次让华容反攻成功。华容赢得脸上如桃花朵朵开，还很识趣地拿扇面挡住笑歪的嘴。最后如果不是华容见到华贵发青的脸色，故意输给韩朗几局，韩朗压根儿没翻身的机会。

玩得正欢畅时，却听到有人禀告："老王爷春游来拜访。"

韩朗赖皮地扫乱棋盘上将输的棋局："玩不成了，更衣出门迎接！"

老王爷还是人未到，肚子先挺到。

韩朗看着那个大肚子就想笑，只是碍于官家颜面，强忍着笑意施礼。

老王爷见到韩朗就挥手招呼："韩朗啊，我这次带了好些好吃的，你以前不是最爱吃奇怪的东西吗？来尝尝！我府里那群老厨子，进了棺材也做不出那么好吃的！"

韩朗神色一僵，恭敬地回答道："王爷忘记了，韩朗不吃外食。"其实吃了也吃不出什么味道。

老王爷觉得扫兴，嘟起嘴巴，歪着头不吭声。

韩朗突然露出微笑，眼眉弯弯地道："其实韩朗心里一直有个问题想问王爷，却不知道合不合适？可总觉得现在不问，怕以后没什么机会问了。"

"你想问就问，哪里来那么多废话！不过问题简单点啊，别和那个韩焉一样，成日不知道问什么。"胖胖的老王爷又开始装糊涂。

“韩朗一直想问，老王爷伸手抠得到自己的肚脐不？”韩朗果然正经八本地提问了。

所谓请将不如激将，老王爷跳着脚大吼：“谁说我不能，我现在抠给你们瞧。”

韩朗终于克制不住，弯腰哈哈大笑，难以遏止的大笑，乐之极矣。

一旁的众人，均不知所措，想笑又不敢出声。忽然他们听到，韩朗的笑声转为猛咳，一声强过一声，咳得直不起身，流云跨步上前，却晚了一步，韩朗已经弯腰，咳出了一口鲜血，紧接着咳嗽止住，换成一口口地喷血。

大伙傻眼的同时，却突然听有人高声唤道：“圣旨到，抚宁王韩朗接旨。”

第二十章

五千日夜

“革抚宁王韩朗所有职位，软禁府中，等待发落。”

旨意简洁明了，不消一刻便已宣完。

韩朗跪在青石路面上，起身时稍有困难，不过接旨的双手很稳，起身之后没有一句话。

送旨的公公显然感到很意外，站了有一会，终于忍不住道：“太傅，你没有话回给皇上？”

韩朗侧头：“公公觉得，我应该回皇上什么话？”

那位公公走近，走到韩朗身边：“皇上让我问太傅，六年前，先皇病重，太傅是否曾给先皇上过一道奏折，并因此害了一个人的性命？”

韩朗沉默，看着手里领到的那张圣旨，过了许久才问：“这么说，就是因为那道奏折，皇上才下了这道圣旨，要我等候发落？”

公公点头道：“皇上的心思奴才们哪里知晓，太傅如若有话，奴才可以代为转达。”

“那就请回复皇上，微臣领旨。”韩朗低声，站在风口处，最终干脆将圣旨拿了，一下下擦着手指间的血迹。

满院子的沉默，没有一个人敢作声。

老王爷把手搭上肚皮，隔半天开始眨眼：“韩朗，你的手上怎么有血？”

韩朗于是也眨眨眼睛：“那是因为我方才吐了血。”

“‘将离’有解。”在众人又集体沉默之后，老王爷突然蹦出了四个字，掷地有声，清楚明白。

“你说什么，‘将离’有解？”韩朗的面色终于起了波澜，他一步步向老王爷走近，“王爷，您确定没说笑？”

“我刚说了什么？”等韩朗凑到跟前，老王爷却蹙起了眉，看着他的手，眨着眼睛：“韩朗，你的手上为什么有血？”

没有韩朗的夜，也一样是夜，只不过比平时长些。

皇帝将衣衫裹紧，足尖绷住，紧紧缩到了椅子中间。

很久之后，天色终于大亮，他看见韩焉慢慢走近，站定，站在那个原来韩朗常站的位置。

“皇上万福。”韩焉行礼，十分恭敬。

终究他不是韩朗。同一句话，韩朗不会行礼，只会上来握住他冰冷的脚，抵在手心里揉搓。

皇帝定定地提起笔，在纸上写字：“韩朗还是没话？”不能开口，这个他最大的秘密如今也交代给了韩焉。从做出的姿态来看，他是下了决心，要离开他的韩太傅，投向他人。

韩焉低头，往前又走近一步：“不知道皇上要韩朗什么话？”

皇帝愣住。

韩焉于是又叹了口气：“不知道皇上想要怎么处置韩朗，要他等候发落到何时？”

皇帝的笑容慢慢冷了下来，他动笔写道：“那依你的意思，我是不是该赐他一杯毒酒？”

“为什么不能？”韩焉突然抬头，一双眼睛看到皇帝眼里深处，“赐他一杯毒酒，他自然就会回话。也许他不在乎职位，也不在乎皇上，但未必就不在乎自己的性命。”

毒酒一杯，深色的鹤顶红，第二天就被托盘托着，端到了抚宁王府。

来的是大内总管刘芮，和韩朗素有交情，宣旨后躬身，交代：“皇上有话，韩太傅如果觉得委屈，他念和太傅师徒一场，可以给太傅一次机会，亲自去悠哉殿向皇上申诉。”

韩朗闻言沉默下来，眼睛半眯着——那种似笑非笑的表情又来了，将五指握拢，端住了那个小小的瓷杯。

“太傅，皇上有话，如果太傅觉得委屈，没有人可以强迫太傅领旨。”刘芮又急忙补充了一句。

“臣不委屈。”韩朗一笑，将杯里的薄酒摇晃着，一点点凑到唇边。

“满手血腥，骄横跋扈，抚宁王韩朗领死，半分也不委屈。”他喃喃着道，“臣不委屈，半分也不委屈。”

“太傅……”那厢刘芮变得急躁起来，跺着脚，干脆将声音压低，“皇上的性子您难道还不明白，您只需要低个头，那还不……”

“那就请刘公公转告皇上，这次臣偏生不想低头。

“臣并不委屈，委屈的只是那些日夜，十六年，相与的五千多个日夜而已。”

“请。”他将酒杯举高，遥对着皇城，竟然就真的一口饮尽。

薄酒微凉，十六年，五千多个日夜，就这么一饮而尽。

康佑六年，抚宁王韩朗获罪，被赐毒酒身亡。

京城一时哗然，皇帝罢朝，百官奔走，息宁公韩焉的府邸，一时间成了最热闹的去处。

没有人真心探究韩朗的死因。

功高震主，君心难测，自古可不就是如此。

现下皇上至少留了韩朗全尸，还保留他太傅的头衔，允他的灵柩出城，安在城外第一大寺——德岚寺。

“德岚寺也是皇家寺庙，臣以为足够安放韩太傅的灵柩。”

在悠哉殿，韩焉还是躬身，语气温顺。

皇帝的脸孔此刻煞白，一双眼都是血丝，他拿笔蘸墨，开始在纸上疯狂地落笔：“我要出宫。再拦我一次，我便判你死罪！”

“现下时局动荡，臣以为皇上不适合出宫。”韩焉还是躬身，将头垂低，可话的气势却不弱。

皇帝抓狂，单手握笔，指甲都要将掌心掐出血来，字写得一派潦草：“你已被免职，韩朗被你害死，你也要替他陪葬！”

说完，皇帝开始拍椅，比画手势呼唤楚陌：“你给我喊人，我要召见左丞相！”

这张大椅下有个暗格，楚陌就藏在他的脚底，有孔洞能够依稀看清楚他的动作。

皇上喜暗，召见大臣时从不点灯，白天也关着窗阁，两个人已经这样默契配合了将近六年，日日演双簧。

可是今天楚陌默不作声，等皇上将椅背都快拍穿，才说了一句：“我也认为，时局动荡，皇上现在不适合出宫。”

皇帝怔住，手簌簌发抖，眼泪将桌上的宣纸染得一塌糊涂，开始飞快地比画手势：“你和他，韩焉，是一伙的吗？所以，你让我去找奏折，所以……”

“他如今的确和我同一阵营。”韩焉慢慢走近，“可毒酒是皇上所赐，那张奏折也千真万确，不是假造，皇上请不必觉得委屈。”

一句话便已奏效，皇帝愣住，慢慢停止了动作。是啊，毒酒是自己亲手所赐，说到底，终究是自己无情。如韩朗所说，他们都不必觉得委屈，委屈的应该是那十六年，朝夕相对，却未能建立信任的五千多个日夜。

“皇上，请节哀，韩焉终会让皇上明白，这世上不是只有一个韩朗，也没有谁是不可替代的。”

那厢韩焉已经跪低，言语也不乏诚挚。

皇帝抬头，不置可否，泪水渐渐收干，开始冷笑，已经完全失去姿态。

德岚寺，宝刹威严，似乎连大殿上供着的菩萨也比别处肃穆。

华容冷着脸，如今就跪在这肃穆的菩萨跟前，有一下没一下地敲着木鱼。

韩朗过身已经七天，可那一幕华容记忆鲜明，仿似就在眼前。

鹤顶红，按说是见血封喉，可韩太傅却委实强悍，居然还撑了半个时辰，还有力气交代后事。

交代后事便交代后事，可偏生他的记性绝佳，还记得找来华容消遣一番。

“我刚刚交代，棺材选金丝楠木，不知华公子以为如何？”说这话时韩朗甚至还挤了挤眼睛，完全不像个将死之人。

华容的表情当然凄怆，他当下抬手，建议可以在金丝楠木上再加一道金边。

“可是据说楠木很硬，棺材底子会硌人，让人睡得很不舒服。”这一句话韩朗说得很慢，很显然有所指。

华公子面皮似金刚，表情益发凄怆，动手比画：“我一定亲自动手，替王爷找最最绵软的锦缎铺底。”

“可是我记得华公子说过，愿意替我垫底，生生世世听我的差遣。”韩朗叹了口气。

华容的脸色立刻开始发青。

“这样，人要言而有信。”最终，韩朗发话，“管家，你听着，我的棺材底，就拿华公子……”

“华公子的扇子来垫。”一个极长的停顿之后，韩朗终于说完，看着华容的脸色由青转红，由红转白，极其享受地闭上了眼睛。

看起来就像一个大笑话。

抚宁王韩朗，权倾朝野的韩太傅，就这么闭上了双眼，然后再没睁开过。

华容当时曾上前确认，韩朗没有脉搏，也没有呼吸，甚至连手脚都已经僵硬。韩太傅的确已经过身。

隔天，韩焉也来确认，绕棺木三周，最后还是无话。

于是所有人都知道了，抚宁王最后的遗愿，就是要华容的一把扇子同棺。

也是理所当然的，韩焉会这么发问：“既然太傅对你如此情重，你有何打算？”

华容也只好这么回答：“华容愿替太傅守灵，替他超度亡魂。”

事情就这么定下来。

息宁公韩焉宣皇上旨意，韩朗灵位进德岚寺供奉，华容守灵，七天长跪超度。

七天长跪，华公子果然是劳碌命，从来不得一天清闲。

第三天的时候华容还觉得腿疼，到第四天半夜已经完全感觉不到腿在哪里。

今天是第七天，已是深夜，韩大爷的亡灵即将超度完成，而华贵的嘴巴也咧得前所未有的大，转到华容跟前宣布：“他们说你长跪完还要继续守灵，在庙里守，为期三年。”

华容没有气力，但手势还是照样比画：“你是不是觉得很开心？很中你下怀？”

华贵连忙点头，一张嘴只差咧到耳后跟。

华容翻了翻眼睛，没空和他理论，继续敲木鱼。

过了许久，华贵不走，还兴致勃勃地看着华容。华容只好弃了木鱼也回头看华贵：“流云的主子死了，你难道不替他难过？怎么这么多闲工夫，一个劲儿地盯着我傻笑。”

“主子，你的腰疼不疼？”华贵继续咧嘴，难得不回嘴，反而嘘寒问暖，“以后你的腿会不会废了？”

华容眨眨眼睛。

“废了好，废了你就不能到处蹦跶，就不能以卖画为生。我现在终于明白，韩太傅真是个大好人！”

说完这句，华贵终于离开，兴高采烈地去替华容准备夜宵。

大殿内终于安静下来，静得能听到香火燃烧的吔吔声。

华容动了动，想挪个位置，却没能如愿。除了腿找不到，现下他的腰也不知去了哪里，整个下半身的感觉都消失了。

没办法，只好待在原处。

门外有人监视着，木鱼还是得敲，他开始尝试边敲木鱼边睡觉。

就在快睡着的时候，耳边好像吹起一股热气，有人在他的身后，轻轻拍了拍他的肩膀。

华容猛地回头，没看见人脸，只看见了一把乌金大扇。一把比人的脸盘还大的乌金大扇，上面字迹潇洒，清楚地写着——殿前欢。

第二十一章

头七还魂

华容两眼发直，发呆时那把扇子利索地一收。

扇子后面的那个人，书生方帽后两根锦带飘飘然拂动，和着夜风，显得相当诡异。人的脸色也不怎么好，唯独眸子却神采奕奕的，看这相貌不是入了棺材的韩朗又能是谁?

华容的脸色大变，满是血丝的眼睛瞪大，想叫却叫不出来，吃惊地空张着嘴。

韩朗也不含糊，先缓缓将华容的下巴上托，合上他的嘴。华容还是痴呆状，韩朗没了耐心，立刻用扇子拍打华容的脸颊几下，不重却也绝对不轻。

“啪”的一声，华容的脸上出现一道红印。

华容回过神，着急地比画手势：“尸变，还是头七还魂？你的冤屈可不能怪我……”

“鬼韩朗”没理他，恭敬地上香，对着自己的棺木三拜，然后对华容阴森地一笑：“对啊，有魂闹尸变，想巧会西厢。”

华容当时侧倒在地，拖着发麻的下半身，抖擞精神，努力做出向外爬的姿态。

韩朗冷笑着，俯下身拦住去路，与他对视：“你这脸如今真花哨，假惺惺的两道泪痕，灰黄的香灰，又白又红，颜色丰富，活脱的西湖十景。”

华容双手支地，无法回答，向门外猛看，韩朗提起袖子猛擦华容的脏脸：“你这是什么表情？”

华容腾不出手，仍不答话，韩朗扶他坐好：“你别指望华贵了，流云正堵着他呢。”

华容露出视死如归的表情，终于比画：“下身坐麻了。”

韩朗横了他一眼：“真没用！”扇柄反抽，华容左右脸上各显现出一道红印，还相当对称。

华容咧嘴笑道：“果真是王爷还魂，性子半分没变。”

韩朗出手太快，又有点后悔，埋头为华容揉腿活血。开始时华容还是没啥知觉，就好像韩朗搓的是两根木头，跟自己没任何关系，紧接着终于有了点刺麻的感觉，不

一会儿刺痛越发厉害了些。

华容装痛，皱着眉头，手探向韩朗搁在一旁的乌金扇，刚伸到一半，就听到韩朗说话：“这里也麻了吗？”他一低头，就见韩朗的手已经上攀他的膝盖。

华容连连摇头，韩朗并不赞同：“还是检查下好。”说着话，韩朗的手徐徐落在他的膝盖上，用力揉捏起来。

华容的身子有点颤抖，人略微后仰。

“可舒服至极，楚二公子？”韩朗轻声道。

华容眨眨眼睛，纳闷地看向韩朗，两个人对视。

韩朗半眯着眼，微笑着加重手上的力道：“流年说楚家有两位公子，是孪生兄弟，一个叫楚陌，一个叫楚阡。”

华容这才壮着胆子，出手按住韩朗的手，温热如昔，他坐直了身子，徐徐比画：“王爷吉人天相，果然死不了。”

韩朗侧目，眸子里透出戾气，让人发冷：“是没死。真是难为我，来回折腾，死了半个时辰，为流云争取时间，好将替身弄妥。楚公子可觉得好奇，棺材里的那个人是谁？”气氛一时转冷，好似弓箭待发。

“不好奇，对死人好奇无用。”华容摇摇头，“我只好奇，那杯毒酒莫非是假的？皇上还是顾念你？”

韩朗不语，眼神立刻变得暗淡，将扇子搁在手心，一把握住。

“毒酒不假。”过了许久之后韩朗才道：“只是不巧，我原先已经中毒，‘将离’偏巧能克百毒。”

“只要王爷不死就好，但王爷是不是魂掉了，什么楚二公子？我是华容啊。”华容跟着他叹了口气，手语透出迟疑。韩朗挥开他的手，猛地起身，将他抵在廊柱上。

“这个你不承认也成！”韩朗遗憾地退开几步，“可流年已经飞鸽传书回来，说追杀他的共有两拨人，你能雇杀手进皇宫劫人，自然也能在外面劫杀流年。”

韩朗死死地盯着华容平静无波的眼睛，一狠心，把大扇柄逼近华容的颈边，扇骨重重地划过，血痕乍现。

华容张开嘴急忙吸了口气，香鼎里的细香继续燃烧着，只是空气中那股浓郁的檀香中渗进了些许的血腥味。

韩朗狠狠地推动扇子，慢慢深入，伤口越来越大。华容头上冒出细密的汗珠，勉强扯起嘴角，比画着：“王爷不必为皇上的事，迁怒于我吧。”

韩朗的眼神一暗，懊恼地将扇子抽回，扇子上的血迹格外醒目：“你承认自己是楚阡，会死吗？”说着话，出手摩挲华容的伤口。华容反而苦笑着伸手，明摆着是想要回扇子。

扇子一回到华容的手上，他便打开扇子，扇子上有血未干，缓缓地滴落，晕染了那“殿前欢”三个字。

华容突然眼睛一亮，比画手势道：“见扇如见人，无论在何处都畅通无阻。原来王爷早就打算离开。”就算诈死一事败露，谁会想到，抚宁王藏匿在寺庙里？

韩朗一把挥开华容的手，笑容一沉，摆出长谈的架势：“算了，当我什么都没问。我再不管那个人，你我另有官司。”

佛前供灯长明，映出两个人相对的身影，韩朗摊开一双手，似笑非笑地看向华容：“我给你两个选择，一是，你留下，我已经安排好富润钱庄每月拨给你银两，足够你奢侈的花销；二是，跟我走，自掏腰包供养我。”

华容调整着呼吸，在韩朗的手心写下一个“跟”字。

韩朗得意地一笑：“我倒看不出，你如此忠心耿耿。”

华容觉得委屈，吸着气开始比画：“韩大公子若发现您假死的端倪，首先会拿受王爷特别优待的我，开刀。”

韩朗仰天大笑：“所以若真东窗事发，你可以拿我当挡箭牌。”

华容点点头，表示正有此意。

“华容，你果然不是省油的灯。”

华容大胆地瞥了一眼韩朗：“莫非，王爷油已枯竭……”

韩朗拉下他比画着的手，目光一凛，对华容道：“有人来了。”

华容会意，敲了一声木鱼。

这时候，门被轻轻叩响：“华公子，我帮你送夜宵了。”

韩朗瞪着华容，华容比画着交代，边比画边乐不可支：“是个和尚，法号不具，俗家本姓安。”

“一个出家人还告诉你这么详细。”韩朗冷哼一声。

这时，门被不具推了推：“奇怪，你怎么把门上闩了？快开门，趁侍卫现在人不在，你快开门啊。”原来，韩朗进门前，早杀了侍卫，门也顺带上了闩。

华容心虚地缩缩脖子，比着手语道：“我去开门，王爷回避下为好。”

韩朗压低声数落华容：“那厮送夜宵，对你如此好，莫非和你在密谋什么？”

华容又笑起来，比画着手势：“刚认识没几日，他会和我密谋什么？”一边又踉跄几步前去开门。

门打开了一条缝，韩朗在暗处打量，只见安不具大师精神萎靡，脸色蜡黄，将托盘递到华容手上：“这个糯米糍难消化，施主一定要慢慢吃，仔细吃。”

华容点点头，表示感谢。

“糯米糍。”那位大师停顿了一下，加重语气又补充了一句，“施主，记得仔细吃，要……很仔细。”

华容点头再谢，掩上门，向韩朗高举盘子，眉头一挑一挑的。韩朗被逗乐，冲华容摆摆手，“我不吃。”

华容了然地一笑，盘坐在蒲团上，猛吃起来。

韩朗低头故作随意状，拍着本应该装着自己的棺木，突然眼角的余光扫到华容后微微停顿一下，韩朗冷笑着转回头，手伸向华容，糯米糍果然有秘密，“里面多了点什么？拿来给我看。”

华容鼓着腮帮，把余下的一口糯米糍塞进口中，将另一个糯米糍放入韩朗的掌心。韩朗发怒，将手里的糯米糍扔向华容，低吼道：“给我吐出来，快！”

华容被吓了一跳，狠狠地那么一咽。脸色大变，糯米糍卡在嗓子里，上不来下不去，连忙用手捶胸，露出苦笑。

韩朗着急，咬牙向上推华容的背：“你……吐出来！”华容的脸憋得红紫，手掐着脖子，顺压而下。

最后，韩朗放弃，迅速取来旁边的水罐，往华容的嘴里直灌。华容终于顺利咽下了糯米糍。

华容得救了，韩朗的气却还是不顺，一把揪着他的头发，就往棺材边撞去：“吃不死你！”

眼看着“一根葱”的头上将要开出血红花，韩朗又巧妙地收势，改送为甩，将华容一把推倒在地。

华容四脚朝天，背朝地面跌倒，倒地时还枕着那个烂木鱼，这回干脆一口气接不上来，昏倒了。

韩朗气得揉揉自己的眉心，咬牙切齿地道：“又装昏！”说完，几步冲过去，攥起华容的衣领，就想抽他几巴掌。眼见华容的脸又清瘦了许多，觉得他必定是守灵这几日吃了不少苦，手便硬生生地搁在半空，语气保持着冷漠：“再不醒，我割了你的舌头。反正留着也是摆设，没啥用！”

华容闷咳了两声，喘了几口气后，翻了翻不大不小的白眼，疲惫地一笑，无力地比画手势：“王爷，您疑心太重了。”

“你吞了那张纸片！”韩朗想想心头的火又腾了起来，可再也不舍得大打出手，怕自己没了轻重，只好拧华容的耳朵。华容侧歪着头，人倒是还精神，还是喜滋滋地动手解释：“我没看啊！大概只是几首酸诗。”

“好好好！我这就找到那个叫不具的和尚，让他原样誊下来。”

韩朗果真起身，却被华容拉住，一眼就瞧出他想说什么。

“做什么？我叫流云明日假扮侍卫充数，就不信没办法让一个和尚说实话。”

华容叹气，打着手语再次说道：“与他无关。”

韩朗不搭理他，华容又拽韩朗的袖子，韩朗低头，华容吃疼地指指自己的耳朵。

“要我拿刀割你的耳朵下来，明天叫华贵给你红烧补身？”韩朗的话里带着威胁，人却坐了下来。

“你猜是谁递消息给你？是林落音，还是那个投靠了我大哥的楚陌？”

华容眨眨眼睛，撇着嘴在地上写下三个字：“林落音。”

风起尘灰散开，那三个字也跟着消失不见。华容耸着肩，笑着看着地面，沉默不语。韩朗盯着华容，神色一沉，露出一个意味不明的笑容来。

一夜无话，天色开始蒙蒙亮。西窗终于有人来扣响：“主子，该动身了。”

第二十二章

宠辱不惊

“主子，该动身了。”西窗又被人叩响。

韩朗起身，站在窗下，伸了个懒腰：“我准备去游山玩水，一路吟诗作赋，华公子不知道有没有兴趣？”

华容比画手势，很认真地比画，表示自己很有兴趣，比画完扶着腰直起身来，站到韩朗身后。

西窗这时突然叩得紧了，外头的那个人声音急促：“主子，赶快，外头好像来人了。”

天色这时还未大亮，韩朗乘夜翻出西窗，伸出一只手去拽华容。

华容的上身挂在窗口，腰还是硬的，腿也仍旧使不上力，就像根死木头一样卡在那里。

韩王爷一夜无眠，手上无力，显然不能将他提起，只能眼睁睁地看着院门被人撞开。

霞光破晓，那个人穿着一身暗银色长衫，步伐急促，却仍不失优雅，居然是韩焉。

机会稍纵即逝，韩朗再没有犹豫，一翻身上屋顶遁走。

而华容仍然像根木头，挂在窗口，探出半个身子，冲韩焉咧嘴一笑。

韩焉走近，仔细地打量他，手里也有把扇子，“啪”的一下打在他的额头上：“华公子，这是做什么？挂在窗口赏月？月亮已经落啦！”

华容伸手，示意自己不能回话。

韩焉抬头看向屋顶，挥手示意随从上屋顶去搜，一边侧头瞥向华容：“华公子可以比画手势，我能看懂。”

华容讪讪，比画着：“回大公子，七天时间已过，我来观赏日出，顺便吟诗作赋。”

“吟诗作赋？”韩焉失笑，“华公子比来听听。”

华容扭动着，艰难地从窗口爬出大殿，咧着嘴干笑。

屋顶的随从这时下来，在韩焉的耳边附耳道：“屋顶上的确有人，不过已经走了。”

韩焉的脸色顿时沉下来，他抬手整理一下袖子，冷哼道：“华公子真的在吟诗作赋？

还是在夜会韩朗？”

“是在作赋。”华容比画着手势，委屈地蹙眉，走到院子里，捡根枯枝开始写字。

“宠辱不惊，看庭前花开花落。去留无意，望天上云卷云舒。”

写完这句之后华容继续干笑，比画着道：“我不学无术，会的不多，大公子见笑。”

“花开花落，云卷云舒……”韩焉冷笑着，一边夸赞华容的才情了得，一边却反手一掌，印在他的心口处，将他震出足足三尺。

翻脸无情，出手狠辣，这两兄弟还真是如出一辙。

“就算诗词那个……借鉴古人，大公子也不用发这么大脾气。”华容咳嗽着，艰难地比画，“扑”的一声吐出一口血来。

“我不是韩朗，没工夫和你说笑。”韩焉上前来，揪住他的衣领将他拎起来，“方才那个人是谁？去了哪里？你记住，这句话本公只问三遍。”

“第二遍，方才那个人是谁？去了哪里？”半个时辰之后，韩焉在庙里的一间偏房里声音冷冷地问道，继续整理他的袖子。

华容苦着脸比画：“大公子，我可不可以去捡回我的扣子，方才被您揪掉了，那颗扣子可是上等翡翠制成的。”

“不答是吗？好，好得很。那麻烦华公子进去，好好地泡个澡。”韩焉将手一指。

指的是个木盆，里面水汽氤氲，颜色墨黑，不知搁了些什么。

华容眨眨眼睛，比画着：“多谢大公子体恤，知道我七天没洗澡，身上馊得很。多谢多谢！”

“怎么啦？”

屋里这时突然响起一声霹雳，华贵和他的大嗓门一起驾到。

“启禀大公子，屋顶上的那个人是我，我天天都监视我家主子，看他到底是不是在清修，防着他连夜跑路不带上我！”听清楚原委后他的嗓门就更大，脖子一梗，气势十足。

韩焉嗤笑了一声。

华容则连忙比画手势：“你有空在这儿放屁，不如去院子里，帮我把我的扣子捡回来。”

之后就开始脱外套，仔细叠好，又比画着问道：“大公子，我穿不穿内衫？”

韩焉不耐烦地咳嗽了一声。

华容知趣，连忙钻进木桶，身子没进那黑汁，只露出一个头。

“华公子，慢慢泡，慢慢想。”韩焉一甩衣袖，回头推门而出，“隔日我会来问第三遍。”

“第三次了，一日之内三次攻城，他月氏国真是疯了。”

同一时刻的嘉砻关，副将在城门之上感慨，一双眼睛熬得通红。

“拿弓来。”一旁的林落音发话，身上的战甲染血，声音更是嘶哑不堪。

副将听命，将大弓递到他的手上，叹了口气：“韩太傅刚刚身故，他月氏就乘乱来袭，也不知道京城的形势如何，息宁公能不能稳住，这日后朝纲由谁来把持。”

“朝纲谁把持都与我无关，但我大玄朝的土地，却由不得他月氏蛮夷来犯。”林落音声音冷冷地道，搭弓紧弦，将一尾长箭搁上。

他的胳膊很酸，像注了铅，两只手更是因杀人变得麻木，虎口上的鲜血都已经凝结。不眠不休，身心疲累，这不正是自己想要的，以为心事能够就此压下。

可是哪怕现在满耳都是厮杀、怒吼的声音，林落音却仍旧分神，仿佛看见云端有个绿色的身影，正摇着扇子无所顾忌地笑。

“韩朗死了，不知道你现在如何。”最终林落音叹了口气，在心底暗暗问了句，眯着眼睛发力，将那一箭射出。

天色这时刚破晓，箭尖迎光闪亮，像一尾游龙，嘶叫着扎进了对方副将的咽喉里。

山是好山，黛色如画。湖是好湖，一碧如洗。

韩朗在湖边架了张小桌，拿红泥小炉温了壶好酒。

可是不知道为什么，以入口绵甜著称的晋城竹叶青，尝到嘴里却觉得微微发苦。

身后有人走近，跪下低声道：“流云拜见主子。”

韩朗不回身，将酒“哗”的一声悉数倒了：“你来做什么？我不是跟你说过，没有要紧事你不要找我，好好地留在京城。”

“皇城里面回报，楚陌和大公子串通一气，现下皇上已被软禁。”流云缓缓地答道。

韩朗冷冷地“哼”了一声。

这个当然不算要紧事，楚陌和韩焉串通，然后带皇帝去纳储阁寻找奏折，这桩桩件件，他有哪样不是一清二楚？

做皇帝的没有帝相，这是他的责任。

若之前推着皇帝一步步走入困境，也许他自己就能站起来。

好在事情一直在自己的掌控中，韩太傅能有今日，绝对不是偶然。

唯一的意外就是那杯毒酒。

“皇上如何和我无关了，以后这些事不必回禀。”一个短暂的停顿后韩朗道，还是没有回身。

“潘元帅传话，无论如何，他只效忠主子一人。”流云继续。

韩朗又“哼”了一声，慢慢回转，俯低看他：“你到底要说什么？干脆点，不要尽回些无用的。”

“潘元帅当然和我一条心，因为他知道我没死。”见流云低头，他又沉声道，“你巴巴地赶来，不会就是告诉我这些废话吧。”

流云将头垂得更低，声音也更低：“那个华公子在寺里，正被大公子拷问，主子的意思如何？”

韩朗立刻会意，笑得开心：“这个问题，是华贵问你的吧？”

流云不吭声，只沉默着垂下头去。

华贵赶到府上，追问他韩朗是否没死，要他去德岚寺救人。大嗓门是如何轰炸得他快要失聪的，那情形实在是不大方便在主子跟前描述。

“是小的想问主子该怎么办？”他期期艾艾地道，声音越发低了，“华公子已经被盘问了两天，那个……大公子的手段，主子是知道的。”

“他使的这些手段，就是想着我会回去救人，又或者派人去救，好证明我的确没死，这个我想你也知道。”

流云沉默着。

“我这个大哥很了解我，所以看住华容让他守灵，为的就是拿他作饵。你放心，只要我大哥一天怀疑我没死，华容就一天不会有事。”

“可是大公子的手段……华容怕是要吃大苦。”流云迟疑着。

“那又怎样？”韩朗冷笑了一声，回身倒酒，在湖边站定，“你的意思是我应该在意？”

流云垂头，不敢回话。

韩朗又“哼”了一声：“哪有什么苦是华公子不能受的？而且当日，他是故意要留在寺里，故意不跟我走的。我一个将死之人，管不了那么多，现在只想游山玩水图个快活。”

言毕就抬手，将酒一饮而尽。

烈酒冲进喉咙，滋味好像越发的苦了，他半眯着眼睛，不知不觉已经握拳，将酒杯捏得粉碎。

两天，泡澡两天的结果会是怎样？

华容目前看起来像具浮尸，脸色煞白，隔很久才能喘上一口气。

韩焉现在就在华容的跟前，恩准他露出两只胳膊比画，只泡半身浴。

“泡澡的滋味如何？华公子？”韩焉上前，伸手试了试木桶里冰凉的水。

华容喘着气，喘一下比画一下：“一开始还不错，那个……草，在我的脚底板挠痒痒。”

“哦。”韩焉答应了一声，“本王忘记告诉你了，那种草叫作‘箭血’。”

“见血就钻，见血就长是吗？”华容点点头，“多谢大公子指点。”

就这几句话的空隙，木桶里的水草又长了，长到和他齐腰，细须盘上来，缠住了他的腰。

说是箭血，倒也不是一箭穿心的那种。这种草需要养在药汁里，一开始只有人的一只拳头大小。

华容刚刚进去泡的时候，那草还真的很逗趣，不停地挠他的脚底板。

挠久了，华容忍不住笑，就在一个吸气的空当，草里有根细须，很细很细那种，“呼”地一下刺进了他脚背的血管里。

钻进去之后它也不贪心，不往深处扎，专钻血管，最多不小心把血管钻破，刺进肉里半寸。那种感觉就像一根绣花针在血管里游走，还很温柔，只时不时地扎你一下。

一开始华容也不在意，还能够很活络地翻眼珠，表示鄙视。慢慢地，桶里就开始有了血，“箭血”见血，那就开始生长，钻血管的细丝从一根变成两根，两根变成四根，到最后成百上千，数也数不清。

这澡泡得好，洗得彻底，连每根血管都能洗到，服务绝对周全。

“现在草长多高了？”韩焉又问，回头吩咐下人添些热水，说是别把华公子冻着了。

下人立刻来添热水，“箭血”遇热更加兴奋，一齐钻破血管，“噗”的一声扎进血肉。

华容在桶里摇晃，憋着气比画：“刚才……到腰，大公子一关怀，现在……到胃了。”

韩焉眯了眯眼睛。

“有句话本公应该告诉你。”略微停顿一会儿后韩焉俯下身：“楚陌，不知道你认不认识，本公和他有个约定，只要他帮助本公，本公最终会放他和你自由。”

华容眨眨眼睛，表示不知道。

这个消息他自然知道，昨天那张字条不是第一张，也不是林落音写的，送消息的那个人是楚陌。

楚陌的意思是要华容等待，说是他已投靠韩焉，不日就可以获得自由。

“自由”。

想到这两个字眼华容就发笑。

来京城已经两年有余，华容不止一次听说过韩焉这个人，听说过他的事迹。因为政见不和，他将自己自小唯一的好友凌迟，曝尸三日，杀鸡儆猴。拥立太子失败后，他亲手杀了自己的女人，理由很简单，只不过不想让她看见神一样的自己失败。

如果楚陌知道这些，估计就不会这么幼稚，认为韩大爷仁慈，会有可能留他活口。

韩家兄弟，如果能比较，韩朗还算是善人，大善人。

这也就是他不肯跟韩朗离开，死活要留在京城的因由。

总有法子能够通知楚陌，韩大爷比韩二爷更加狠辣，绝对绝对不能投靠。

当然这些他不会说给韩焉听。

大爷们的话他一向不反抗，他最擅长装傻充愣了。

“这么说，你不知道楚陌是谁？也不打算回答我的问题？”韩焉叹了口气。

华容眨眨眼睛。

“你想不想本公拉你出来？这草的根已经扎在木桶里，虽离不开药汁，可是也舍不得你。你想不想知道，如果我强拉你出来，后果会怎样？”

华容眨眨眼睛。

“第三遍，本公问你，那个人是谁？去了哪里？”

华容又眨眨眼睛。

“如果你再眨一下眼睛，我就当你拒绝回答，立刻拉你上来！”

华容噎住，立刻不眨眼睛了，鼓着眼睛喘气。

这一鼓鼓了很久。

可是他到底不是神仙，就算是神仙，也不可能不眨眼睛。

桶里的水汽漫了上来。

华容的眼皮终于不堪忍受，小小……小小地……眨了一下。

第二十三章

御风千里

"眨一下就是拒绝。"

木桶旁的韩焉叹着气，再无二话，立身架住华容的臂膀，往上用力一提。

华容的双脚腾空，盆底的水草果然对他无限依恋，全数钻出血管，挽住他的血肉。

"最后的机会。"一旁的韩焉声音冷冷地道，"这是你最后的机会。"

华容喘着气，就算有心招供，这会也没有力气比画了。

韩焉一时怒极，真的使上真气，双手"呼"的一下高举。

水草被拉伸到极致，终于不支，脚面上的那十数根最先剥离，挣扎着撤出血管，顺带生生扯落了脚面上的大多数皮肉。

华容张嘴，喉咙呼出一口热气，依稀竟有声音极低的呜咽。

到这时候竟然还清醒着，就连他自己也不能置信。

韩焉还在发力，只需要再举高半尺，他的下半身绝不会再有一块好皮肤了。

"还请大公子三思。"屋外突然响起说话的声音，那个声音韩焉识得，正是流云。

门外的守卫立刻通报，询问是否让来人进来。

韩焉停住动作，将华容举在半空，出声让人进门。

大门洞开，流云在他的身后半跪，跟着进来的华贵却不客气，举起手里的柴刀，拼死力将木桶砍了个窟窿。

掺着血的药汁"哗哗"流了满地，离了药水的草开始枯萎，不消片刻就已死绝，只需轻轻一扯，就从华容的身上脱落。

噩梦终结。

半空里华容已经虚脱，连眨眼睛都已不能，一双脚悬在半空，脚背像被铁梳的密齿深深地梳过，一条条伤口流着鲜血。

也许是被这个情形吓到，华贵平生第一次失语，半天都没能蹦出一个字。

“是谁借你的胆子，让你来坏本公的事。是你那阴魂不散的主子吗？”韩焉甩手，任由华容坠地，他的衣摆落到了跪倒在地的流云眼前。

流云低头道：“小的和华贵是生死之交，这个大公子想必知道，所以借胆子给小的的不是别人，而是‘情义’二字。”

韩焉冷哼一声，拂袖高声道：“外头人听着，给本公再送一只木桶进来。”

华贵闻声愣住，将那把柴刀举高，摆了个很酷的姿势。

“大公子可知道林落音。”地下的流云猛地抬头，“可能大公子不知道，留下华容的性命，就是对林将军施了大恩。”

韩焉顿了一下，这次没有反驳，回身看了看流云，终于将手垂低。

皇宫内一片安静，死静死静的。

窗外漆黑一片，夜风如野兽般四窜。

偌大的殿堂显得十分空旷，当今天子只能看着随风摇曳的火苗解闷。

黑暗里有脚步声靠近。

皇帝起初并不介意，可他越听足音越觉得不对，突然回头。顷刻泪水迷住了眼睛，他又狂擦眼泪，睁大眼睛，盯着来人，不是错觉，真的是韩朗。

韩朗没死！

“皇上，臣是来道别的。”

“你还在生我的气？”皇帝停止抽泣，忙比画着询问。

可惜该懂的人，却波澜不惊。

“我错了。”皇帝做着同样的手势，一遍又一遍。

“皇上从未想过，能将毒药换成假的吧？”韩朗的话问出口，少年天子顿时颓然地垂下手，望着冰冷的大理石地砖。

“陛下，您当韩朗是神，还是当时真想杀韩朗，您自己的心里最清楚。”

那杯毒酒可以说彻底让韩朗寒了心，他们再也回不到以前了。

“那月氏国犯境，你也不管吗？”小皇帝周怀靖猛地再抬头，比画着手语的双手颤抖得厉害，“只要你回来，你的官职、俸禄都可以再升的。”

韩朗闻言一愣，摇头苦笑：“陛下，韩朗从来就不是什么忠义之士。”多少个日子的相守，他们的心居然相隔如此遥远。

“我可以告诉韩焉，你还活着。”

“我不怕死，却不是来送死的。您告诉了他，又能如何？”

韩朗的嘴角勾笑，自始至终，他脸上的笑容没减一分，却也没增那么一毫。

“皇上要记得，往年单单苏州一府就能交粮二百万石，超湖广以下任何省，浙江、江西二省相仿，无论发生什么，粮草供应一定要充足。西南扩疆顺利，表面人口众多，却不太稳定，抽丁参军要慎重三思。”

皇帝的喉咙口想要发声却发不了，眼泪一滴接一滴地流下来。

“该说的都已经说完了，臣请告退。”对行君臣大礼，韩朗一向不够上心，如今真有了这层心思，却已是最后一次。

行礼一结束，韩朗果断地站起身，向外走去，未曾回头看一眼。

风里的烛台残火乱晃，挣扎了许久，“哧”的一下熄灭。黑暗好像无边无际，将人心最后的光亮都要吞没。

皇帝退后，觉得胸口空荡荡的，好像心脏已经被韩朗顺手摘了去。恐惧像蛇一样冰冷，盘上了他的心，又升上他的咽喉，又好像一把绝望的剑，居然一下子砍断了他喉咙里的那把大锁。

有气流在喉管里嘶吼，从受惊吓失去声音的那天起，已经过去整整六年，他再没有过这种麻痒的感觉。

“韩朗！”黑暗里突然发出一个嘶哑的喊声，随后又转为呜咽，最后在殿堂的回声中归于宁静。

这一声，叫得实在是——太迟了。

韩朗再次见到华容时，昏迷的“青葱”平躺在床上，看着倒挺安静。他煞有介事般深深地叹气，指尖凑在华容的鼻翼下，探出了活人的热气：“真笨，就算招出是我，他又能把我怎样？”

这回“青葱”不争气，居然没醒。韩朗也不再折腾他，走到床尾，伸手将薄被撩起，见双脚已经包扎妥当，白色的布条结实地包着两条小腿，像葱白。

韩朗皱眉，抽出防身的刀，割开白布，动作勉强称得上轻手轻脚。

拉开布条，里面粉色的嫩肉马上出现在他的眼前，这嫩肉没沾上一丝人皮，也没有一滴血，没半分血淋淋的感觉，比菜市场没皮的猪肉还胖还干净。唯一证明还不是死肉的是，小腿肚还能因为痛觉，不自觉地微微抽动。

韩朗的呼吸起伏，他轻声问站在一边的华贵和流云：“你们涂过止血药？”

流云点点头。

韩朗摇摇头，带着懊恼：“这伤可能不能用止血药。”

华贵瞪着韩朗，竭力压低嗓门，明显不服气：“不用药，看着他流血到死吗？好不容易才让血止住呢！”

韩朗皱着眉头，横了他一眼，拿起刀，就在华容的小腿上划了道口子。

“你做什么？”华贵放开嗓门，人向前冲，却被流云一把拽住。华贵扭头转瞧流云，“放开我，他又不是我的主子。”

流云抬起下巴，示意华贵看仔细。

华贵挣脱开流云的手，看向华容的脚，半滴血都没流出来：“怎么会这样？”

韩朗抿紧嘴，又深深地划一刀，出刀入肉的那一刻，另一只手指伸进伤口，并使劲想拉什么。终于，他拉出一条带着血的绿色草带，还没拉出多少，草带突然断了，一小段徒留在韩朗的手上，其余的草像是有了意识，迅速地缩回伤口，卷带起血滴，又钻回肉里，依旧滴血不剩。

华贵张大嘴愣了好半天，最后红着眼睛，急得双脚直跺：“那怎么办？杀千刀的！”

突然，韩朗起身出手，捏住他的喉头，恨恨地道：“再多说一个字，我把你这条舌头扯下来。”制住华贵，韩朗又忙扭头对流云道，“你去找条狗，在接近伤口的地方给我放血，越多越好，骗那鬼玩意出来，一出来就用刀砍断，越多越好！”

流云自知情况严重，毫不迟疑地冲了出去。

韩朗这时才松开手，对着已经半傻的华贵道：“你给我留在这里，我要出去一趟。”

息宁公府。

会客厅的房门大开，其内只有韩焉一个人坐在主位。

“我刚刚还在猜你什么时候会来？”韩焉见到要等之人已经出现，得意地啜口茶。

“把用在死士身上的药，给华容享受，恐怕太浪费了吧，大哥？”韩朗不客气地踏进门槛。

韩焉努着嘴赞叹：“你以前做刑部尚书真没白做，居然识得。那个哑巴不是不怕疼吗？瞧瞧，这草对他多合适，可以一辈子都不知道疼是什么滋味了。”

箭血草，见血就欢。一旦碰到止血的药剂，就能逐渐攀附到脑，破坏掉人的各种感觉。韩焉以前手下的死士皆用这药，哪怕受到再残酷的刑法，身体也不会产生一丝痛觉。

“无痛无觉，人生必少了良多乐趣。”韩朗明显不赞成。

“这要怪你，来得太迟了。”韩焉放下茶杯冷笑。

“大哥，我没时间和你叙旧，解药呢？”韩朗直截了当地问道。

“要解药，可以。你跪地求我啊。”韩焉将身子往后靠，直视着自己的弟弟韩朗。

“好！”韩朗也不含糊，当真给韩焉跪下了。

“男儿膝下有黄金，你这算什么？”出乎意料地，韩焉反而被激怒，他不自觉地起身。

“我视黄金如粪土啊，大哥。”韩朗仰脸一笑，没想到韩焉已经冲到他跟前，挥手就是狠抽一记耳光。

五指山，立刻纵横在韩朗的一边脸上。

“他是个什么东西，值得你这样？你……你这样子对得起韩家的祖宗吗？”

韩朗伸出舌尖，将嘴角的血舔干，没心没肺地露齿一笑：“祖宗是什么，挖出来还不是一副白骨，加上一棺材黄土？我怎么就对不住了？你拿韩朗的牌位出去问问，哪个不承认我是韩家的奇才！再说，你是兄，我是弟，跪你也不算什么。”

“你，你……”韩焉没想到韩朗回归多年前的本性，顽劣依旧不减，“迟早有那么一天，你会连自己是怎么死的，都不知道。”

“我当然知道，被将离毒死的。”韩朗直爽的一句，让韩焉沉默了，心头像被人闷捶了一重拳。

“大哥，我是将死之人，只想脱了官袍，卸了责任，一身轻闲地度过余生。诈死虽然是下策，但是我没觉得哪里不对！”

韩焉寒着脸，半疑半信地道：“当真？”

“大哥，你该知道我贪图享乐，你只要饶了华容，余下的事我再也不管。”韩朗难得露出真诚的笑容，无比真挚。

“你自己废了武功，我就相信你。”

两天后，是死去的韩朗出殡的日子。也不知道是谁捣乱，仪仗队一出寺门，路上就有人放起烟花。虽然是青天白日，却还是能看出璀璨异常。

一辆牛车，在山路上缓缓而行，与仪仗队背道而行。

“主子，按计划我们不是应该向南走？”车旁的流云感到困惑，他们的目的地居然改到了北方。

韩朗扇着华容的招牌扇子，瞥了一眼还在睡觉的“青葱”，笑着道：“天要转热了，南方燥热，不适合某人生存。”

流云了然，忽然见华容的眼皮微动，识相地道：“小的还是陪华贵赶车，比较好。”

韩朗施施然地拍拍华容的脸：“你的眼皮也该争气点，睁开来，陪我看完这场焰火。”华容还是闭着眼睛，没醒。“如果你看到这次的烟花，一定认得。可惜以后看不到了，据说那个老板瞎了，没有可能再给你放一场让人惊心动魄的焰火了。”

火花在高空逐渐散去，一场繁华终于在眼里落尽。

落花飘零，山径上还没乱红一地，两道车痕逶迤着已直通天际。

“我果然适合如此华丽地退场。”韩朗欣然收起扇子，用扇子拍拍手心。

第二十四章

洛阳牡丹

马车载着四个人，两对主仆，一路北上。

有钱又有闲的玩乐生活，滋味自然是绝顶的逍遥。

华容的脚伤渐渐有了起色，虽不能走路，却能坐在车窗口，眉开眼笑地看着窗外的风景。

杀猪的追打买肉的，小媳妇怒气冲冲地到妓院找人……不论大戏小戏，他一律爱看，扒在窗边很是欢喜。

韩朗也很有兴致，一路和他打赌。

今天打的第一个赌简单，是那个号哭的小孩能不能要到他想吃的糖葫芦。

华容赌他要不到，结果赢了纹银百两。

那厢韩朗的嘴开始扁起，一边付银票一边嘟囔："这家肯定是晚娘，没见过她这样的，小孩哭成这样，鼻涕三尺长，她还是连根糖葫芦都不肯买。"

华容咧着嘴，将银票摊在车板上，很仔细地抹平，然后又很仔细地对折，塞进袖管，这才比画手势："那是因为他的牙。王爷，您没见他张嘴吗？没看见他那口黑牙？门牙都快烂没啦！"

韩朗吃瘪，恶狠狠地剜了他一眼："赢个一百两就笑成这样，小心你的门牙！对了，除了爱钱你还爱什么？有没有高雅点的趣味？"

"有。"华容坚定地点头，"吾还爱看心学。"

韩朗笑了一声，眼皮翻起："除了这个就没别的？爱不爱赏花？正好咱们到了洛阳，还正好赶上了牡丹花开。"

"不爱。"华容比画着，无比坚定，"我不喜欢赏花，尤其是牡丹花。凡是长得比我好看的东西，我见到就很生气。"

"是吗？"韩朗闻言挑眉，尾音拉得很长，又开始露出似笑非笑的表情。

"流云，停车。咱们就在洛阳歇脚，你去买一套房子，院子里要摆满牡丹，绿色的牡丹，咱天天架着华公子去看牡丹，把他气死！”

隔了一会儿韩朗挥手，说了这么一句话，车刚停下，他走进了街边的茶楼。

入夜，满院暗香浮动。

流云的办事效率一流，这个院里果然是遍地牡丹，朵朵萼绿，正集体迎风招展。

韩朗和华容如今就在这个院子里，站在亭台上赏花。

韩朗随手折了一枝，给华容戴上。

华容头顶一朵碗口大的绿牡丹，一袭绿衫凭风轻摇，宛如青葱发芽。他挤出一个勉为其难的笑容来，两手比画着："王爷，我与这绿牡丹，可称绝配？"

韩朗大笑，眼神指向他的双脚："伤口还疼不疼？被那东西硬生生地扯下皮肉，是个什么滋味？"

听到这里，华容抬手，很艰难地比画，但是意思明白，大致是为王爷头可抛、血可流的马屁。

"我知道你是假意。"韩朗叹气，转而认真赏花，"只是我的余生有限，不想孤独而终，所以也无所谓真假是非了。"说完这句话，再不言语。华容自然也只能沉默着站在他的身边。一时间，清辉满地，月移影动，两个人默契地赏花，好似一对知己。

夤夜风寒，华容站了许久，左脚踏右脚，龇牙又咧嘴，恨不得能立刻扑倒在软榻上。他趋前几步，去拉韩朗的袖子，示意花看了个够，风也吹饱，合该回屋睡觉了。

韩朗一愣，转过身去看他，满眼空洞，竟然一个踉跄，晕了过去。

华容脚伤未愈，不能行走，就陪韩大爷躺着，在花下吃风，整整吃了一夜。

第二日清早，华贵出房门，寻死寻活才把他们寻到。

华容指指韩朗，比画着："你快叫流云，王爷不知道是怎么了，昨晚晕了过去，到现在一直没醒。"

"他怎么晕了？"华贵咋舌，不加思量地就脱口而出。

"无妨。"花丛下的韩朗这时开口，伸了个懒腰，施施然地从地上起身，掸了掸袍子，侧脸朝向华容，"你怎么也在？"

华容点点头，连忙嘘寒问暖："王爷，您身子不好吗？昨晚……"

"王爷，有人来访。"

韩朗还来不及回话，流云已经赶到，在花丛前垂手而立。

"谁？"韩朗揉着眉头，"我这落架凤凰还有人来访，倒也是稀奇。"

"流年。"

跟前的流云回话，抬头，深深地看了华容一眼。

第二十五章

有君无臣

韩朗听完禀告，只略微挑了下眉，抬眼瞥向华容，与他对视着，“我的气色看上去不好？”

华容露出招牌笑容，用手语回答道：“很不好。”

韩朗眨眨眼睛，突然比画起手语：“你确定？”

华容点点头，态度非常肯定。

“那……暂时不见了。”韩朗又转向流云，继续比画手语，“你去安排下。”

流云领命，退下。

华容展开扇子，脸隐匿在扇子下偷笑，带着血滴的“殿前欢”三个字的扇面，因为他的笑而微微抖动。

韩朗对着他比画：“我想休息一会儿，先送你回房。”

安排华容回房后，韩朗走出屋，刚走下石阶，低头张嘴就是一口鲜血喷出。面前一朵碗大的绿牡丹，大半朵被染成猩红色。

韩朗自嘲地露出笑容，折下那枝半红半绿的大牡丹，将嘴边的残血擦尽，将其丢弃在花丛深处：“真够触目惊心的。”

真该什么都要讲情调。方才花在跟前，人在旁边，他就应该把这口血给吐出来，这样绝对能把凄美的情调，升华到了极点。偏偏韩朗当时就是搭错了筋，硬生生地将这血腥压在喉间，不溢出来。

现下等他拾起精神，回转到华容那儿，那厮居然呼呼大睡了。

韩朗摇着头叹息，自己果然是吃了“死要面子，活受罪”的苦。

而那厢可怜的流年终于归巢。

一次江南行，两次遭遇追杀。

第一次的全胜，令他掉以轻心；第二次的突袭，几乎是死里逃生。

昏迷的流年，运气还算好，因穿得不俗，被眼毒的拾荒人顺带救起。受重创的他好不容易清醒过来，身体却动弹不得，咬着牙熬到恢复，就马上飞鸽传书向韩朗说明了情况。

韩朗第一次回复只有简简单单的四个字：按兵不动。

第二次就是要他安排南方行程。

可是接到的命令，居然向北，虽然出乎意料，但流年还是无条件地照办了。

最后一条，办起来也不困难。暂不汇合，先观察伤残的华容华公子还忙不忙，忙的话忙些什么。

答案是顽强的华容华公子依旧很忙，忙着暗地重金托人送两封信，一封送给将军林落音，另一封送给个出家人，名为安不具。

不具大师实则是个披袈裟的水货，曾犯了事，不得不剃光了头，假扮作和尚掩人耳目，云游四方，种种机缘巧合让他得了机会，混进寺中得以安生。也是好巧不巧，神通广大的华公子得到了消息，拿着不具大师以前还有头发的私人画，威胁他做了自己的内应。

流年算是不辱使命，弄清楚后兴冲冲地赶回来，休息不到片刻，却从流云那里，得到了暂时不见的答复。

“为什么？”

“我想就是‘不想知道了’的意思。”流云回答得干脆。

流年也领悟到了要点：主子的脾气依旧，只是心情不同。

屋里的两个人也都识相，沉默是金，闭口不谈祸端华容。

伤病初愈的流年，决心换个话题拉家常，于是他热情地向流云询问近况。

流云抿口茶，毫不在意地说出自己和华贵结交成好友的事。流年听后，不客气地哈哈大笑起来，一边笑一边说道：“不是同一类人，怎么能结交？只能说你的品位独特。”

流云乌黑的眼珠骨碌碌地转，清了清嗓子，大声吼道：“老子没品啊，怎么就不配啦？看老子不爽，你很开心是不是？老子……”

就那么几声大叫，吓得流年脸色惨白，手脚发冷，当即求饶：“够了，够了！我知错了！你别学样了。”

“成！以后你不要再说这些话给华贵听。”流云赶忙替流年续上茶水，语气恢复正常。

流年心底明白：“你告诉我这个，是怕我打击那个大嗓门？”

“他的嗓门很大吗？”流云好奇地眨眨眼睛。

“不，很正常！除非主子要我说实话。”流年气短一大截。

流年在那头觉得憋闷，暗地里磨牙，他端起茶盅，趁喝茶的空隙，思量着如何扳回一局，门外华贵冲进来，一瘸一拐的，跑得倒挺快。

视线一对上流云，华贵立刻声如洪钟地道："我……我是来问问，你们想吃什么，我……好去买菜。"

"不用了，你在家休息，告诉我买什么，我去就成。"流云的话还没说完，"哗啦"一声，流年手里的杯子落地碎了，人也跟着假装背过了气。

屋外，阳光刺眼，白云浮空。

洛阳牡丹花开，处处飘香，京城的皇帝却成了病秧子。

借生病的由头，不上朝，不看奏折。少年天子成天什么也不做，就窝在龙榻之上，目光呆滞，不吭一声。边疆连日战报告急，他也不闻不问。

朝野上下，顷刻间谣言四起：韩朗一死，国无宁日。

关于这一切，韩焉倒也从容，面不改色，日日进宫面圣。

"陛下，这些折子，臣就全部代劳了。"韩焉遣散了所有宫人，漫不经心地回禀后，带上成堆的奏折，转身准备离开。

小皇帝猛地奔下床，散着头发光着脚，跑到韩焉身边，夺下其中一份，没等韩焉回过神，当面撕个粉碎。纸片飘零，韩焉脸色发寒，随即就送给他一个嘴巴！

皇帝被震出几丈开外，跌倒在地，嘴角有鲜血溢出。

"圣上，从没如此挨过打吧？"韩焉冷漠地靠近，半蹲下身，狠狠地扼住他的脖颈，"您这眼神真好笑，好似存有期盼，您盼什么呢？是韩朗？圣上，您也见过他了？"

傀儡天子泪光一闪，挣脱韩焉的掌控，别过头死咬着双唇，垂泪看地。

韩焉悠然地道："陛下放心，韩朗不会再来了。他不想管您了，就算他想再来见您，也不能了，因为他的武功已经废了，再没本事闯宫了。"

皇帝瞪大眼睛，张开嘴，喉咙里"咯咯"直响，却不能发声，再也寻不到那夜发声的感觉。慌乱里，他直起身，双手飞快地挥动。

由于动作过快，韩焉只能半琢磨，半猜测地弄懂个大概："您是说我对不起你们皇家施予我韩家的恩泽？好好好！我今朝就来告诉您，你们皇家世世代代是如何对我韩家施恩的！"

往事不堪，皇恩浩大。

韩家得遂青云，扶风直上。官位显赫，权倾朝野。异姓称王，霸业空前。

皇恩浩大。

韩家天命护国，可谁能保证他们永远忠诚？谁能保证韩家永远是皇家的掌中之物？

天威既然难测，人心当然可以不古。

皇恩浩大。

所以，不知道从哪代开始，韩家只剩下了一脉，以后也只留了一脉。说穿了就是一代只留一个活着，独自一人，到死也只是玄朝青史上潦草的一笔。永不成族，就不能成什么气候。

故事就是这样持续地发展下来了。韩家的陵园一扩再扩。

直到周怀靖的父皇那代，事情才有了转机。

那时，脑子还算清醒的老王爷，特意为韩家求情。安稳度过多年春秋的先皇文瑞帝，突然发了善心，同意韩家留下刚满周岁的另一个孩子。

这侥幸生存的另一个孩子，不是别人，正是当时的韩家二公子，如今诈死游荡在外的抚宁王韩朗。

皇恩的确浩大。

韩焉从此才真正拥有了这么一个宝贝弟弟。

其实韩父也难为，虽说望子成龙是每个做家长的天性，可他又怕韩朗锋芒太过，引来横祸。

所以对这个意外得活的小儿子，时而纵容得过分，时而又管教得严厉。由此造就了韩朗不伏烧埋，野马无缰的个性。

可惜到头来，年少气盛的韩朗还是闯了祸，居然偷偷参加了科举，还没悬念地中了个状元。韩父事先得知内部消息，动用人脉，硬是把韩朗拉到第二，做了榜眼。

为这个得来不易的二公子，韩府上下可谓心思用尽。

可惜人算不如天算，走到人前的韩朗，终究还是难逃厄运。

先皇后器重韩朗，将自己的骨肉托付给韩朗，可又怕他来日权势滔天，不可控制，一时两难。

于是就有了那日偏殿的召见，皇后笑吟吟地赐酒一杯，韩朗笑吟吟地接过饮下，命运便就此注定。

如献计的那个人所说，中“将离”者最多存世十八年。

到那时，幼皇自立，太傅离世，是再好不过。

“将离”，将离。

一切皆是弹指流光，这个意外得来的弟弟，还是将要离开人世。

身中剧毒的韩朗，只怕会走得更早些。

想到这层，韩焉把先前对韩朗“活该”二字的评价，压回了心底。

三更鼓敲响，声音逐渐远去，大殿中一片寂静。

当今圣上直愣愣地坐在地上，面如死灰，眼泪已经干涸，披下来的头发凌乱地散开。韩焉冷笑着，过分的安逸，让皇帝根本就不认得“血腥”二字。

这种窝囊废的皇帝，护着只能是天下的悲事。韩朗就是个睁眼瞎！

卷入寝宫的晚风，带着湿暖之气，吹动着满绘绚彩的帐幔。

“明日，你必须早朝。月氏国的战事不能再拖了。”韩焉做下决定，他会独自草诏，调潘大元帅出征，换林落音班师回朝，“如果，陛下明日依旧要性子，臣自然有非常手段，让圣驾君临天下的。”韩焉展露笑容，露出了一个浅浅的酒窝。

“只是，我怕陛下，受不了这层苦。”

皇帝睁圆微陷的眼睛，怔怔地目送着韩焉离开。阴冷的光，穿过窗格，从他的身边透过，在地上投下长长的影子。

寝殿外，星疏无月。

迷茫的黑暗里，还有人没有入睡，孤零零地坐在凉亭里的石凳上发呆。

“楚大公子，那么晚了还不睡，又在寻思什么呢？”韩焉轻声问道。

“看蜘蛛结网。”楚陌指了指亭中倚栏处。

“这么黑，你也看得见？”韩焉露出一丝惊异的表情。

楚陌笑起来：“这么多年待惯了暗处，双眼练明了许多。”

韩焉点头说了句“那不打扰”，就要离开，却被楚陌叫住。

“韩大人，我弟弟……”

“他自愿和韩朗厮混一处，我也没办法。”

“他不会！”楚陌突然站起身，急忙辩白。

背对着楚陌的韩焉，目光一冷：“这样，只要你一有华容的消息，我便派人把他带回来，如何？”

楚陌还没来得及回话，宫院外就已经传来声音，顷刻沸沸扬扬。

韩焉交代楚陌回避，自己正想查问原因，就见一个内侍从外面奔入，神色惊慌地来报，说是老王爷突然发病，生命垂危，他的儿子平昭侯连夜进宫，恳请皇上委派太医，前去救命。

韩焉皱眉，忙道：“皇上刚休息，这点小事不必惊动圣驾。你速派值班太医前去就是。”

内监领命，刚要退下，又被韩焉叫住：“我与你一同去。”

嘈杂的脚步声逐渐远去。

一切回归宁静。

黑暗里，蜘蛛仍在无声地织网，非常忙碌，而细丝织成的网，越织越密，越织越大。

第二十六章

匿剑五湖

清早，满院花香，流云见韩朗走过来，道："回主子，花架我弄好了，也从别处移了紫藤，如果能活，估计很快就能开花。"

韩朗"嗯"了一声，抬腿迈进华容的屋里。

华容也醒了，反手撑床，预备起身。

韩朗眯着眼睛，看到他的腿像木板一样僵硬，撑床板的双手青筋毕露，忍不住伸出手去扶了他一把。

"腿很疼是吗？"扶完之后韩朗长叹一口气，"脚怎么样了？我看看。"

华容笑着左右环顾，比画着手势："这天眼见着热起来，王爷看见我的扇子没？"

韩朗"哼"了一声，华容的脖子一缩，不情不愿地把袜子一把扯了，脚面上有薄痂脱落，血流得不多，大多也已经凝固。

韩朗又"哼"了一声，斜着眼叹口气："我记得前几天看过，你的脚面已经完全结痂，你可不可以解释下这是为什么？"

华容连忙挠头，比画着："这个，我可能睡觉不安生，爱蹬被子，所以……"

"我晕倒的那晚你去了哪里？咱们一同歇在客栈，你有几次趁夜色踩着伤脚出去，要不要我提醒你？"韩朗将他的双脚攥紧，"我不怨你装蒜，也不怨你装作不能走路，我怨你对自己这么狠毒！"

脚面被韩朗这么一握立刻迸出血来，华容双手撑着床，也不挣扎，只是喘气。

"流年回来了，你知道吗？"韩朗将手一松，"我曾经派他去查你的底细，我想你应该知道。"

华容眨眨眼睛。

"可是我现在不想见他。"韩朗上前，将手心的鲜血蹭在帷帐上，"你的底细我不想知道，你深夜出门是给谁送信我也不想知道。从今日起，我对你坦诚相待，你也好好待你自己，可不可以？"

华容还是眨着眼睛，撑床的手有一只松了劲，人一个趔趄，不过最终还是点了点头。

“这个是紫藤。”韩朗站到花架后面道，又开始动手温酒，“紫藤开花很漂亮，你见过没有？”

华容摇摇头。

“那就但愿它能开花，让咱们华公子也开开眼。”韩朗补充了一句，喝了一口酒，又递到华容面前一盏。

华容喝了酒，抬头看着花架，目光空洞，无嗔亦无喜。

韩朗在近处看他，又喝了口酒。同样是晋城竹叶青，这次入口却是绵甜的感觉。

“我们来玩个什么好了，填词、作画、弹琴、下棋，你喜欢哪个？”春风拂得他来了兴致。

“都……不喜欢。”华容蹙起了眉头，“要不王爷您把我的银票还给我，我们晒银票玩，很好玩的。”

“银票我帮你存入了大银庄，等我死后，你就可以每月去银庄领开销。”

华容扁着嘴，憋住没问韩朗什么时候才死，意兴阑珊地比画手势：“那王爷随便，您爱玩什么就玩什么。”

“要不我们画画。”韩朗拊掌，“你选句诗，我来画。”

韩朗击掌，示意流云拿笔墨来。

笔墨很快就备齐，桌子也很快摆好。

韩朗画下一幅赏花人的图画。华容却还在犹豫，说是要选一首绝顶相配的诗来题字。

“紫藤挂云木，花蔓宜阳春。密叶隐歌鸟，香风留美人。”最终他一敲扇子，在纸上落笔，一边还打着手语，“这是我背过最应景的一首了。”

“香风留美人……”韩朗念了念，失笑道，“太白的诗，只是这诗中的美人……”

话不曾说完，他已经提笔，在纸上赏花人的脸上勾出剑眉阔嘴。

“像不像？”韩朗大笑道，“咱闲来写就紫藤卖，偏使人间造孽钱。”

说完就提笔，在纸上勾了一枝紫藤。

华容则连忙替他打扇。

一幅纤毫毕现的赏花人图即成，紫藤万朵一时开，花下还站着赏花人，神韵气势无一不到。

“好了。”画完后韩朗退后，从怀里掏出印章，使力按上。

一旁的华容已经笑得喘不过气，直敲桌子。

“流云！”韩朗将那画揭起，对着光又打量了一下，“这幅画你上街去卖，要价百两，敢还价的打断腿。”

“等等！我说等等！”一旁跟着瞧热闹的华贵这时突然一声大吼，冲过来将画拿住。

“这不明明是我嘛！”拿着画他又是一声大吼，“为什么把我的脸画得这么清楚？”

韩朗也开始扶着桌子笑：“你是上得厅堂的华贵，露脸的机会自然是要给你的。”

“一百两。”笑完之后韩朗又正色道，“流云，你记牢，还价的打断腿。”

流云躬着腰回是，腰眼处立马吃了华贵几记老拳。

花架下面这时窜出来两只野猫，流云趁乱告辞，华贵立马发威，紧追在他的身后问：“为什么偏偏把我画得那么清楚？我……”

华容被他这句话逗到打跌，笑得猛了，一时有些晕眩，眼前猛然暗了下。

而身后的韩朗这时突然将手一指：“那里，紫藤开了朵花，哈，敢情这也是朵风雅的花，赶着来看赏花图。”

华容抬头，眼前仍是发暗，马屁却记得拍，看不见也比画：“那是花能解语，倾慕韩王爷的才情。”

韩朗沉默下来，心里好似有种贪恋，希望这一刻无限延长，永不会过去，猛地又听见身后的华贵一声大嗓门。

“主子，你猜谁来了？”那个大嗓门如此不知情知趣，“林落音林将军！也真是的，他居然能找到这里！”

“好久不见。”见面后林落音发觉自己只会说这四个字。

华容比画着，华贵连忙解释：“我家主子问你怎么会找到这里？他说他的第二封信告诉了你地址，可是那封信发出去才不过一天。”

“月氏受创暂时收兵，我受命还朝，本来就已经到了洛阳附近。”林落音低声，嗓子发涩，闭口不提自己如何策马狂奔了一夜。

华容点了点头，一时无话。

倒是华贵来了兴致：“我家主子写信给你？还两封？都说了些啥？”

林落音叹气：“他说自己安康，让我勿以为念。”

“勿以为念还写信！鬼才信他。”华贵翻着白眼，“那你来干吗？就来眼对眼地发呆？”

华容拿扇子敲了敲手心。

“我来说完我没说完的那句话！”隔了一会儿林落音突然高声道。

华容苦笑了一声，那厢华贵却立刻趴上桌子，眼睛瞪得老大：“什么话？你跟他有什么话没说完？”

“那天我说不如……”林落音站起身来，双目晶亮，“现在我来说完，你不如舍了眼前浮华，跟我去建功立业。天涯海角，朝堂野下。我引你为知己，又曾受你恩惠，绝对不会辜负你。”

华容的笑容慢慢收敛，他拿手支住额头。

这次连华贵都懂得了分寸：“林将军，你听到传闻没有？那抚宁王可能是诈死！”

“诈死又如何？”林落音又走近一步，“今日我来，只问你愿不愿意，如果你愿意，我便鼎力相助，无所畏惧。”

华容闻言抬头，看着他的眼睛。

这双眼的主人磊落、坚定，干净得不染一点浮尘。

华容缓缓比画着：“林将军可后悔留任？”

林落音愣了一下，不过还是不犹豫地说：“不后悔。我到现在才明白，为谁效命不要紧，要紧的是我守得边关安宁，不负我平生志向。”

“林将军的志向是什么？”华容比画着问道，手势缓慢，方便华贵翻译，“我记得是剑寒九州平四方吧，可我的志向是绿衣封侯。”

“正所谓道不同不相为谋。”华容拿扇子敲了敲额头，“我之所以写信告诉你地址，是盼能和你做个朋友，希望你常来常往而已。”

林落音梗住，一时间不知道说什么才好。

“林将军如果怀念当日一剑恩情，现在就可以重温。”华容将扇子哗的一声打开，“我给将军算个折扣，不必三百两，现下只需五百两就可以赎回。”

这句华贵翻译得是恨声恨气，少根筋的人居然也开了窍，挥手道：“我家主子说这话就是让你离开。你还是走吧，该去哪儿去哪儿，别跟他夹缠。”

“不送。”那厢华容摇了摇扇子，手势比画得林落音都能看懂。

“这样作践自己，你到底为谁？你真的就是这么个贪慕权贵的人？”这句话林落音已经说得语气沉重。

“不送。”华容继续道。

林落音怔忡着，流连许久还是转身离去。

门外春光大好，他的背影却很是落魄，华容起身，对着他已经鹏程大展的身影，第二次抱拳相送。

两日后，京师。

韩焉去王府探望平昭侯，顺便和老王爷聊聊家常。

老王爷照旧托着他的肚子，因为中饭吃多了，不停地打嗝：“呃……韩朗……你咋有空来，来干吗？”

韩焉正色，第十次提醒他自己是韩焉，不是韩朗。

“‘将离’有解药，是吧？”他突然冒出一句。

老王爷呆愣一下，立刻也跟了一句："是。"

"那在哪里？"

"我想想。"老王爷蹲下来抱住头，咬牙切齿地道，"这次我一定得想出来。"

韩焉很耐心地等他的答案，也不提醒他这个思考的姿势活像在拉屎。

隔了一会儿，老王爷抬头，眼睛亮晶晶的，韩焉立刻凑了上去。

"我今年六十四岁，刚刚吃了午饭，早上辰时起床，还去看了潘克出征。"老王爷咧嘴，"你是不是问我今天做了什么？我都记得，一点没记错。"

"韩朗，潘克至今还用那把刀呢。"他接着又道，"记得吗？当年是你力排众议，扶他上马，还送给他一把刀，亲自为他开刃。那把刀如今都卷了刃，可他还带着，形影不离。"

韩焉冷笑了一声，抬手抚了抚衣衫："潘克是韩朗的人，这我知道。我现在是在问您，'将离'的解药在哪儿？"

"'将离'？"老王爷闻言抬头，抓了抓脑袋，"'将离'是什么？你还没吃午饭吧？我也没吃，走走走，同去。"

老王爷既然认定自己没吃午饭，韩焉也只好陪他又吃了一回。

"将离"的下落也不用问了，老王爷已经吃到顶，每蹦一个字必打三个嗝。

韩焉也只好作罢，出门去军机处，一坐下来便不能拔身，再抬头时天色已晚。

这时候有太监进门，低着头回禀："皇上有事召见息宁公，还请国公移步。"

韩焉点头，扭了扭僵硬的脖颈，起身进宫。

天际星辉朗照，韩焉在轿内坐着，一只手搭在窗口，有些倦怠，可耳际那句话却一直在盘旋。

"韩朗亲手开刃的那把刀，潘克至今仍然带着，形影不离。"

潘克是韩朗的人，他不是不知道，可是这句话却仍然像根芒针，刺得他坐立难安。他那个曾经权倾朝野的二弟，当真就这样退出了朝堂？在那不可见的暗处，到底还有多少韩朗的势力在蛰伏着，正监视着自己的一举一动？

头有些疼。韩焉抬手，揉了揉太阳穴，这个动作和韩朗十成十地相像。

轿子在这时停了下来，管家在窗外，踮着脚探进半个头："大公子，二公子那边有消息，您说要即时回禀，所以小的就赶来了。"

"什么消息？"

"二公子现下在洛阳落脚。两日前，林将军从北境奉旨还朝，星夜兼程前去住处探访。"

"他们说了什么？可曾听见？"

"不曾。流年已经回转，他的内力高强，我们的人避不开他的耳目，混不进去。"

听这句话说完，韩焉沉默着，闭着眼睛揉太阳穴揉得更重了。

轿夫也不敢起轿，在原地踟蹰。

“起轿！还等什么？”轿里的韩焉突然厉声道，掌心拍上车窗，将轿身拍得好一阵晃荡。

悠哉殿就在前头，韩焉的脚步细碎，衣衫上暗银色的花纹映着月华，隐隐流光。不爱朝服，精于打扮，这是他和韩朗的另一个共同之处。

快进殿门的时候他瞧见了林公公在殿外不停地踱步，看样子是在等他。

“这是从德岚寺那里传来的字条，我想国公应该看看。”见到韩焉后林公公低声道，从袖口掏出一张巴掌大的信纸。

韩焉将纸条接过来，一只手放到了林公公的手心，里面有黄金一锭，打发他走人。

楚陌从悠哉殿拿了小物事，买通这位林公公送信到德岚寺，他不是不知道。可那封信是劝华容也归顺他韩焉的，他当然是求之不得。

如今这封信是从德岚寺来，那还真难为华容，千里迢迢地将信从洛阳送来，又托安不具和尚送进了宫。

信纸很小，韩焉将它对着月光看了，上面只有二十四个字：韩焉绝不可信，请谨慎，一切仍在抚宁王掌握中，请静候消息。

只有区区二十四个字，可是韩焉却看了很久，直到每个字都有如石刻，在脑际盘旋不去。

一切仍在抚宁王掌握中……

他将这句话念了又念，唇齿里慢慢漾出血腥气，纸条捏牢，一步步走进大殿。

大殿里烛火通明，皇帝坐在龙椅上，脸孔小小的，脸色苍白得就像个鬼。

见韩焉进门，楚陌连忙现身，低着头有些焦躁：“从昨天傍晚开始，他……圣上不肯吃饭，不吃饭，不喝水，一动不动，好像死了一样。”

“如果不让我出去见韩朗，我就去死。”烛火下的皇帝这时突然猛地冲到韩焉跟前，手势比画得飞快。

韩焉冷冷地看着他，手心里的纸条握得更紧了。

“没有韩朗我就死！”皇帝急急地又比画了一句，眼里似乎要渗出血来。

“皇上，”韩焉叹了口气，“您莫要忘记，韩朗曾经上书，一手促成先皇后殉葬，是他害死您的母后。”

“那肯定是你栽赃的！诏书也必定是假的！”

“我没栽赃。是先皇后先骗韩朗服下毒药，害得他至多只能再活十八年，他要先皇后死，那也是再自然不过的。”

韩焉这句话说完，皇帝愣住，似乎不明白状况，过了许久才比画手势：“你说什么？母后给韩朗下毒，不可能，你是疯了不成？她为什么要给韩朗下毒？”

“为什么？”韩焉笑了一声，“因为她爱您，怕他来日专权，不可控制，所以要他活不过你的二十岁。”

“先皇后害死唯一真心待您、想要您活下来的人，却是因为她爱您。”在皇帝失语之际韩焉上前，叹口气，握住他的手，语气是从未有过的诚恳，“圣上，我跟您说这些，是因为想告诉您，在皇宫这种生存大于一切的地方，爱恨不是不能要，而是太过矛盾和渺小。”

皇帝愣住，手被韩焉握着，很长一段时间都没有挣扎。

韩焉以为他已经明白，于是将手松脱。

“我不信，你说的每个字我都不信。”退后了一步的皇帝却突然飞快地比画着手势，赌气将一切能够碰着的东西扫落，“反正我要见韩朗，没有他，我就不能活！”

大殿之内一片狼藉，韩焉沉默下来，又一次见识了天蓝雅帝的冥顽不灵。

“一切都在他的掌握中，圣上，这当中也包括您，是吗？没有他，你们便不能活？”等皇帝安静之后韩焉这才说话，冷冷的一句。

“是。”皇帝肯定地道，手势比画得毫不犹豫。

“那我就要他死。”韩焉抬头，扫过皇帝和楚陌，眼波最终落进黑暗，里面跃出一道厉芒，“我倒要看看，他若真的死了，天下会怎样？是不是会乾坤覆灭？”说完这句话韩焉便转身离去，步子决绝，看来已将自己渺小的、矛盾的爱恨全部斩断。

离开时韩焉不曾关门，常年幽闭的悠哉殿这时透进一道冷风。

“不！”殿门之内的皇帝挣扎着，似乎终于被这道冷风吹醒，有声音从咽喉里冲出，嘶哑地在周遭散开。

第二十七章

罂粟獠牙

梅雨将至，有月无风。

韩府老宅，耳厅外满园的罂粟盛开，沐浴着月光，花朵泛出蓝紫色。

韩焉独自坐在石阶上，眼前仿佛又见到随云，坐在他的身旁，捧着腮笑着问他：“都说人在独处时，才是真正的自我，果然如此吗？”

“傻丫头，人性互动方成形，人前看不到的我，那还会是我吗？”韩焉勾起一抹笑容，动容地伸手悬空勾画她的轮廓。

生死一线，咫尺岂止天涯。

“那还会是我吗？”韩焉心里反复地咀嚼着这句话，眸里依然清明一片。

有脚步声靠近，韩焉自然明了来的是谁，头也没回，只笑着介绍道：“这原是我家花圃的一大特色，观赏性极强如今虽不复当年美景，却也没到荒废不堪的地步。林将军，您觉得如何？”

“落音是个粗人，不解花语。韩大人，您私下召见在下，可有什么大事？”

“林将军凯旋后，是立即返京的？”韩焉终于转身，友善地望向刚回京不久的林落音。

“不，我去了一次洛阳。”坦荡荡的回答。

“去洛阳做什么？赏花？”韩焉含笑再问。

“私事而已。如果大人怪林落音延误归期，我自愿承当责任。”

韩焉叹气，又转望花圃：“罂粟花开三日便谢，我劝将军该学会欣赏。”

因为有韩朗的心结在先，林落音说话也显得冷冷的：“韩大人，找我就是问这件事？还是有其他事？如果有的话，请开门见山。”

韩焉缓缓地走下石阶，手抚花瓣，坦然地道：“本公想问林将军借手上的兵权一用。”

林落音诧异地抬头追问道：“大人索要兵权做什么？”

“起兵，造反。”韩焉轻松地道出四个字，两个词。

“国公，您在说笑话？”林落音以为听错了，沉默了片刻，怒目走到韩焉的面前。

“不开玩笑，你把兵权给我，助我造反！”

韩焉的话还没说完，林落音的那把不祥剑已经出鞘，剑锋指着韩焉的咽喉，剑光森然，映出韩焉似笑非笑的脸，衬着罂粟花的蓝紫色，显得奇冷至极。

即使韩焉说的是玩笑话，也已经属于大逆不道，天地难容了。

“治世需明君，是天命——我认。但要我辅助如此窝囊的皇帝，你不如剑再上前半寸，现在就杀了我！”韩焉不避不闪，口气斩钉截铁。

“你……”林落音的手腕轻轻颤抖，他突然苦笑着道，“不按常理出牌，果然是你们韩家的一大特色。”

“谬赞。”韩焉歪头，看着林落音。

“不借给你兵权，你还是会有所行动？”

“自然。”

死了个韩朗，已经民心惶惶，如果现下他杀了韩焉，天下岂能不乱？可眼前这个家伙，居然张扬地说要造反……

沉默许久，林落音不说一句话，心里即使十分矛盾，也清楚自己该选哪条路，可就是天性逞强，咬着牙不说。

于是，依旧僵持着。

短短三尺青锋的距离，拿不定主意的显得沉稳持重，拿定主意的显得漫不经心。

“韩焉，你希望我帮你？”

“将军随意。”韩焉并不赘言，大大方方地做出请自便的动作。

林落音皱眉，沉默地收起剑，将头一低，想快步离开。刚走到园门前，却被韩焉叫住。

“此物是你师傅的遗物，今日交还于你。”韩焉随手向其抛出一个锦囊，林落音出手接住。打开锦囊，里面只是一枚小小的石头，黑亮，却平凡无奇。这枚小石子却让林落音想起了自己的师傅，心潮澎湃。

林落音闭上眼睛，吐出一口浊气：“我师傅果真是拜在你的门下。”

韩焉沉默不语，负手微笑，耐心地等待。

林落音睁开眼睛，星眸亮朗：“石名‘不弃’。”说着话，他又将不祥剑取出来，用那小石的石棱划着剑身。

不祥剑遇石，好似蜕下一层蜡衣，锋芒璀璨刺眼，显得咄咄逼人。

剑气无形却有声。嗡嗡声中，青芒夺华天地，一大片罂粟的花瓣无声地坠下，一分为二，干净利落。

圃园里依旧无风。

“即使不祥也不可弃。”林落音收敛目光，转眸凝视着韩焉，“这是我师门的信物，不弃石的主人，就是不祥剑的主人。我师傅将不弃石给你，剑却送还给我，就是留下遗命，要我至死效忠于你。”

“所以……”韩焉微笑着。

林落音走回韩焉跟前，单膝落地，左手持剑，剑尖插地：“师命不可违，我愿意效力于你。”

韩焉微笑着搀起他：“为表诚意，你再去一趟洛阳，为我拿下诈死在逃的韩朗吧。”

洛阳。

紫藤花开，散发着花香。

是夜，韩朗想看戏，于是举家同行。

临行前，华贵突然感到身体非常不适，流云不放心，所以二人一同留在宅内，看家护院。

流年终于得到机会，回到护卫的位置。

韩朗一上马车，就笑着对华容道：“傻子都能看出华贵是在装病，用心险恶。”

华容收起扇子，比画着回答：“也只有王爷家的流云眼神不佳，或者是视而不见。”

种种迹象只表明一点，华贵好似有话要对流云说，流云可能当真着急，全然不知。

车轮滚动，马蹄慢踏上街上的石板，马脖子上的铃声音清脆。

车里的两个人十分默契，相视一笑，难得今朝大家都是好心情，没想去横加破坏。

府里的华贵果然闷头倒在床上，明里是睡觉，暗地却摩拳擦掌，手心出汗，一次多过一次。守株待兔的人，也会心跳如鼓。

门被打开，流云进屋，送来熬好的汤药，正想开口唤华贵，不料他已经坐起来。

“我没病。”看着虚弱，可声音听着还是不小。

流云错愕间放下药碗，伸手上前摸华贵的额头，奇怪道：“现在是正常了，刚才的确热得厉害。”

华贵深呼吸，目光炯炯，显得十分精神：“流云，我和你结交，不是觉得能攀上门贵亲。”

流云终于掀起嘴角一笑：“没事就好。”

“我……我也想有英雄气概。”华贵鼓足勇气，他今晚一定要将心里话挑明。

话音未落地，流云突然收起笑容，瞳仁收缩，手抓住华贵的肩头拉他俯下，护住他周身，翻转而下。

同时，密集的箭矢，穿窗射入。流云咬牙，当即欺身裹住华贵，滚落下床。

箭矢呼啸而至，床帐成了刺猬帐。流云还是躲闪不及，背部受创，被三支长箭同时刺穿。

四周十分安静，安静得风都不吹，危机四伏。

乱箭过后，屋外传来窃窃私语声，距离不近，听不真切。流云将耳贴地，默默数着，一共十个人，跑了五个，门外还有五个人。

脚步开始靠近，逐渐地靠近。

思考，再思考！

流云的第一反应是伸手拔箭。

黑羽雕翎箭，果然又黑又刁，支支箭锋都带倒钩。

血花四溅，鲜血很快将地面染成一片猩红。皮开肉裂的沉闷声一声接一声。三箭拔出，活活生扯下流云的一大块皮肉，血水濡湿整个背部。

血腥刺激了华贵，他从地上猛地蹿起，拿起墙上一把挂着的剑，一边虎虎生威地站在了门口，一边还招手：“你站在我后面，顾着点伤，我和他们拼了，护你出去。”门外的人不明状况，还以为是什么高手，止步不前。

流云脸色灰白，不知该哭还是该笑，低声提醒道：“那是挂剑，挂着看的，华大侠，还没开刃。”

华贵“啊”了一声，人团团转，亮着嗓门：“我就不信找不着个开刃的！”

黑衣刺客当下明白，“华大侠”已经不是威胁，五人默契地再次冲上来，冲进小屋。

流云一把扯回华贵，一手拿起桌上还烫手的药碗，冲着跑在最前头的刺客的脸，就是狠狠一泼。

黑色的汤药一被泼出，流云就将空碗猛地砸向墙。碗粉碎，白瓷裂开。流云出手抓住碎瓷片，当作暗器发了出去。

白色的碎瓷，划破了流云的手，带着血珠射出，又快又准。只是流云没了武功，气难化力，射程不远，最多伤人的双眼。

趁刺客躲避的空隙，流云拉着华贵，抢出庭院，两个人直奔马厩。

人向前奔跑，流云竖起耳朵仔细听后面的动静。

废了两个，还有三个！得找个偷袭点，不然脱身太难……

韩朗三人去看戏，观众熙熙攘攘，人头攒动。

找到位置，刚坐稳当，流年就拿棉布塞住耳朵。

华容扇着扇子好奇地眨眼，打量着流年，拉着韩朗的广袖，悄悄晃手想探问八卦。

韩朗视若无睹。

“你不用问主子，我自己来说。我娘生前就是戏班的洗衣娘，我几乎是听着戏长大的，反正听到这个声音，就受不住，头疼。”流年说道，以前这都是流云的活儿，他可从来不陪主子听戏。

韩朗开始干咳，华容摇着扇子点头，饶有兴趣地想听全部的故事。

可惜此时，锣一响，台上的帘子一掀。跑龙套的开始亮相，满台穿梭。

流年的眉头锁得很紧。

韩朗也不为难，笑着吩咐："流年，实在不行，外面候着去。"

流年不肯，盯着华容猛看。

韩朗的眼风一瞥华容，微微一笑，表示没事。

华容也非常配合，折扇"唰"的一声打开，狗腿似的替韩朗扇风。

合作得天衣无缝。

流年绝对不敢顶撞韩朗，面带僵硬的笑容，乖乖地离席。

走出了戏院，他的心情果然大好。

只是天气不佳，风雨欲来，天气闷热。

乌云无声地移动，阴影下，有黑影在慢慢逼近。

流年两只耳朵还塞着布团，正抬头望天，心无旁骛……

折子戏过后，开演今夜大戏——《游园惊梦》，一出才子佳人的文戏。

韩朗早没了兴致，低着头与华容饮茶。

台上的戏帘一挑，有人登场，身边的华容眉毛一抖，只听见邻桌有人窃窃私语："不是文戏吗？怎么有人扛着枪上来了？"

韩朗闻言，懒懒地斜眼望回台上，原来是大煞风景的人物出现了——林落音。

琴乐也被迫一起停下，所有人不明状况地、安静地瞪着登台的人。

林落音一身戎装，带着挑衅的表情，与韩朗四目相接："我来拿人，闲杂人等，闪！"

台下的众人迟疑着，呆坐着不动。台上，枪尖的锋芒寒光炫目。

华容继续摇着扇子，动作略微大了些。

韩朗眉头一皱，露出若有所思的表情。

僵持间，座位最后面突然有人冷哼一声。

随之，一团黑物被抛出，在空中划过一条弧线，"轰"的一声落到了台上。

刹那间，血水爆开！

不是物，是人！血未流干的死人！

看戏的百姓猛地惊觉，这里已经不是等热闹看的地方，"哗"的一声，四下奔走逃避！

有人忙，有人不忙。

不忙的人好数，就四个。

韩朗，华容，林落音与扔尸体上台的流年。

流年手持沾血的剑，一边走向林落音，一边抬起手臂抹了抹额角渐渐干涸的血渍，得意地喃喃着："我没有那么差劲，被同一伙人偷袭两次。"湔雪前耻居然那么轻而易举。

"我只拿韩朗一个，与他人无关，别多事！"林落音凛然道，有意无意地扫了台下的华容一眼。

流年不理，一跃上台："话说，我平生最讨厌——拿枪的！"

"的"字落地，流年已经提剑突袭，快如流星！

林落音横枪挑开，避闪得游刃有余。

不远处，韩朗冷冷地揉着太阳穴，单从作战经验比较，流年太嫩了，更何况对方是林将军，必输无疑。想到这里，他突然露出笑容，用手肘推推张着嘴改看武戏的华公子："东窗事发，我是欺君之罪。你现在开溜，还来得及。"

华容眼睛眨也不眨地看着台上，忽然一拽韩朗，韩朗这才将注意力转回到对打的那两位身上。

流年已经挂彩，右肩裂开一道血口。

韩朗人靠后而坐，坦然地命令道："流年，下来，你带着华容离开，这里交给我处理。"

已经杀红眼的流年哪里肯依，那厢跳着脚大叫。

"再耍脾气，给我滚回你爹那里去！"韩朗冷冷地拂袖而起。

命令就是命令，不会再有任何一个解释。

瞎子都能看出，林落音给了机会。只是这个机会自然不包括，韩朗本人。

看主子跃跃欲试、胸有成竹的样子，流年只得压住伤口，退回台下，走到"华青葱"跟前，用目光示意他要开路了。

华容举着扇子晃晃，明显是在拒绝，坚持要留下看热闹。

韩朗眉头舒展，露出皮笑肉不笑的笑容："你再不走，我的钱可就不留给你了。"

华容两分委屈八分懊恼地随流年离开。

戏台又冷场了片刻，林落音终于发话："你挑什么武器？我奉陪到底。"

韩朗懒散地张开双臂："我束手就擒。"谁说他想打来着？

韩宅的马厩，内外皆十分安静。

剩余三个黑衣刺客交换眼神，一个人胆大些，提着刀，沿左侧土墙，小心地拐进马厩。马嚼着夜草，鼻息呼呼有声。

突然，屋顶上的横梁有了响动。

刺客抬头，还没看清楚，饮马的大缸，当即砸下，从天而降，只留下一声闷响。

流云忍着痛从马肚下面窜出，冲上前去，伸手夺下那个刺客的刀，横着给他一刀，送人归西。

对方喉咙血箭横飙的那一刻，其余两个刺客闯入。流云借力再上，双臂交错，左右开工，刀刀无错，鲜血飞溅。

华贵闭着眼睛从横梁跳上马背，屁股刚坐稳，人就打了个嗝。九死出一“声”，离奇地响。流云终于嘴角一牵，骑着马奔出韩家。

一路冷嗝，华贵就没停过，骑在马背上一跳一跳的。

流云回头看他，话在舌尖，却见华贵挺身，突然一下子将他扑倒在马背上。

“扑哧”一声，有一支冷箭破空而来，正射中华贵。

流云回头，只瞧见一支长箭没入华贵的心口，却滴血未出。箭杆随着心跳，一起搏动。一跳一跳的。

流云怒目回视——第二队人马已经杀到。华贵身受重伤，他们除了束手就擒，再没有别的出路。

马蹄踏着石板，原路返回。

华容与流年两个人十分默契，互相不理睬。

华容在车内摇着扇子看夜景解闷，流年粗粗包扎了下伤口，扬起鞭子赶车，一路沉默着。

为了等韩朗，马车行驶得极缓。

路走到一半，街道上开始不平静。流年环顾四周，追兵已到，车被困在了大道的正中。

华容钻出来，瞅瞅形势，带着手语：“你先走！走得一个是一个，好找援兵。”

“不行，保护你是主子的命令。”

“没援兵，我们都要死。”华容的比画果断万分。

流年站定了一下，再不犹豫，丢下马车杀出人群而去。

而华容留在车内，不消说，很快便被韩焉的人马拿住，一起押解回京。

至此，韩焉此行大胜，除流年一人逃脱外，其余人马悉数落网。他们连夜启程，将人押送回京，扣在抚宁王府。

第二十八章

本同根生

月夜，依旧无风。抚宁王府的院落，万花压枝。

书房内还在焚香，墙上的字画，苍劲有力。

韩朗受邀，坐在蒲团上，和哥哥下棋。

“我的技术差，不玩了。”韩朗最后还是叹气。

韩焉也不为难，动手收拾棋子，脸上始终寒霜敷面。

这时，有人禀报说，吩咐定制的东西，已经准备妥当。

韩焉整理了一下衣服：“抬进来。”

韩朗神色自若，耐心地等待着。

东西没能被抬进门，因为委实太大，抬不进来，只能暂时放在门口。

韩朗探头一瞧，原来是一口超大尺寸的棺材。

“你可知道，你是韩家活得最久的次子？”韩焉的眼神压在韩朗的身上。

“知道。”韩朗平静地回答。

“你如何知道？”韩焉追问。

“猜的。”

“那你还如此袒护周家？”

“大哥，那不是先人愚忠，就是先人贪图权贵造成的。”

鼎香燃尽，韩焉终于温柔地露出笑容：“那好，你自己去和祖宗说吧。”说完，挥手吩咐手下，“来，伺候抚宁王入棺！”

棺材是好棺材，很宽大，里面至少能装十个韩朗。

韩焉还很贴心，在棺材底铺了丝毯，人睡上去，就好像睡在初春的青草地。

韩朗在里面伸了个懒腰，拍拍棺材，很是满意：“大哥，你果然待我不薄。”

韩焉不语，低头看他，看了许久许久。

韩朗又伸了个懒腰，将手垫在脑后：“优柔寡断，这可不像我神般英武的大哥。”

韩焉的声音很落寞："你难道就真的不怕死，真的放下了一切？"

"我早已放下一切。"韩朗打了个哈欠，"只是你不信，那我也无法，只好随你。"

"放下一切你还握着潘克不放！还私下召见林落音！我早该明白，就算退出朝堂，你那只翻云覆雨的手却还在，时刻准备翻盘。"

"私见林落音？"韩朗闻言愣了一下，突然间明白了一切，开始大笑，笑完一声之后又是一声。原来这便是逼得韩焉动手的最后一根稻草——

刺断他们兄弟情谊的最后一根针，原来竟是那个看似顺从的华容。

很好，原来世间善恶终有报，算尽天下的抚宁王，竟然也有被人算计、辜负的一天。

"很好。"韩朗将这句话又重复一次，深吸一口气，"那你现在盖棺吧，我死之后，你就再也不用担心谁来翻你的盘了。"

这次韩焉没有回话，也不再看韩朗，只是抬手，运起内力，将那沉重的棺盖一寸寸合上。

棺材是沉香木做的，据说树龄已有百年，上面密密地雕着瑞云，水一样在他手底流过。

四岁时，他是欢呼雀跃，庆幸终于有了个可以做伴的弟弟。

十岁时，两个人一起爬上屋顶，偷偷喝酒，之后整整醉了三天。

二十三岁时，当时十九岁的韩朗是如何进宫，投到皇后旗下，从此开始和自己针锋相对。

三十岁时，韩朗又是如何兵行险招，杀太子剿灭太子党，凡有牵连绝不放过，最后却留下自己的性命，放过了他这个太子党党首，使自己成为覆巢之下那唯一的一颗完卵。

这些年，发生的旧事，也就好像流水，从他的掌心缓缓滑过。

韩焉韩朗，韩大韩二，这两个人的纠葛，已经不是区区爱恨能够说清的了。

不知道从哪天起，他们已经成了彼此心头的一根刺，痛到不拔不快，可若拔了，却又怕心脏从此有个缺口，会流血至死。

现在这根刺就要拔了，只需将棺盖合上，他就再也没有弱点，是个完美无缺，能够把控一切的神。

"合上吧，合上，盖棺定论。"心底那个理智的声音在不断地催促。

可是他突然没了气力，棺盖离棺顶还差一寸，只差这一寸，可他却再也没有气力继续。

月色长袍在他身体周围沙沙作响，梅雨已至，风裹着细雨，不尽缠绵。

"你们谁来合棺，把它钉死，然后送入我韩家陵园入土？"最终他说道，人趔趄着后退，只差这一寸情谊，自己没有亲手割断。

“他中箭几天了？”

同一时刻，抚宁王府的偏院，被关押着的华容正比画着手势，问跟前的流云。

“三天了，箭在心口，我不敢拔，只帮他点穴止血，从两天前他就开始昏迷，一直没醒过。”

华容沉默片刻，从华贵的心口挑了点血，放到鼻子底下闻了闻，立刻蹙着眉头。

箭上有毒，虽然射得浅，没伤及心脏，但也十分危险。如果再不拔箭解毒，待毒入大脑，则无药可救。

华容咬了咬牙，在袖管里找寻，终于找到那只铜瓶。

瓶盖打开后立刻散发出一股清冽的香气，他将它送到华贵的鼻子底下，又下重手死掐华贵的人中。

华贵终于醒过来，两只眼睛定定地看着华容，不太明白发生了什么。

“你不能睡，必须保持清醒，这毒霸道，我必须拔箭替你解毒。你绝对不能再睡着，否则毒入大脑，你就再也没机会醒来。”华容的手势比画得飞快。

“可是我好困。”华贵撇撇嘴，嗓门这时候终于小了，“我一向困了就要睡的。”

“不能睡！”屋里流云和华容几乎同时说话，一个嗓门大，一个是手动得飞快。

“你还没做过大英雄，当然不能死！”

“你若死了，我的银票将来归谁？”

两个人的理由却有所不同。

华贵于是扭扭腰，底气也足了几分，点点头：“对，我不能睡，银票还没归我，我也还没做过大英雄，绝对不能死。”

“好。”华容赶紧比画手势，“现在我把箭拔出来，你记住，一定不能睡。”

华贵愣了一下，连忙表示不信任：“你几时学会拔箭了？我不要你拔。”

“别说话。”华容这次却难得不再和他争论，伸手点穴，一手按住他的伤口一手拔箭，动作绝对流畅、专业。

箭尖有倒刺，他往上拔了不到半寸，华贵已经哀号一声，眼见着就要晕了过去。过去兴致一高都能晕倒，这位直眉阔嘴的华贵，可绝对不是个能够耐受的主儿。

华容气急，连忙停下了手里动作，去掐他的人中，掐醒华贵之后恶狠狠地比画手势：“我现在就拔，你一定要忍住，想什么都好，反正不许翻白眼。”

“这么痛我肯定会晕！”

“晕了就会死！”

“那我就去死！”

“宁愿死也不能熬着点疼？”

“对！我天生就是怕疼。”争执到这里华贵的牛劲上来了，声音虽然虚弱，可气势依旧不减，“我天生怕疼，就好比你天生爱钱。要我不怕疼？可以。要么你不再爱钱，要么你开口说话，你成我也就成。”

死到临头还这么聒噪，华贵果然就是华贵，史上最有性格第一名仆是也。

华容不动了，不知道是不是被华贵噎到，在原地不停地吸气。

“要么不再爱钱，要么开口说话，我只要做到一样，你就不晕是吗？”片刻之后，这句话在屋里响了起来。这个有点生涩的语气，微微沙哑的声音，既不是华贵的洪钟亮嗓，也不是流云的优雅嗓音。

这个声音的主人，竟然是华容，这屋里除华贵、流云之外，绝无第三个人。

华贵瞪大眼睛，下巴差一点就掉到了胸膛上。

就在这一愣神的工夫，那厢华容手起发力，一气呵成，已经将他心口处那支黑羽箭连根拔起。

韩家陵园，梅雨渐急，将新坟旧坟一起打湿。

韩朗的世界如今是漆黑一片。

棺材很大，里面还有空气少许，提供时间让他等死。

韩朗又伸了个懒腰，在黑暗里抚抚衣衫，确认自己等死的姿势是否十分潇洒。

抚宁王向来如此，满朝文武都知道，拍马屁说太傅英明神武，不如拍马屁说太傅今儿衣服漂亮。

很安静，周围绝对安静，就在他以为自己可以不受打扰地睡去的时候，头顶却突然有了响动。

“咯噔”一声，似乎是机簧催动。

然后是“叮咚”一声，有什么东西从棺材顶落下，掉到了他刚才抚平的衣衫上。

韩朗以为是水，连忙抬手指去掸，可触手之后才发现不是，那东西十分黏腻。

就在他诧异的时候，头顶的声响更大，棺材盖上的缺口开始灌入液体，很细小的一股，汩汩作声。

这一次韩朗猜了出来，黏腻的液体绝不是水，而是水银。

韩焉在他的棺木上做了机簧，上面搁着水银罐，每隔一个时辰往里面灌注一次水银。

水银封棺，尸身不烂，他的兄长，对他可是真的“友爱”。

“好了，毒我已经解了，现在你可以睡了。”

在韩朗即将遭遇灭顶之灾的时候，华贵的危机却已经解除，华容已经将他的毒血放干净，正在低声吩咐。

这么多年装哑，说话都已经不自然，他的语气还是生涩。

可是这一切已经足够令人感到震惊，震惊得原先会说话的两个人这会儿成了哑巴。

“原来你真的是装哑巴。”隔了许久，流云才正色道：“华公子果然不是凡人，在下佩服之至。”

华容不语，起身站到窗口，比画手势：“你知不知道你家主子怎么样了？韩焉会如何处置他？”

“大公子既然发了难，自然就不会再容情，现在就只盼流年能早些搬回救兵。”

“等他？我怕到时候王爷已成枯骨了吧？”

“可是现在怎么办？”流云闻言抬头，单手拍桌，无限懊恼，“只怪我当日冲动，被大公子废了武功，现在是一筹莫展。”

“我如果说能带你们出去，你信不信？”华容这时转身，眼睛微眯，里面光华乍现。

流云镇定了一下，然后点头。

先是精于医术，接着又能开口说话，眼前这位今天给他的震惊已经够多了，就算他现在说他能够白日飞升，估计自己也不会再感到讶异。

“那好。”华容近身，比画起手势，“你现在喊人，就说病人要吃东西，最好是利于消化的粥。”

“粥。”流云闻言怔忡着，慢慢地开始明白过来，“邹起……这院子里住着邹起，难道说……”

“有疑问稍后再问，现在请喊人。”华容这通手势比画得斩钉截铁。

流云懂得审时度势，也不再多问，连忙扯开嗓子喊人。

不一会儿，稀粥送来，看门的守卫打开门，后面果然跟着邹起。

“新做的粥，滚烫着呢，还是我来端吧，军爷小心烫手。”一边走，邹起还一边喃喃着道，满脸堆笑。

守卫“嗯”了一声，往前一步，让开了道。

门外还有一个人守着，一里一外，总共两个人。

华容站在窗下，手里握着那支拔出的羽箭，对邹起做了个极小的手势。

邹起会意，将手里滚烫的稀粥一泼，兜头倒在了门里守卫的身上。

而华容运指如风，射出羽箭，将门外守卫的喉咙洞穿。

“说！韩太傅怎样了？现在人在哪里？”不等门里这位守卫哀号出声，他已经扑过来捂住他的嘴，手里拿着邹起递过来的匕首，匕首寒光森森，指着对方的咽喉。

两个守卫，一个已死，一个被威胁，中间没有发出一点可以惊动人的声响。

流云苦笑一声，还是忍不住感到惊叹。

眼前这位的确没有白日飞升，可也太会韬光养晦了，一旦真容露了出来，那真是要吓煞旁人。

韩家陵园，梅雨下得更大了，哗啦啦的，像是要把天地浇透。

华容在雨地里站着，抹了抹脸上的雨水，朝身后的流云比画手势："你先把华贵安顿好，然后在这座陵园布阵。"

流云"嗯"了一声，不自觉中已经听他调度，找了个避雨的地方安顿华贵，然后开始在陵园周围布阵。

而华容手里握着从守卫那里抢来的长剑，开始在陵园里狂奔，寻找埋着韩朗的新坟。

陵园里墓碑一座接着一座，全部都是青石无字碑，碑身被大雨一浇，更是没有分别。

人说判断新坟旧坟就看衰草，偏偏这座韩家陵园每日都有人打理，每座坟上都光洁无比，连根草也无。

没有任何线索，在这大雨如注的黄梅天，根本没有办法找出哪座坟是新坟。

华容在陵园里提着剑，一时间只能茫然四顾。

"挖！找不出我们就每个都挖，如果我记得没错，加上王爷的，陵园里也不过就八十八个坟地而已。"布好阵的流云这时道，站在华容的身后，已经动手开挖第一个坟地。

华容点头，也不再犹豫，长剑入土，开始掘坟。

第一个不是，第二个不是……第九个，第十个，通通不是。

大雨像疯了一般冲刷下来，流云双目赤红，背上的箭伤迸裂，血哗哗流了一地。

"三个时辰了，要是那个人所说属实，王爷已经入土三个时辰。我们要赶快。"那厢华容提气说了一句，人想要站起来，膝盖却发软，刹那间眼前一片昏黑。

第二十九章

血花缭乱

棺材外是混沌的天地，棺材内是漆黑一片。

韩朗识相地闭着眼睛，反正怎么折腾都看不到光亮。四周水银还在漫灌，声音闹得他心烦，他伸手在棺材壁上写字，反复地写。内容倒是简单，也就三个字：死华容。

一遍遍，从咬牙切齿写到慢条斯理。

但还是就那么三个字。

死

华

容

水银以折磨人的速度蒸发，刺得他的眼睛疼、鼻子疼、喉咙口疼，犹如毒汁直灌，侵入心肺。

空气开始变得稀薄，韩朗开始冒汗。

不能大口喘气，否则更不舒服。

可——不喘，觉得更热。真是窝囊透顶！

他从来心如明镜，在知晓自己中了“将离”之毒后，更明白命这玩意儿，脆弱得很，说断就断，说没就没；他总以为自己不在乎，原来到头还是假正经，死得如此不舒坦，真是不甘心！

寂静里有种怪声，韩朗方才没心思去辨别，只是听着。这个声音一阵接一阵的，并没有什么规律。

然而感觉上，这个声音越来越响，好似在接近。

不知怎的，韩朗的心好像被揪了一下。难道有人在附近自己？

那么一揪心，人不自觉地猛吸了几口气，喉咙很给面子地开始有了烧灼感。

韩朗尽力控制情绪，不能激动，开始屏息凝神，手上还是写着那三个字：死华容。

而不同的是，他每写三次，会吸一次气；每写十次，会敲几下棺材板。

当然，冷汗依旧如瀑。

梅雨天就是说不准，天说变就变，雨一会子歇，一会子落。

猛下了好一会儿后，突然消停了。

华容硬撑起那份清醒，继续埋头开挖，比盗墓掘坟的行家还要卖力。

撑不住的却是流云，一头倒下，栽进泥地里。

华容忙过去扶起流云，拍拍他沾泥的脸。

流云好不容易转过神，勉强笑笑，正要张嘴，却隐约听到了一个声音。

华容皱眉，显然也听见了。

这声音很小，还一阵隔一阵的，但相当有规律。

流云与华容，两个人交换了一个眼神——这是唯一的希望。

抖擞精神，继续挖，目标一致。只是挖到一半，声音不再继续了。流云吸一口气，抛开铁锹，双手齐扒。没多时，十指全部沾着黑泥渗着血。

华容倒是愣了一会儿，双目灼灼，坚定地拿着锹，继续挖着，一滴水顺着他的脸滴落下来，直直地没入土中。

不是汗珠，就是雨点。

棺材打开的时候，华容居然有点虚脱，手发软，呼吸粗重。

韩朗仰面平躺着，直挺挺的。湿透的头发紧紧地贴着他的前额，夜色里看不真切，华容用手指在他的鼻子下一探，已经没了气，于是连忙摸他的身体，试着体温。

“应该没事的。”华容喃喃几句后又抿起了嘴唇，盯着棺材，出手点穴，掐着穴位进行推拿，卖力抢救。

过了片刻，韩朗发出一阵猛咳，干呕打了几下，突然睁开了双眼，没焦点的眼神，恍惚了许久。

“王爷醒了？”华容笑笑，气喘吁吁地擦汗。流云瘫坐在地上，眼里泛潮。

韩朗明显对这个声音有感觉，空睁着眼睛，却十分无措，根本不知道该往哪边瞧，甚至想用鼻子去嗅味道。

华容伸出手，给了他指引。韩朗终于闷声，软软地搭在华容的肩膀上，冰凉的手触到华容的脉搏。

“咚咚。”心跳相当有力。

“你……是谁？”韩朗吃力且迟疑地问，这个声音自己并不认得。

“我是华容。不是皇帝、不是楚陌，是华容，王爷您一定要记得，是华容。”华容一字一句地道。

韩朗贪婪地吸了好几口气，咽喉生疼，只能断断续续地问：“华容？”

“是。”

“为什么……会，是，你？”

华容不回答他的问题，只是笑道，“我就指望王爷重掌朝纲，将来能给我封疆呢。”

韩朗终于不觉得喉咙刺痛了，口中涌起层层热腥，勉强露出笑容：“华容，那是送……”

最后的“死”字没说出来，一口血已经喷了出来。

流云已经累得没力气说话，空睁着大眼睛，对着华容。

华容将韩朗放下，翻开他紧闭的眼皮，又检查了他的四肢和脉搏。

韩朗本来深黑的眼眸这时蒙着一层诡异的雾，四肢颤抖着，最要命的是呼吸也变得轻微。

看来汞气已经透进他的血脉，正随着血脉游走，很快就会伤及所有的脏器。

华容的眉蹙得紧了，扶头迟疑一会，这才将韩朗身子放平，走过去吩咐流云：“王爷中汞毒已深，寻常给药的办法起不了效果，只能用放血的偏门才救得回。你照看好华贵，我来。”

陵园外，嘈杂的声音响起，明显追兵已经赶到了。不过，流云已经布下大阵，所以华容并不担心这个。

华容将韩朗放下，折了几根陵园角落里长的细长的树枝，用刀划开树皮的一条细缝，挑去枝芯，将树枝制成空心的管。

随后，华容回到韩朗的身边，在他两只手的手腕快速划一刀。

血如泉涌，吸收了汞毒的坏血很快流了大半，韩朗也开始陷入昏沉，一张脸变得煞白，心跳动得极其缓慢。

他受“将离”之累已久，现下又失了大半血，可谓生死只差一线。

华容思虑片刻，出指如飞，点穴止血，继而咬了咬牙，拿出那因掘坟已经卷刃的长刀，在自己手腕深划一刀，又飞速从袖袋中拿出几枚丸药，用血融尽，以适才削空的枝干做引，灌入韩朗体中。

两股热血滚滚，最终溶到了一处。

华容将树管一头插入他的血管，一头接到了自己的血脉上。

随着内力推送，华容身上的热血被慢慢送到韩朗的体内。有少许鲜血滴下，落在了韩朗的脸上。

华容的眼前又是一阵眩晕，这次持续了很久。他苦笑着，沉默着等那阵眩晕过去。

而韩朗静静地躺着，这时鼻息稳定，看起来竟然十分安详。

“王爷。”华容将身子渐渐伏低，近得不能再近，这才耳语，“到如今您欠我良多，但愿来日您能还得起。”

韩朗沉默着，沉沉地昏迷着。

这句话韩朗本来绝无可能听到，可是华容定睛一看，却看见韩朗依稀勾起了唇角，那角度很是讥诮。

远处，追兵们冲不进陵园，只好在大阵里打转，无奈地对着天空放箭。

流云带回华贵，支起棺材板，挡箭。

箭中得不多，却吵醒了华贵。

华贵揉揉眼睛，一瞧见流云，马上凑近，耸起肩帮着流云分担木板的重量，然后又想起了什么，横着眼睛对着华容道：“开花的铁树，我们是不是要扛着这死沉的棺材板一辈子？”

流云倒先答话安慰道：“阵是我布的，我早想好了退路。我们去兔窟！”

雨停了，风却还是吹得不畅，湿气闷潮。

韩焉无所事事地看着窗外的雨帘，支颐等待。

月氏发难，屡生战端，他如果现在还不起兵抵抗，实在有些牵强。

但只要这个皇帝还坐龙椅一日，朝堂哪里有士气可言？有无还不是一样？

思绪一转，他又想起了弟弟韩朗。

人各有志，不能强求。

作为对手，韩朗该死。作为弟弟，韩朗不当虚死，做兄长的怎么也该给他个教训。

韩朗应该知错！

十来年“将离”的折磨，韩朗早已不畏死。

然而头顶水银倒灌，那种滴答声数着死亡的脚步，被汞毒逼得无处躲身的滋味，韩焉就不信他不怕。

做哥哥的，有责任让弟弟在死前感到畏惧，从而后悔，明白倾尽一生和自己的大哥作对，是多么地不该、不智。

窗外的天色终于有了变化，灰黑色的天空被染成通红一片。

喧闹声如潮。

“抚宁王府起火了。”

韩焉冷笑着，终于等到了。

百姓不知，时局动荡，一场大火几句谣言，韩焉就能将京中军士来个大换血，捎

带着还能安了林落音摇摆的心，一举两得，顺理成章。

韩焉正得意时，有人却来禀告，说关在抚宁王府的犯人已经逃跑，于韩家陵园暂留后，已经向西郊逃窜。

韩焉当下明白，韩朗他们是想逃到兔窟了。真以为狡兔三窟，没人能找到？他揉着眉间，冷冷地道："给我用炮轰平西郊抚宁王府的别院。"

简单的一声令下，足以让这个夜晚更加精彩绝伦。

天，被烧得明亮，炮轰如雷鸣。

地，街巷间士兵杂沓声起伏，惹得百姓人心惶惶，他们哪里还能睡得着，胆小的人缩在床角大气都不敢出，胆大的摸黑收拾起了行装。

但谁也不敢跨出家门半步，外头的军爷把话说得很清楚，擅离家者死！

平昭侯府议事厅内，灯火通明。

三五个人影在潮湿的木雕窗前微微晃动，交头接耳，显得焦躁难安。

坐在首席的平昭侯周真，掷下手里的茶盅，浅青的细瓷粉碎，水洒了一地。

"姓林的，别欺我皇族无人！想讨要我们几个皇亲的兵权，妄想！"虽然是周家宗室旁系，毕竟还属皇室，忍让总该有个限度。

站在堂下，拱手请命的林落音冷静地抬起头，深棕色的瞳仁映着烛火："侯爷真的认为手上几百名侍卫军，算是兵权？"反问的话语实在无华，却似冰刀般刺人。

林落音此行目的明确：韩焉就是要借平息骚乱，城里军卒不足的名头，让在朝有军职的几位皇宗，交出手上残余无几的兵力。

周真顿时语塞，一口恶气硬生生地憋闷于胸。

林落音又垂下头，敬候佳音。这厢只要得到平昭侯首肯，其他人也自然会跟从了。

这时顶上的殿瓦，发出碎裂声响，细小却清脆！

"房顶上有人偷听！"林落音警觉地拔出剑，率先冲到门外，可屋顶上却不见人影。

林落音眼波一转，飞快奔到走廊尽头的拱门处，正好有人推门而入。他当即出剑，准确地指着来人的咽喉，大喝道："什么人？"

"林大人饶命，小的是……老王爷府上的人！"那个人急忙晃着双手，乞求道，"那日，您登门见老王爷，小的还在旁边帮您倒过茶，大人难道忘了？您……可别杀小的啊！"

林落音皱起眉，来人果然是仆人装扮，虽没什么大印象，不过剑尖还是向外撤了点儿。

而此刻，平昭侯也与其他几名皇亲奔出大厅。

周真见到那个人，忙证实："林将军，先别动手！此人真是我父王府上的家奴。"

林落音这才收剑，还没来得及开口，周真已经扭头，质问那个仆人："光安，你可见什么可疑人路过？"

光安摇头道："园子里很黑，小的刚来到门口，林将军就拿剑指着小的了。"

林落音追问道："这么晚了，你到这里来，有什么事吗？"

周真不悦地一眯眼睛，却没发作，用眼神暗示光安回答。

光安颔首，恭敬地回答道："是老王爷让小的来的，他……他睡的木床晚上又塌了。本想叫人来修，可现在城里到处是禁行令，所以命小的过来，想请侯爷出面帮忙。"

谁都没想到是这事，平昭候的身后有人闷笑。

周真当作没听见，只冷着脸道："又塌了？半个月不到，他已经睡塌了三张床了！嘱咐下去，换铁的！"越是忙的时候，这个没用的老爹就越会出状况。

光安仍然低头："王爷交代过了，就要西城门富强街那个姚木匠做的床。"

"我说了，换铁的！"

"侯爷！老王爷还说，今晚就要，否则他就在地上一直打滚，滚到床做好为止。"

身后又传来笑声，比先前放肆了许多。周真瞪大眼睛，气得抿紧了嘴唇。

林落音倒随和，借机劝道："几位不如赶快交了兵权，我马上派人去找那个姚木匠。"

侯爷闷哼了一声，算是应了要求。

光安也为能妥善地交差，长出了口气："林将军，还是让小的领路吧，姚木匠的家不是那么好找的。"

第三十章

黄雀于后

皇亲的兵权收到，林落音任务完成，他带着光安七拐八拐地去寻找姚木匠，然后又送人去老王爷的府上。

入府门之后林落音便作别。姚木匠随着光安进府，一路垂着头，进入卧室时果然看见老王爷正在满地打滚。

“王爷，姚木匠到。”光安垂手说了句。

老王爷立刻不滚了，非常艰难地从地上爬起来，拉着姚木匠的手：“你可算来了，我今儿费了好大的劲，可算把床睡塌了，就等你来！这次你一定要把我的床改成摇篮，我要在上头晃来晃去地睡觉！”

姚木匠苦笑着，光安硬憋住笑意，告退。

卧室里于是只剩下两个人。只是这一瞬间，缩手缩脚的姚木匠突然就眉眼放开，眸里厉光一闪，近前低声问道：“不知道老王爷找我，有何吩咐？”

老王爷还是老王爷，万年不变地摸着他的肚子：“现在全城宵禁，你能不能传消息出去？”

“能。”

“那好。”老王爷将腰弯低，附耳道，“你传信给月氏王，要他立刻退兵。他退兵，潘克就能还朝。现在韩焉将韩朗逼到绝路，是时候让他们决一死战了。”

从王府出来，满街寂静，西郊的火光也渐渐黯淡。

林落音低着头，漫无目的地游走，一抬头，却发现已经到了息宁公府。

韩焉正在府里饮茶，见到林落音的时候毫不诧异，抿了口香片后说话：“皇亲们的兵权你收到了？”

“是。”答完之后林落音就站着，望着韩焉手里的茶杯，一时有些失神。

韩焉眯着眼睛，将茶杯缓缓放低：“有话你不妨直说。”

“西郊那里，国公是否捉到了韩朗，还有……”

“还有华容，是吗？”韩焉将眼一抬，“目前没有，但是很快会捉住的。林将军是什么意思？想要再为华容求一次情？我劝你思量一下，这样做到底值不值得？你要看清楚，不管有多少次选择的机会，他都会毫不犹豫地投向韩朗。”

“不管值不值得，林某想再求国公一次。”林落音低声道，将头越垂越低，“请国公饶过他的性命。”

“饶过他，然后将他送到你府上，你就会再无异心？”

“饶过他，然后给他自由。”林落音的声音坚定，“国公请放心，林某一诺千金，既然答应效忠国公，便绝不会有异心。”

“回韩家老宅。”西郊别院的地下室里，韩朗醒来之后的第一句话就是这五个字。

地下室上方烈火正在燃烧，整个别院成了一片火海，而地下室如今活脱脱就是一个烤炉。

这么下去，就算韩焉的追兵找不到这间地下室，他们也要活生生地脱水而死。

流云的嘴唇这时已完全开裂，说话时嘴里像含着把沙子：“回王爷，我们现在出不去，上面都是大爷的人，正等着瓮中捉鳖呢。”

“往左看，墙上那块颜色深一点的石头，你拉一下它旁边的铜雀灯。”韩朗吸了口气，强撑着。

流云依言，机簧被他轻轻转动，青石退开，露出一个黑黢黢的洞口。

“十五岁之前，我有七八年时间被我爹关在房间里。闲来无事，我就用这些时间挖了条暗道，到这里继续胡作非为。”韩朗一笑，“这条地道通往我家老宅，我卧房的大床下面。”

韩家老宅，二公子的卧房，虽然已经闲置多年，但依旧纤尘不染，大床上被褥叠得整整齐齐，好像主人才刚刚起身外出。

韩朗被流云扶着，躺在了大床上，将手抚过被面，摸得出那仍是自己喜欢的湖州锦缎，不由得沉默下来。

另外三个人也集体沉默着，全部脱力，惊魂未定地不停喘气。最先打破沉默的是华贵，准确地讲，是华贵的肚子。人没有涵养，便连肚子也带着强盗气，叫起饿来好大的动静，还一声接一声，好似春日的滚雷。

“我不饿！我一点也不饿！”华贵瞪着眼睛，两只手急忙去按住不争气的肚皮。

“那就是我饿了。”韩朗笑了一声，“流云，在这里看宅子的，还是光伯吗？”

“是。”

“那好，你带华贵去找他。就说，他的朗少爷回来了。”

流云应了声，拉华贵走人，华贵不肯，怕韩朗为难华容，结果被流云一把点了穴，直挺挺地扛出了房去。

房间里于是只剩下韩朗和华容。

华容气息已经平定，然而膝盖发软，眼前昏黑一片，于是慢慢在床边坐下，摸了摸韩朗那只寒玉枕头，比画手势：“王爷，你这只枕头莫非是整块玉……”

“华容华青葱，”那厢韩朗将眼睛慢慢闭上，伸出手掌，一把捉住了他的右手，“不介意的话，我不想看你比画手势。想听你说话，告诉我，你到底是谁？”

华容在他身边沉默着，他能清楚地听见华容起伏不定的呼吸声。

“王爷。”隔了许久华容才开口，语调依旧生硬，“你灭楚家满门，可是因为一个和当今圣上一模一样的声音？”

“是。”

“敢问王爷，你第一次听到这个声音是在哪里？说了什么？”

“第一次听见是在一间茶楼。”韩朗蹙着眉，“说了什么……好像是和妲己有关……”

“谁说妲己是妖孽，我说她才是《封神榜》里第一功臣。”华容紧跟着，声音清脆，略带卷舌，还有些轻佻、放肆。

韩朗愣住。

“不要诧异，王爷。”华容将头慢慢抬高，“这句话我当然知道，因为那日在茶楼，一句话给我楚家招来祸水的人，正是我，楚家二公子，姓楚名阡。”

“我是楚陌的孪生弟弟，他比我大了半个时辰。可是我们长得并不那么像，唯一像的就只有声音，一模一样的声音。”华容叹了口气，“有时候我想，也许这就是天意。”

韩朗再次愣住：“没错。你们声音的确一模一样。可是你能不能告诉我，为什么哥哥叫楚陌弟弟叫楚阡？你家老爷子莫非不识数，不晓得千比百大？”

“楚阡楚陌，楚家老二就一定叫作楚陌？这是咱们英明神武的韩太傅此生所犯的一个大错。”华容将唇勾起，露出一个讥讽的笑容。

有一个什么都比自己强的哥哥，这是华容人生中的第一个不幸。

除了声音一模一样，两个人的差距也委实太大。

哥哥长得比他漂亮，大字比他写得好，练功比他勤勉，比他更讨人喜欢，比赛尿尿也比他尿得远。

是可忍孰不可忍！

五岁的华容终于爆发，对天长啸之后宣布：“我要和哥哥换名字，我叫楚千他叫楚百，不给换我就尿床，天天尿！”

不学无术的他那时候坚定地认为半边字很重要，很坚定地认为千比百大，遭到拒绝后更是无比坚定地天天尿床，以此抗议。

一个月后，父母投降。

哥哥改名楚陌，而他改名楚阡，他终于可以仰头长啸，自己总算有样东西比哥哥大。

“楚家的二公子叫楚阡，不是叫楚陌。”回忆到这里，华容叹气，慢慢地抬眼，“打一开始你就犯了一个大错误，认错了人。”

韩朗愣住，不由得开始冷笑：“那天我在茶楼听见的声音的主人是你，而不是楚陌？”

“是，韩大爷。”华容答得爽脆。

那天在茶楼，韩朗听到的那个和小皇帝一模一样的声音的主人，的确就是华容。

不过当时韩朗在二楼，就只看见他的一个背影。

他下楼去追问茶楼老板，那个老板回答他：“方才说话的是楚家二公子。”

当夜韩朗去往楚府，楚府所有人都站在大院里，公子共有两个，一位叫楚阡，一位叫楚陌。

睿智的韩朗立刻就站在了楚陌跟前，吃准他是二公子，问道：“今天是你在茶楼大放厥词吗？”

楚陌当时愣了一下，然后点点头，替身边这个无恶不作的弟弟背黑锅，也算他人生一大要务。

韩朗当时无话，只是一双眼睛半斜，将手举高。

身后立刻有人手起刀落，将楚府一十九口人当下劈杀。

之后的故事韩朗已经差人在双簧里演过，说的是楚陌反抗，鲜血淋漓，眼睁睁地看着楚家全家丧命。

这一幕华容当年亲眼见证。

施以杀手的那个人不知道他的心脏偏右半寸，所以那一刀并未让他丧命，只是暂时昏了过去。醒来的时候他满眼血污，离楚陌只有一尺，满耳只听见楚陌痛苦的嘶吼。

他握紧拳头，在尘土之中慢慢积聚力气，眼角的余光瞥向地上的一枚断剑。

如果当时能够拼得一死，是不是楚阡就永远都是楚阡，这世上便永远不会有华公子这号人物。

可惜的是楚陌不给他这个机会。在极度的痛苦和屈辱之中，楚陌仍然能够发现他的意图，于是佯装不支，从那张台子上滚落，落在弟弟身上，扬起额头，照准他的后脑，一记将他敲晕。

“所有的一切都是因我而起，全家一十八口因我而死。我哥代我受过，过了这八年零两个月生不如死、暗无天日的日子。”说到这里，华容止不住地颤抖，一下又一下地抚着自己的掌心。

韩朗沉默着，过了许久才开口：“所以你装哑，来到京城？”

“是。”

“你与三品以上的官员结交，一是为了敛财，二是为了打探消息？”

“是。所有大爷们都说过，当今圣上寡言少语，三天说不到两句话。我这才慢慢确定我哥是被你弄到宫里，做了‘声音’。”

“在王府，邹起住的小院，那个刺客是你？”

“是。”

“进宫差一点带走楚陌的也是你？”

“是。”

“花二十万两雇人入宫劫人的也是你？”

“是。”

“很好。”几问几答之后韩朗终于叹气，“我所料不虚，华容华青葱，果然是很好很强大。”

“王爷谬赞。”

“那么，很好很强大的华公子。”韩朗慢慢转头，将那蒙着雾色的双眸对准了华容，“能不能劳烦你告诉我，你将我这个不共戴天的仇人从坟里刨出来，又告诉我实情，到底是为了什么？”

“王爷可觉得华容有趣？”

“那又如何？”

“楚陌并非不可替代。”华容一字一顿地道，“我的声音也和圣上一模一样。”

“那又如何？”

“我想和王爷做个交易。请王爷重新掌权后，放楚陌自由。我留下，既做声音，也做王爷的门客。生时听从王爷差遣，死后替王爷棺材垫底。”

华容这句话说得无波无澜。

韩朗再次愣住，心头万千滋味涌了上来，慢慢笑出了声。

“敢问机关算尽的华公子。”最终他侧头，一笑，“我若不能重新掌权，也不想和你做这个交易呢？你是不是要自刎要挟，吃定我现下舍不得你死？”

“王爷必定会重新掌权，华容也不要挟王爷。”华容迎上他，语气温和但很坚定，“王爷可以思量，这个交易值不值得。我等王爷的答案，不心急。”

韩朗眼皮抬了抬，却没睁开眼睛，嘴边带着的笑容不变，手拍床沿，算是鼓掌，赞赏某人的好演技！

“放了楚陌之后，你预备怎样？准备和我主从偕好？灭门之仇不共戴天，楚二公子想要我怎个死法？”

“王爷英明，万事如有神助。小人黔驴技穷，能把王爷怎样？”回答得很诚恳。

隔了好一会儿，韩朗配合地点头：“也是。”一个演戏成痴，一个看戏着魔。

两人心知肚明，都是自作孽。

突然，韩朗拽住华容的手臂，遗憾地道：“犟驴，我才发现我看不见了。”

华容并不感到意外，轻笑出声：“熬到现在才肯承认自己看不见，王爷也很犟啊！不过请王爷放心，待这毒引出体外，眼疾到时候自然能好。”

“全才果然是全才，不知道我的眼睛复明要几日？”

华容欲起身离去，韩朗不许。

“十多日。”

“那好，等我的眼睛复明了，再做答复。”

“王爷千万仔细想，华容不急。”

第三十一章

生死自闯

梅雨天持续将近十日，暑气日日渐重。

那日终于天光大好，开始放晴。

韩焉在侧殿书房，新旧奏折一堆，又是一夜未眠。

珠帘微动，楚陌走了进来。

韩焉托腮随意一问："还是闹腾，不肯吃饭？"

楚陌点头。

韩焉抬起头，没显出一丝倦意："那我去劝，正好也有事寻他。"

少年天子坐在地上，背倚睡榻的支脚，龙袍披身，嘴紧紧地抿成一线，目光难得地坚定。

韩焉行君臣大礼后，走到皇帝的面前，俯身对着那双眼睛，万分尊重地建议道："陛下不吃米饭，那食香料吧。"

皇帝动了动，疑惑的双眼迎上韩焉。

韩焉带着笑容柔声道："臣少时在西域异志中，就见过这类将过世君主制成干尸的法子，我弟韩朗那时候就问，如果给活人喂食，将会怎样？如今，圣上亲自尝试，臣以为一定相当有意思。"

"朕说了，要见韩朗。"沉默的皇帝一惊，撑着胆子打出手语。

韩焉讪笑："反复只那么一句，陛下不累？臣替您找个新鲜的话题吧，这里有拟诏，请陛下率先过目。"

拟诏的内容很简单，天子得知太傅韩朗欺君，深感蒙羞，一怒失声，且自知无能，有愧于天下，愿意让位给息宁公韩焉。

皇帝没看完，就气得两手发抖、眼冒金星，随手将拟诏扔向韩焉的脸。

韩焉避开，慢条斯理地拾起拟诏，继续冲皇帝微笑着道："玉玺您迟早是要盖的。

吃的，还可以商量。二选一，相信陛下再笨也会选择。”韩焉说完，拂袖大步流星地出殿。

楚陌等在门外，见了韩焉只问：“韩大人有必要待他如此？”

韩焉不以为然地岔开话题：“韩朗当年将兵权三分，用意是相互牵制。除了林落音、潘克，还有一支——莫折信。今日，是莫折信将军进京的日子。”

楚陌不大理解韩焉下一步的打算，有一句没一句地听着。

“可我得到消息，莫折将军昨晚便已经进京了。楚陌，你猜他现在，人在何处？”

尚香院。

京城戏院榜，排名第一。

韩焉下轿刚进门，班主就身如飞燕而至，笑着抖动手中鲜红的蜀绣绢帕，奇香四溢，张开“血盆大口”打招呼。

韩焉视若无睹，只笑着轻声问道：“这里有何好戏？”

“公子，我这里的好戏可不止一个。你要爱浓情蜜意就有才子佳人，你爱金戈铁马就能有银盔将军，个个嗓子亮堂……”

“这戏院哪个当家的角儿能看中穷酸秀才，宁可倒贴，情深到无怨无悔。谁是，我就点谁。”韩焉不想再听废话，直言不讳，眉眼看似风流，目光却隐隐带着寒意。

当家角儿倒贴这件事传出去，怎么说都不光彩。

班主听了这话，感觉像是被人戳了软肋，脸还被猛抽了百千次。她偷看韩焉的架势，心里头知道这个公子的来头不小，不便发作，干眨着眼睛，赔笑否认道：“客人说笑了，我们这里真金白银地做生意，怎么可能倒贴呢？”

“哦？”韩焉挑眉，静静地看着她，“你肯定？”

“这个……”

韩焉颔首使了个眼色，手下已经将一摞银票递到了班主的眼前：“你别怕，只管答，我不为难你。”班主贪财，见钱眼开，又得到了韩焉的保证，忙笑得面孔上的白粉簌簌落下。当下夺过银票子，给韩焉抛了个媚眼，哧哧地笑着指：“请贵客入二楼西厢中间，清涟房。”

韩焉笑得迷人，撩素袍拾级而上，走到镂花红漆门前，曲指轻轻叩门。

敲了好一会儿，房里才有人闷闷地作答：“我早说累了，不接客。”

“我是你房里落难人的故友，有事来寻他。”

等了一阵儿后，门终于打开了。

房里的恩客背对门外，穿着朴素、风雅，背影并不悍然生威，还不时地发出几声扰人的咳嗽。

韩焉收拾起自己叹息的冲动，沉下声音，慢慢地道：“莫折信，我来要兵。”

背对着门的人，半举着茶杯，缓缓地转身。原先那幽幽的并无生气的眸子逐渐亮透，仿似野马无缰，气势凛然："凭什么？"

"凭韩朗没有照顾好你的第十二个儿子莫折流年，让他生死不明。凭他唆使你儿子对你怀恨在心，不肯承认你这个父亲，丢你的脸面，甘愿听人差遣。你——莫折信，就该帮我！"

莫折信就爱演，最爱扮虎落平阳、凤凰落架的角色，对美女媚眼识英雄的戏码，尤为推崇。书生落榜，背井离乡，兄嫂嫉恨发难，反正怎么酸，他就怎么演。家里妻妾成群，外面流莺声色不绝。

当年少年轻狂，外加有这层嗜好，结识了流年的娘亲，装死演酸，死缠硬拖，最后珠胎暗结。只是流年的娘亲为人单纯，却不柔弱，认清事实后挺着大肚子，离开了莫折家，自力更生。

等莫折信找到他们时，流年的娘已经撒手西归，而流年早就没了做儿子的自觉，对莫折信一直怒目而对。

当年的恩怨，已经不是一两句话能说清的。后来，韩朗出来做了和事佬，流年因此主动提出要跟随韩朗。

莫折信当然不肯。韩朗倒干脆，直接要求将流年抵作莫折家继续掌握兵权，交换用的人质。

莫折信这下只能硬着头皮答应。

流年从此再不回头踏进莫折家的家门半步。

往事如尘，气归气，怨是怨，儿子毕竟是自己的骨肉。

莫折信一听到流年出事，慢慢地将茶杯轻放回桌上，骤然掀翻八仙桌，广袖里窜出枪头，指着韩焉的左眼，锐锋芒尖在离瞳仁半毫处止住："我儿子怎么了？韩朗这厮没照顾好他吗？"

"你们这算是照顾病人的态度吗？那么难闻的菜，我不要！"韩朗扬声，断然拒绝。

"只有你是病人？这里谁不是啊！不就是一不留神，烧焦了吗？危难时期，你挑什么？"华贵的嗓门虽然大，但声音还不够嘹亮，"小心，我到官府告发你，讨赏银去！"

"你去啊，有本事你就去。人还没出门，流云就会绑了你。"这次说话，韩朗显得神态悠然，彬彬有礼多了。

华贵没有犹豫、没有迟疑，低声道："看在你吃不出味道，瞧不清菜色的份上，给你重做一份。"

韩朗支颐，闭目养神。

华贵出了门，还是不服气，回头又开腔："你啊，认命吧！天生就是没口福。我家主子的绝活可多呢。"

韩朗在屋里冷哼一声，根本不搭理这句废话。

"不知道了吧？他还会酿酒，经常做出佳酿，和林将军对斟畅饮。"

韩朗半眯起眸子，眼前迷迷糊糊地有了影子。

"酒的名头也好，叫什么无可言。"声音不大，宛如丧钟敲鸣，震得韩朗头疼。

他陡然站起来，重心不稳，一把扶住床柱，抬手揉着眼睛，艰难地环顾下四周，又坐回原处，冷冷地吩咐道："华贵，别费心再弄脏你的贵手了，我不吃了。"

华贵又顶嘴了一句，韩朗却完全没听清说的是什么，只喃喃自语着："我能自己买牌位，今晚就走。"

好处都是人家得，送死的只有自己，他才不要！

更深夜静。

灯火熄灭，韩朗眨着眼睛，眼前灰蒙蒙的，"华神医"饭前交代过，双眼复明已经有了起色，但用眼不能过度。他休息了大半天，应该无碍，影响不了自己的出走计划。半炷香的工夫不到，眼睛果然适应了黑暗，韩大爷摸索着起身上路。

隔壁侧房流云和华贵的门半掩，透着微弱的灯光。

韩朗轻推门，侧目斜睇，屋内两人安寝，流云靠窗坐在里屋桌边，桌上压几册书，支颐浅睡；华贵则在床上睡得四肢大摊，呼声雷动，只是手中好似捏了张纸，墨迹未干。

韩朗好奇心升起，流云用功在阵法，他自然知道，可这华贵人，不会弃武从文了吧？

心头起疑，韩朗调转身形，蹑手蹑脚踱到华贵身边，偷拉出那纸。

纸上写得简单：

黄芩助行血，门冬能宁神，甘草当食引，忌鱼腥生寒。

韩朗不用凝神细辨，也认得是华容的笔迹。

"就那么几个字，华贵还要如此仔细阅读，装斯文？"韩朗闷闷地放下纸张，华贵睡得贼死，流云倒皱眉动了动，韩朗忙蹲下身躲起来。流云果然睁开眼睛，坐起身，见屋内没有动静，又睡下。

又过了一会儿，屋中无声。韩朗借窗前的弱光出了门，小心地沿着石径，蜿蜒而上。

小径的尽头，庭院深处，是一潭清池，夜里水声清晰可闻。

有人坐在池边，光足浸水，水池扇着粼粼银波。

韩朗撇嘴，难怪不见人影，原来早在这里等着自己呢。韩朗快步走到那个人跟前，与他并排坐下。

月光下的华容，脸色苍白，人透着清光，见了韩朗也不诧异，说话温柔体贴："我推算过日子，王爷的双眼应该看得见了。”

韩朗冷哼一声。

池上有几片落叶飘下，华容弯下腰，拾起叶片一折二叠，贴在唇上，慢慢吹起。乐声音质清婉，随花香飘散在空中，悠悠洒洒，妙不可言。他的赤足在水中划动，应和着拍子，神态温和。

韩朗没有多瞧，只瞅见华容的脚伤虽然痊愈，但大片的疤痕依旧触目惊心。韩朗正想说话，华容却向他递来另一片叶子。

韩朗揉揉发酸的眼睛，摇头道：“我又不是小孩子，要这烂叶子做什么？”

“王爷不会？”华容难以置信地问道。

“那是我不乐意学。”

“王爷奇才，无师自通，一看就懂，一听就会。要试试吗？”华容再次递过树叶。

韩朗一把夺过，小小的绿叶却让他有点无措，硬着头皮，直接递向嘴巴。

华容倾过身，韩朗却将身子向外一挪，怒道：“不用你教！”

“是。小的只是奇怪，王爷这样都能吹出声吗？我一般都是这样折叶，这样贴着嘴唇，才能吹出声的。”

韩朗瞪着华容，却依照华容方才教的方法一吹，吹出了一声刺耳的声音，他尴尬得冷汗直冒。

“王爷果然是天才，吹的调子也是天籁。”华容笑着称赞。

韩朗将叶子放在掌心，苦笑。年少时虽然无法无天，却还是没时间学着玩这类简单的游戏。

“我说话算数，重见光明那日给你答复。”

华容打开扇子，扇面还是“殿前欢”三个字不变。

“我不入地狱，谁入地狱，是吧？”

“王爷英明！”华容毕恭毕敬地为韩朗扇风。

韩朗的脸却一沉：“不过我有条件。”

这倒让华容有了点意外，停下扇风的手，作揖道：“王爷请讲。”

水池银波，叶子依旧飘落。韩朗微微一笑，声不可闻。

第三十二章

云雨落池

“王爷想听我唱曲吟诗？”华容将扇子摇着，笑得为难，“这个华容没练过，唱出来怕是有碍王爷清听。”

“华公子风雅，这个都不会，那你练过啥？”

“练过不出声。做梦时不说梦话，打死不开口。”华容轻声道，侧脸去看池塘里的荷花，风里花香缭绕，月下碧波粼粼。

“怎么练？”韩朗亦在赏花，眼神却落在华容身上，“练这哑巴功必然很难。你连发高烧都不说胡话的，功力高深得很。”

“王爷连这个也有兴趣知道？”华容侧身回话，才将头对着韩朗，眼前却又是一暗，一个没坐稳，“扑通”一声栽进了荷塘。

韩朗本来身子前倾，这下也立刻受到牵连，姿势十分不雅地也落水了。

六月，初夏，池水虽然不冷，却还是有些凉意。

两只落了汤的本就都是病鸡，在池塘里扑腾好半天才相互扶着站住，这才发现池水只有齐腰深。

华容立刻咧开嘴巴：“原来王爷也是旱鸭子，但王爷就是王爷，连在水下挣扎的动作也是英武不凡。”

韩朗也不示弱，目光深沉，将他从头到脚地打量一番：“华公子也不愧是华公子，就连落水的姿势也十分风雅，我只能见贤思齐。”

“王爷要见贤思齐？”华容连忙蹙眉，“可是王爷，这变成落水狗、落汤鸡，大可不必……”

池水寒凉，韩朗突然抓住华容的肩膀，目光灼灼，盯紧他的眼睛。

“出声，唱得我欢喜，我就答应你，和你做交易。”韩朗只觉得胸腔的空气一点点用尽，心肺刺痛，似乎就要爆炸。

从何日何时起，他对这根葱有了知己之交，他自己也不知道。为什么会对华容这般信任？他也不知道。

也许是因为华容豁达，不怨天尤人，有种坦然接受一切的勇敢。也许是因为华容固执，对楚陌不舍不弃，不惜一切，让韩朗对照自己和韩焉，从而心生感慨。也或许，就只是因为闲余往来，让他感到身心舒畅，暂且不必去钩心斗角地算计。

只是如今这些都已经不再重要。就像在这池水中，也许下一秒钟，他就会窒息而死，可是他已经不能停不想停，不能停不想停……

心念至此，韩朗的双手越发用力，华容痛极，这时已经奄奄一息，嘴唇翕动着。从始至终，他就只比韩朗强一点，比韩朗多懂得些节制，比韩朗少那么一点真心。就这一点，便足够他居下位而不弱，将韩朗握在掌心。

到最后，韩朗终于感到绝望，赫然松手，将眼睛闭上，胸腔里涌出一股急流，不自觉地长长悲吟一声。

"啊……"且痛且快，是压抑也是爆发的一声，将池面的宁静划破。

而华容垂着头，仍然只是沉默着。

从北疆回来，流年总共只带了十二个人，但个个都是高手、死士，潘克对韩朗，的确是忠贞不贰。

一行人乔装进城，第一站是去韩家陵园。

陵园里已经收拾干净，守陵人垂手，答道："韩太傅在半个月前已经入土。"

流年不信，去西郊别院，那里已经被大炮轰平，一片断壁残垣。

再去抚宁王府，那里更是曾被大火连烧三日三夜，连池子都烧干了。

关于韩朗的一切，似乎都已经毁灭。

流年站在原地，一时彷徨，突然间有种不知该何去何从的恐惧。

从十五岁起，他就跟着韩朗，早已习惯在书房听差，见识主子的喜怒无常。

从住处到书房，这条路他不知道走了多少遍，就算现在王府成了焦土，他也清楚地记得该在哪里转弯，到哪里该是台阶，抬头时韩朗会在窗前，一只手揉着太阳穴。

物是人非，他如今就站在昔日书房的入口，可抬头却只见一片焦黑。

曾经的房梁现在成了木炭，横在他的脚下，上面还不知道被谁画上了一朵花。

花是重瓣，看样子很妖娆，流年觉得眼生，于是蹲下身拿手指抚了抚。

"这是罂粟。"身后有人识得。

流年愣了一下。

罂粟花？这三个字他有印象。

就在这间书房里，玩笑时韩朗曾经说过："这世上，只有一个地方我不敢去，就是我们韩家老宅。老宅很美，到这个节气就满院的罂粟。"

还记得当时他年少，忍不住探听主子的秘密，问道："为什么不敢去？难道主子……"

"因为我曾经发过誓，有生之年绝不再踏进老宅半步，否则让我求而不得，生不如死。"韩朗当时说道，还是老习惯，伸手揉着太阳穴，"我这个人没啥优点，只有一个，就是说话算话。"

种满罂粟的韩家老宅，韩朗曾发毒誓永不踏足的地方，的确是个不错的藏身之所！

流年起身，再不犹豫，一挥手带着人直奔老宅。

老宅里，落汤鸡韩太傅扛着另一只落汤鸡回转，拿脚直踢华贵的房门："你家主子晕了，快熬姜汤！"

华贵趿拉着鞋出门，一瞧见两个人，嗓门立即拔高："拜托！再这样下去，迟早弄出人命！"

华容这时醒过来，见状咧嘴道："下次咱们翻翻花样，多死个十次八次的，让华贵看热闹。"

华贵不吭声了，叉着腰去弄姜汤，一路踢得盆罐直响。

韩朗扛着华容进房，才将他扔到床上，华公子就急不可耐地问："刚才我迷瞪了一下，不晓得唱了还是没唱，王爷满不满意，不满意可以重来。"

"唱了！"韩朗恶狠狠地道，"死要面子，声音嘶哑，难听死了！"

华容"哦"了一声，刚想拍几句马屁，门外的流云已经叩门："禀主子，流年来了！"

韩朗不曾回话，那厢流年已经推门而入，十几年来第一次不守礼数。

韩朗一笑，将脚架上床沿，将手摊开："你不用这么担心，我还活着，像我这种妖孽，可没那么容易死翘翘。"

流年咬着牙，平复好情绪，跪在地上，头埋得更低："还好主子没事，不然流年无颜苟活。"说完又抬头，拿眼瞪着在床上装死的华容。

"说吧。"韩朗见状发话，"华公子现在和我是一伙的。可以知无不言，言无不尽。"

"回主子，流年才从北疆回转，潘元帅托我回话，只要那里战况稍平，他便会立刻回京，听主子调遣。"

"调遣什么？"韩朗闻言拊掌，"我一个将死之人，难道还要和自己的亲大哥来争权夺利吗？"

"王爷不怕死，可是王爷的生死，还轮不到别人来定夺。"地上的流年这句话说得贴心贴肺，"潘元帅还有一句，说是看动向，大公子怕是要反。"

"何以见得？"

"王爷的本意，是要大公子接替王爷，辅佐圣上。如果大公子没有反意，肯顺着王爷的意思，那他又何必非要取王爷的性命？”

“那又如何？”韩朗冷笑，将掌心抚了又抚，“一杯鸩酒断情绝义。我余生有限，管不了，也不想再管。”

“王爷说的可是身上的毒？”在床上一直沉默着的华容这时突然说话，“王爷中毒已经很久了吧？本来您的确时日无多，可是现在情况有变。”

这话一说出口，屋里所有人都沉默了，流云、流年和韩朗，六只眼睛齐刷刷地看向华容。

华容立刻讪笑着道：“我的意思不是说我会解毒。而是……而是上次放了血，王爷身子里面的毒性也减了些，毒虽没解，但是现下性命无忧。”

“你的意思是我还要多祸害人间一些时日？”韩朗闻言眨眨眼睛，伸了个懒腰，“能真心辅佐圣上的人选还没找到，咱们华公子的哥哥也还没自由，咱还有价值，所以老天便多留我些时日，好将我榨干抹尽。”

这话说得竟然有些凄凉，屋里的其他三个人低着头，一时无语。

“天快亮了。”那厢韩朗又打个哈欠，“睡觉！有梦且梦，有欢且欢。流年，你去找你老子。我这里有封信，你交给他。”

天快亮了。

皇帝在悠哉殿内坐着，还是老姿势，抱着腿，头枕在膝盖上。

又是一夜无眠，他睁着眼睛，一遍又一遍地强迫自己回想旧事。

一桩并不久远的旧事，从前他不是想不起来，而是不愿想。

那一年，他还差三天就满十二岁。

从小他就怕黑，是时太傅还是兼任刑部尚书的方以沉，为哄他，方太傅宁愿将公务搬入悠哉殿，点灯相陪，直到他安心睡去。

方以沉不在了，他便费尽心思留韩朗在宫里过夜，不断抱怨：“以前方师父都愿意陪我的，顺着我，不像你一开始只会凶我……”

方以沉与韩朗相交多年，可谓良师诤友，在韩朗眼中方以沉是绝云气、负青天的鹏。只可惜未等到扶摇而起的风，这鹏便英年早逝了。每每提及他，韩朗就会心软，这夜也不例外，留在了宫内。

没想到这夜宫中大乱，御林军副统领居然趁夜造反，领着人杀入当时他住的署阁殿。

事后他才知道，父皇当时已拟好草旨，废太子，立他为储，韩焉见大势已去，铤而走险，走了这步险棋。

副统领姓方，想必抱了必死之心，进得殿来，是遇神杀神，遇佛杀佛。

一共二十一位大内高手，将署阁殿变成了人间炼狱。

他永远记得，韩朗是如何带他藏在殿内的暗阁里，外面的宫女、太监是如何一个个被杀，血漫过桌椅，漫过地上的青砖纹路，一直流淌到他的藏身之处。

开始时韩朗只是捂着他的嘴巴，到后来干脆蒙住了他的眼睛。

只要他们不被发现，拖到外头来人平乱的那一刻，他们就会平安无事。

可是他看见了。

透过韩朗的指缝，他看见有人一剑刺进了锦绣的眼窝，长剑拔出来时，上面还插着她乌黑的眼珠。

那是他最喜欢的宫女，从小陪着他长大，声音很糯很甜，几乎天天哼着小曲哄他入睡。

他吓得尿湿了裤子，看着那人将锦绣的眼珠从剑上抹下，踩在脚下，他还是不可遏制地发出了一声惊呼。

就这一声，便差点断送了韩朗的性命。

他清楚地记得，当时外头援兵已到，方副统领最后一搏，却也拉不开暗阁的木门，当下一剑便刺了进来。

暗阁里非常狭窄，韩朗背贴木门抱着他，无处闪躲，那一剑就直接刺进韩朗的后背，刺穿了韩朗的胸膛。

剑还要往前，眼见就要刺进他的额头。

他变得抓狂，张开嘴，却发现自己已经失声。

他看见韩朗伸出右手握住了剑身，韩朗胸膛和掌心的热血，顺着剑尖，一滴滴落进他的嘴里。

从那以后，他便再也没有发出过一个音节。只要张口就觉得满嘴血腥，仿佛那热血还停留在他的舌尖。

因为韩朗，他失去了声音。

这一生，他都懦弱无能，是个扶不起的阿斗。

“韩朗，韩朗，韩朗……”他默念着这个名字，一声声闷在胸腔，最终的绝望冲破了枷锁，有一声终于冲破喉咙，低低地在周遭漫开。

“我会救你，我能救你。”在龙椅之上他重复着，眸里燃着光，一遍遍地适应能够重新发声的感觉。

门外有小太监通传：“息宁公来见。”

他立刻噤声。

韩焉踏进殿门，听闻他已经开口吃饭，面色稍缓，将头垂低，施了个礼：“圣上既然想通，不如今日便恢复早朝。做天子的罢朝太久，外头难免闲言碎语。”

“好。”

那头皇帝比画手势，这一次答应得毫不犹豫。

第三十三章

名将莫折

一觉醒来，韩朗就看见流年已经立在门前，估摸着他应该是很快回转，没在莫折信那里多说半句废话。

流年恭敬地回禀，只说："他邀主子，傍晚在尚香院见。"

韩朗称好，吩咐下午动身，让流云跟从。

有了那十二个死士同去，流年倒也放心。只是没想到，韩朗没让他自己随行，另有意图。一出门，韩朗直接问流云："你这几日心神不定的，有什么事情想说？"

流云闻言，猛地将头一低，迟疑须臾，抬眼迎上，沉声禀明："等主子一切安定，流云想离开。"

韩朗遥望着空中的浮云，了然一笑："一个人，还是两个？"

流云愣住，咬牙不吭声。

"你想找我大哥报仇，却依旧没把握全身而退。如果抱着必死的心态去，那大嗓门哭死在我面前怎么办？"

"流云明白，所以才愿意再忍。但，总是要离开了。"流云躬身行礼，决然道。

韩朗整理一下衣服，一双细长的眸子平静地看着远处："该出发了，莫折信不喜等人。"

莫折信本不喜等人，但有美女坐膝，一切就可以另当别论。

韩朗一踏进尚香院，氤氲的香雾里，只见赤着上身的莫折信大大咧咧地坐在榻上，身侧依着一位养眼的美女。这位美人蛇腰扭动，十分起劲地玩着莫折信的虎筋雕花长弓，黑雕羽箭的箭头方向不明地微微颤动。

美女还不时地娇喘着抱怨："您别乱动，都射不准。"

韩朗这才注意到，那厢射击的猎物也很好笑，是一个眉目清秀的小戏子，手持一面青花铜镜呆站着，身侧左右，真的有几支雕翎插地，难怪他吓得面如白纸。

韩朗狠狠地横了一眼半垂眸的莫折信。莫折信揽住美人的肩膀，眼却朝他斜睨：“一起？”

韩朗拂袖，不客气地点头：“好！”

说话间，他拿起被搁置在矮几上的小弓，走到那个小戏子的跟前，潇洒地夺下用来遮挡的镜子，随手一抛，弯身拔出一根箭，绕小戏子的身后，教他开弓。

莫折信轻咳几声，谦和地微笑，眼里却涌起冷厉之光，他将怀里的女子掰正，同样扶着她的手，拉开弓弦。

双方被教者都噤若寒蝉——

破空一声，两支箭在空中相遇。一点光芒闪耀，一朵光花迸开，莫折信的气势略胜一筹，箭支纵剖开韩朗的箭，落在小戏子的脚前，黑亮的箭羽在微风中轻晃。

吓得如软柿子似的小戏子，软绵绵地昏倒了。韩朗抽身而退，毫不理会那厮倒地后会砸到哪里，只对自己那支分裂的箭，暗自惋惜，他的目标本来是莫折信那张长得不错的脸的。如果破了相，看他如何到处受女人青睐。

“韩朗，这便是你求人的态度？”莫折信抚着弓背问道。

“我是来给你机会的，哪个说来求你？”

莫折信一愣后，大笑起来，眼底的冰凌开始融化，抬起吓得哭泣的美人的下颌，怜惜地一吻后，披上袍子，大大方方地向韩朗做出个“请”的姿势。

天近黄昏，韩朗依然未归。

不知何故，华容这两天总是无法真正入眠，人显得昏昏沉沉的。可能突然说话，让他有点——不习惯。

趁韩朗出门，华容避开旁人，从地道返回，独自坐在郊外灰黑的残垣前，望着天。夏日阳光强烈，刺得华容睁不开眼睛。一恍惚，居然有种飘起来的感觉。

人发虚，不舒服，运气也不怎么好，这时候居然来了十来个巡逻兵。

华容也勉强算是三流高手，对付这几个人原本不在话下。

可是缠斗了一会儿，那种飘忽的感觉又来袭，眼前发黑，脚底发浮，还没等别人绊他，自己先摔了个狗吃屎。

倒霉就是倒霉，等他神志清醒地抬起头来，十几把明晃晃的刀已经横在了他眼前。

几个士兵开始计划如何领功。

领头的倒没怎么说话，眼睛环视了一下。

“听说他是个哑巴，反正舌头没用，不如索性割了。”有人贱笑着提议。

华容喘着气，感觉还没恢复，就见有人提着一把尖刀走近，抓住自己的下颌。

其他人已经将他的手脚死死地压制住，而领头的猴急地将他的头压下，把手指支到他嘴里撑开。

烂得掉渣的污辱，华容现在没心思接受，要他伺候的代价，不是人人都给得起的。

他“扑哧”一下笑出声，狠狠地咬下。

想施虐享乐的人，结果疼得像丧家犬一样嘶吼 :“你找死！”

华容抬头，耳边响起一声巨响。

楼台上。

“那个谣言嘛，就是说你的那位华姓门生，是见风使舵、不忠不信之人……”莫折信把最后那几个字，说得非常含糊。

“你把这句话再说清楚点。”韩朗毫不犹豫地“建议”。

“不高兴？”莫折信聪明地不接话，“既然放下了，又何必再拿起？”

“欠人情了呗。”

“那个人？你怎么会选上他？”

韩朗看着手中的杯子 :“运气不好而已。”

莫折信陷入沉默，过了约半盏茶的工夫，他果断地拒绝 :“韩朗，我尊重你的选择。可我不能帮你。即使，我知道韩焉是在骗我，可关键不在这里。”

韩朗露出了一个微笑，然后给自己斟酒。

“关键是你不如韩焉，你的心里从没有‘家国’二字。”

韩朗讪讪地道 :“那以后恐怕是敌非友了。”

两个人默契地举杯。

“以后是以后，不算今朝。”莫折信坦荡地道，“不如聊聊你看重的那个人。”

韩朗抿了抿嘴唇，终于开口 :“以前我曾想过‘将离’若能解，我一定吃饱、睡足到自己过瘾为止。”

莫折信将头一低，偷笑，很难想象韩朗变成大胖子的模样。

“如今呢？变了吗？”

日落月升，这头夕阳早已染红了云，那边月亮刚刚现了虚形。

“嗯，与知己二三，一世逍遥，放鹿青崖。”不知何时起，韩朗有了这个想法。

巨响仍然未结束，久久不断。

周围每一处每一分，都饱沾了血渍，带着腥味的血水渗入土中，逐渐晕染去。

如画者泼墨。

华容起身拉住林落音，比画手势 :“林将军，这几个人头已经被您捶烂了。”

林落音终于停住，扭头看他 :“你说什么？你为何在这里？”

浓稠的血液从他左拳流下，滴答滴答。

华容点点头，两个人对视。或者该用——端详。

过了很久。华容抬手抹去嘴角残余的血丝，瞧见林落音皱起的剑眉，突然嘴角勾起，用手在地上写下“嫌弃”二字。

林落音愕然。

华容一指自己，再点林落音，最后一指地上“嫌弃”二字。

“我说你嫌弃？”

在林落音看来，华容无论什么样的表情，眼睛都是干净的，月映碧水般清澈，纯粹却又不能见底。可等他消化了这句话的意思，心里的火又再次喷发，这熔浆从细缝里喷发出来，无法终止。怒气比他见到别人欺辱华容，让他难受的感觉更甚，心肺绞成一团，苦胆爆裂。

月亮挂在残枝梢上，新月的影子映进黑红色的血洼里。赤色的月，碎了，又合，最后变得支离破碎。

“你在想什么？”残剩无几的意识，让林落音这么一问。

华容在林落音的手心写下：“佛云……”

“别想了。佛，不在这里。和我走！”林落音一把抓住华容的手。

残尸的血肉还散着温热，宛如身处炼狱，华容从未怕过。

华容作势起身，手势突然一转，点住了林落音的睡穴，扶住他躺下后，笑道：“多谢将军抬爱，华容向来知道自己要什么。”

华容仔细地拭去林落音左眼上快要干涸的血珠，林落音眼眸弯如新月。

这时，有一样东西从林落音的身上掉下来，借着月色，华容看清那是支求平安的竹签。

脚底抹油前，华容望着天笑道：“下一世吧。”

遁回韩家老宅，华容满身的血迹，让人瞠目。流年机警地闪出门外，想探探发生了什么变故。从厨房奔出来的华贵，提着明晃晃的切菜刀，指着他，嗓门还没拉开。

华容就抢先一步坦白道：“发生了一点小事，不必挂心。”

晚餐过后，老王爷打着饱嗝，挖挖鼻孔，一副昏昏欲睡的样子。而坐在下首的周真，完全没有食欲，许久不说一句话。

这夏夜，暑气也有让人头痛欲裂的时候。

今日早朝，病恹恹的天子难得上殿听政，可对局势动荡却不发一言，全由韩焉代劳。这让周真感到十分不悦，政见不合的他马上出列与韩焉对峙。

可惜，韩焉根本不与之辩驳，只躬身忧心地启奏："听说老王爷身体不适，也难怪侯爷心头烦躁，臣请陛下准侯爷休假，回家陪伴他父亲一段时日。"

皇帝紧抿着嘴唇，不假思索地点头，恩准了韩焉的提议。

"臣明日照样上朝，除非皇帝亲口罢了我的官！"受挫的周真，憋着气撂下话，当朝扔冠撕碎袍袖，气愤地离开。

"真儿，我的床修好了，现在可舒服了。等会儿，带你去参观。"不知何时，老王爷硕大的头出现在周真的视线里，两腮垂下的肉一抖一抖的，打断了他的思绪。

"孩儿没心思。"如果不是他一回府，老王爷就派人来请，他也不会出现在这里。

老王爷挥手，让仆人退下后，又劝道："床像摇篮那样，会晃的。"

周真没说话，这时门前有人禀报，原来是皇帝知道侯爷郁闷，特地派人送来食盒，没想到去侯府扑了个空，所以辗转送到了王爷府。

老王爷捧着肚子，美滋滋地跳出一个惊人的高度，嘴里还直嚷嚷着要吃好吃的。

食盒很普通，只有两层，第一层的盘底，居然沾着一张小纸条。

周真眼尖，一把夺下老王爷手上的密函。

"明日早朝，帮朕。"

寥寥几个字，确实是皇上的笔迹。

周真犹如死水的心底又掀起涟漪，而一旁的老王爷却停止了吃东西，扭头看着自己的儿子。

"真儿，这事不必管了。"口气很肯定。

对此，小侯爷周真倒不觉得意外，他爹一时清醒，一时糊涂，乃司空见惯的事。

"父王，这是什么话？"这明显是皇帝有难，求助于自己，食君俸禄，必当忠君之事。

老王爷眯缝着眼睛，摸着肚子："你的情感，还是过于充沛哦。"

周真正要辩解，却听得府外一阵骚乱。

"外面发生了什么事？"

"启禀王爷，息宁公发兵将王府包围了。"

老王爷埋头将密函藏匿妥当，拍拍儿子的肩膀，乐呵呵地问："韩焉没跟着一起来吗？"

"息宁公正在门外求见。"光安恭敬地回禀。

"那还不快请。"

朦胧的月光下，不穿朝服的韩焉，穿着也相当出风头。见了老王爷与周真，韩焉并不隐晦，开门见山，只含笑着轻问："我此行，只想知道皇上送给侯爷的信上说的是什么？"

启明星刚落，龙辇已经停在巍峨的殿门前，皇帝掀起紫竹帘帷，对着天际遥遥一望，两边宫人的衣袂随风流动，火红色的氇毽沿玉阶而上。

晨风又起，小皇帝竟然打了个冷战，他深吸一口气后下了辇，昂然迈步上朝。

宣告退位的诏书此时就死死地攥在手里，柔软的锦缎也让他深感扎手，觉得刺痛。

堂前首位站着的那位，官袍蟒带，漫不经心的神采像极了自己心里的某人，可终究不是。

他是韩焉！

不过如此！

皇帝压住心头的怒火，扫视一下殿中，周真果然来了。与他交换了个眼神后，小皇帝又默然地将头一低，退立在一侧。

于是，他又将视线投向了韩焉。

韩焉迎着他的目光，微笑着，神情带着挑衅，好似一切尽在其掌握之中。

皇帝别过头，将手上的诏书缓缓展于案台上。目光在“一怒失声，自知无能。”几个字上停滞。

“皇上，该早朝了。”韩焉施礼提醒道。皇帝抬眸，对他冷冷一笑。

只要杀了他，韩朗就能安全，就能回来。只要韩焉一死，韩朗就能没事。

思及此，当今圣上突然站起来，一拍龙案，喝道：“来人，给朕拿下韩焉！”案上明黄色的圣旨被扫落，锦轴沿着台阶滚下，打开。

第三十四章

百花皆杀

“周真！朕命你将韩焉拿下！”见朝上毫无动静，皇帝又补充了一句，霍然起身。

堂下的文官立刻跪下一半：“圣上息怒，息宁公为国操劳，声名正隆，还望圣上三思！”

皇帝怒极，十指簌簌发抖，只是重复着：“周真，朕命你将逆贼韩焉拿下，你莫非聋了！”

周真迈出一步，慢慢将头抬高，看住韩焉。

韩焉摊手，一笑：“圣上的话就是圣旨，你还犹豫什么？”

束手就擒，毫不反抗，他这姿态做得完美，堂上的另一半文官也开始下跪，齐声道：“还请圣上三思！”

“韩焉逆上作乱，其罪当诛，朕命周真督刑，今日午时问斩！”

龙椅之上这一句掷地有声，震得群臣不敢再言语。

大殿内朝阳半斜，韩焉就这么被推出了门去，自始至终无言。

皇帝在原地喘气，这才慢慢落座，强撑住底气，发话：“边关战事如何？潘元帅现在人在何处？”

“回圣上，月氏强攻不下，现已撤军百里，潘元帅已经领兵回朝。”

“那好，传旨，命潘克领兵，火速还朝！”皇帝将声音拔高，回想韩朗的眉眼，学他将眼半斜冷冷地横扫，“还有你们，谁要敢再替韩焉求情，求一次官降三级，求三次其罪同诛！退朝！”

走出大殿，坐上龙辇，皇帝这才放松下来，身上冷汗一层层地渗出，连龙袍都已经湿透。

在堂上制住韩焉，这只是他计划中的第一步。

第二步是换下悠哉殿所有的太监、宫女，把韩焉的爪牙拔净。

心念至此，他连忙发声，传御林军统领到跟前，问道：“你还记得是谁提拔你到如今这个位子的吗？”

“臣记得，是韩太傅。”

“那好，你领人随我回悠哉殿。另外，传刘总管，朕要换下殿内的宫娥太监，让他去殿外候着。”

统领领命，立刻带人跟随，一直跟着皇帝到了悠哉殿外。

一切都很顺利，悠哉殿内外的人很快换血，林统领也一直在门外，随时听候差遣。

剩下的第三个问题就是楚陌。

皇帝深吸一口气，将殿里所有人遣尽，抬手，将暗室机关打开。

暗室里面关着楚陌，地下有条通道，一直通到金銮大殿的龙椅之下。

往常皇帝早朝，总会按下机关，将地道入口打开，和楚陌一起去到大殿，龙椅上光线昏暗，两个人演双簧。

今日上朝，他是预谋已久，第一次没有按动机关，没放楚陌进入地道，所以楚陌现在仍然被关在暗室，楚陌见眼前的门户打开，缓步走了出来。

皇帝抿着嘴唇，右手在袖子内颤抖，将袖子里的匕首握得更紧。

眼前的这位也是韩焉的爪牙，而且还见不得光，他必须亲手解决。

今生今世，他是第一次动了亲自动手杀人的念头。

楚陌越走越近，明明走进了他的攻击范围，可是他的右手却还在颤抖，抖得几乎握不住刀柄。

这一路两个人都没有说话。

等皇帝发觉到楚陌沉默得诡异时，楚陌已经走到他的身边，手起如电，将他右手的匕首夺下，反手就比上了他咽喉。

皇帝大惊，立刻就高呼了一声：“林统领！”

门外的林统领闻声立刻行动，不过却不是进来救人的，而是在殿外拽住门户，将最后的一丝缝隙掩住，隔断了他这声惊呼。

殿内十分安静，一丝微风也没有。

楚陌将那把匕首慢慢抬高，滑过皇帝的脸颊，轻声道：“原来圣上已经能够重新说话了。息宁公说圣上即将有所动作，要我提防，果然是半点不错。”

皇帝双腿发抖，已经快要维持不住天子之威，只得嘶吼着：“你居然拿刀犯上，真是不想活了吗？”

“不想活的只怕是圣上。”楚陌冷笑着，抬起匕首，拿刀柄一记砸上皇帝的后脑，“要知道，您一旦开了口，就是一枚再也控制不住的棋子了，唯一的下场就是毁灭。”

皇帝应声倒地，连声呼救也没能发出。

门外的林统领这时通传："禀圣上，王宰相领百官求见，说是要圣上三思，收回成命。"

楚陌不答应，拖着皇帝到暗室，将门合上，这才走到门口，清了清嗓子发话："朕现在不想见他们，让他们就在门外候着，听朕的口谕吧。"

从始至终，悠哉殿的大门都紧闭着，等到韩焉听命来见，才由林统领拉开一条窄缝。

韩焉低头，从那道门缝里进去，第一眼就瞧见了坐在龙椅上的楚陌。那一刻他的神色微变。

楚陌不曾察觉，连忙从龙椅上下来，走到韩焉跟前，说道："国公所料不差，圣上果然有异，在殿上，他为难国公了吧……"

"他为难不了我。"韩焉轻笑，将楚陌的话头截断，"他人呢？是你制服了他？又传口谕免了我的死罪？"

楚陌应了一声，将暗室大门打来，领韩焉来看："他人在这里，现在已经能开口说话了，国公准备怎么办？"

韩焉微笑，不答反问："你说我该怎么办？"

楚陌立刻明白，也不再多话，只是近前一步："还望国公守信，将来事成，放我和我弟弟自由。"

"那是自然。"韩焉点头，一只手扶上他的肩，"这里你先周旋，我还有事。圣上……就暂且关在这里吧。"

"这件事你做得很好。"从悠哉殿出来韩焉发话，脚步匆忙，后头跟着林统领，"日后事成，我定会封你做个将军，让你披袍上阵，遂了你的心愿。"

林统领连连称是，跟在韩焉身后，极小声地道："那么，还是依照原计划，一旦事成，悠哉殿里那个……声音，立刻做了？"

韩焉不语，连个手势也懒得比画，只是回头挤了下眼睛，表示认同。

前头就是宫门，林统领止步，韩焉则快步走出宫去，一步踏上了官轿。

轿子起步如飞，管家快步在轿后跟着，听韩焉发问："潘克那边动静如何？"

"回主子，月氏已经退兵，潘元帅率部下星夜兼程，正急着回朝。"

"那好。你宣林落音和莫折信来见我，现在，立刻，马上！"

"莫折将军……"管家闻言却停顿了一下，"回主子，方才尚香院的班主来报信，说是莫折将军在尚香院会了一个人，她在门外偷听，觉得那个声音很是耳熟，像是……像是……"

"像谁？"韩焉闻言停顿了一下，示意轿夫停步，伸手将轿帘撩开。

“像是二公子。”

那厢管家回话，五个字，清楚明白。

“今天我们去何处寻开心？”一早起床韩朗就打哈欠，对华容展颜一笑。

华容眯着眼睛，笑着道：“如果王爷昨晚没有玩够，可以继续推牌九。”

“玩是没玩够，不过咱们可以换个玩法。”

天不怕地不怕，就怕太傅玩花样。

华容心里咯噔一下，脸上却还是堆着笑，拍马屁：“王爷的趣味高雅，华容一切都听王爷的。”

“那我们就去踏青吧！”韩朗突然起身，懒腰伸得极是夸张，似乎兴致很高。

踏青。

酷日当头，带随从一起前去踏青，韩太傅的趣味果然与众不同。

马儿们一路狂奔，到郊外一块野地时韩朗这才伸手，示意众人停下。

下马之后韩朗又伸手，大声问道：“本王爷尿急，你们急不急？”

“急！”

随从里面应得最大声的自然是华贵。

“那大伙来尿尿吧。谁尿得最远，本王赏银百两。”韩太傅第三次将手举高，“哗”的一声撩开了长衫。

随从们满脸尴尬，可也不敢违拗，只得齐刷刷站成一个半圆，纷纷“亮剑”，一起替眼前的野花施肥。

华贵憋尿憋得最久，自然也尿得最远，力挫群英，夺得赏银。他明明心里乐开了花，收银票时还是撇着嘴，装作不屑，“哼”了一声：“比赛尿尿，形势如今都紧张成这样了，王爷还真是没个正形。”

形势紧张，居然已经紧张得华贵都能察觉！

韩朗大笑起来，一屁股在草地坐下，摆个更没正形的姿势，回答他：“你几时听说过韩太傅有正形了，笑话。”一边又指指华容，“我看这个地方挺好，咱们就在这里赏花下棋吧。老规矩，一局棋一百两。”

韩太傅棋篓子之臭是天下闻名，华容连忙咧嘴，伸出两个指头：“不如二百两一局吧！”

“二百两就二百两！”韩朗爽快，一招手，“流云，上五子棋！”

天不怕地不怕，就怕韩太傅玩花样。

这次韩太傅花样玩得阴险，硬生生地把华公子也绕了进去。

臭棋篓子韩太傅的五子棋技艺却是了得，一局二百两，只消片刻工夫他就赢到手了。

下了一个时辰，华容已经输了九千两白银，输得连眼珠子都发青了。

韩朗的嘴巴咧到了耳边，他一边等华容落子，一边闲闲地打量四周，感慨道："夏日里野花虽然不多，但风韵别具，比起华公子也不差，华公子，这样说你生不生气？"

华容捏着他的白子，正担心这一子下去又少了二百两，头也不抬就回答："我不生气。转眼就会入秋，我花开后百花杀，它们美不了多久。"

"我花开后百花杀？"韩朗闻言失笑，伸手过来，夺过他手中的白子，"黄巢的《咏菊》？待到秋来九月八，我花开后百花杀……没错没错，是我的见识短浅，菊花一开百花皆杀。咱们华公子才是真正的傲啸天下！"

说完之后韩朗又前倾，将棋子交还给华容，低声道："如果我说，我愿意与华公子为知己，纵情山水，逍遥度日，你可愿意？"

"愿意！当然愿意！"华容终于落子，脸上也笑成一朵花，"只要王爷……"

"只要我重新掌权，放了你家大哥是吗？"韩朗将他的话头接过，伸手落下一粒黑子，"我知道，咱们华公子的真心历来就不白送，是要拿真金白银来换的。不过既然如此，你为什么不问我形势如何，难道你不关心？不在意？"

"请问王爷形势如何？"华容果然从善如流地问道。

"我大哥和我，你觉得差别在哪儿？"韩朗却答非所问。

"王爷比大公子风流。"

"风流……好字眼！"韩朗拊掌，"说得对，我和我大哥最大的区别就是我死不正经。他是正襟危坐的君子，事事计划周全。可我，却是个老虎追到脚后跟，还有闲心回头瞧老虎是公母的主儿。"

"君子和浪子，你说……"微微停顿之后韩朗又将一枚黑子举起，"这一局棋，到底谁会赢？"

"当然是王爷！"

"那就听华公子的！"韩朗高声道，黑子落下，前后夹击，将白子围住，连成了一线，"二百两！现在你欠我九千二百两！"

华容撇撇嘴，面色更青，只差没当场吐血。

韩朗就更快活了，干脆在地上拔了根狗尾巴草，叼在嘴里，头枕着萱草，眯着眼睛。

"莫折信，信莫折，好名字，但愿你人如其名。"

这一声喃喃极低，连华容都不曾听见。

同一时刻，韩焉则手忙脚乱的，正蹙眉盯着管家："是韩朗？你说韩朗去见了莫折信？他们说了什么？尚香院的人呢？既然知道是他，为什么不给我拿下，他现在已经

没有武功了！”

“回主子，二公子去找莫折将军，是要将军帮他。可是莫折将军一口回绝了，说二公子不像大公子，心里没有‘家国’二字。”

“至于二公子的去向，尚香院也曾派人去追，可是二公子身边有十二个高手，很快就把咱们的人给做了。”

管家的回禀是一喜一忧。

韩焉停顿了一下，手指在轿上叩了几下：“这么说，莫折信倒是可信？既然可信，他为什么要瞒着我？”

“莫折将军和二公子也有前缘，他将这件事瞒着主子，反倒是能显出他的为人。”

韩焉沉默着，对莫折信不予置评，过了一会儿才抬头望天，叹了口气：“你说老二他能藏在哪儿？这京城三尺地，可还有咱们没有挖到的地方？”

“回主子，咱们的人一刻都没闲过，再没有什么可能的地方漏下了。”

“漏下……”韩焉念着这两个字，食指叩着，越叩越急，最后忽然停住。

“有一个地方我们漏下了，我家老宅。”韩焉慢慢勾起嘴角，迎着光将眼睛眯起来，“老二，我言出必行的二弟，你是不是转了性，藏身在哪里呢……”

“领人去我家老宅。还有，传林落音和莫折信来见我。现在，立刻，马上。”最终韩焉发话，将手一挥，轿子立刻前行如风，没进了暑日长街。

第三十五章

旌旗蔽日

林落音见到韩焉时，韩焉独自坐在树下饮茶。地上，树影斑驳。

明亮的日光从他的身后透出，如芒刺目，仿佛他整个人都变得透明，只隐约见到些轮廓。

“唰”的一声，林落音的身后传来扇子打开的声音，他扭头一瞧，只见一个长衫书生，折扇慢摇，气质不凡，而眼神却犀利得让人生寒。

四目相对，两个人心底各自了然。

林落音自然猜到了，眼前这位就是传闻中的莫折信。

两人先后向韩焉施礼。

韩焉见他们来了，放下茶盅，直接下令，简单明确：林落音出兵对阵潘克，莫折信留下镇守京畿，事态紧急，再无闲话。

“遵令。”林落音和莫折信二人毫不犹豫地应下后，便欠身退下。

天上几朵浮云悠然飘过，韩焉又举杯，管家这时来禀，老宅确有韩朗的踪迹，可去时就只见看房子的光叔被五花大绑捆着，说人今天一大早就溜了。

“已经派人去追了。”

韩焉点头称知道了，管家犹豫着，没有离开的意思。

韩焉抬眸询问。

“既然您怀疑莫折信将军，又何必让他驻留京师？”

韩焉笑而不答。如果皇帝没开口，所有的决定他不需要做得如此仓促，现在被逼到如此田地，他自己都觉得好笑。

“罢了！林落音更擅长野战，派他去对阵潘克是最合适不过的。再说，那日你们在尚香院不是听见了吗，莫折信有言，帮我不帮老二，因为老二心里没有‘家国’二字。”他最后摇摇头，将手抬起，背靠着粗糙的树干，只见日光透过他的指间，“就这样吧！”

既然再次注定是对手，那奉陪到底，天经地义。

兄弟，兄弟，连生之命。

城外，烈日当空，一切依然浸浴在日光中。

留守看家的流年突然骑马出现，见了韩朗翻身下马，单膝跪地禀报，韩焉已经剿了老宅，谁都回不去了，追兵随时可能杀到。

韩朗意兴阑珊地上了马后，又回首向京城遥遥而望，马蹄在原地踏了三圈。

城外远处炊烟袅袅升起，随风而散开，再不见踪迹。

“华容，你信命吗？”

“不信，我只信王爷能实现诺言。”阳光下半人高的碧草如潮水般起伏，那片苍绿映进华容的眼里，却如上古的深潭，不起一丝涟漪。一只枯叶蝶，巧妙地停在他的头上。

韩朗大笑，催马向前，“是句动人的话，那你可要跟紧了！”

于是，大家开始收拾东西，准备潇洒地逃跑，去与潘克的队伍汇合。这时流云忽然冲了过来，面如死灰：“华贵不见了！”

众人也随之脸色大变，韩朗眉头一皱，用低不可闻的声音道：“真快。”

“我要去找他！”流云执拗地转身，而深谙他行事的流年已经接收到了韩朗的眼神示意，一记手刀，将流云击晕。

“王爷。”华容止步不前。

“放心，我不会丢下华贵不管的，流云也不是哭爹喊娘的种。”韩朗眼神冷冷地一踢马镫，语气生硬，不再恍惚。

徊风谷，暗夜无风。

两边的山峰陡峭，如削落般直下。

谷内，旌旗垂挂不动；谷外，林落音驻军的营地却战意冲天。

“潘克还是按兵不动，不肯出战？”林落音盯着谷口问道。

“是。”

对于这个回答，林落音也不感到意外，他皱起眉，却也不得不佩服潘克布阵巧妙。

两军相持，潘克偏偏就隔着沼泽地呈龟形扎营，能伸能缩，能攻能守，使得林落音占七成的骑兵完全失去了优势，令他头疼不已。

“当地百姓都打听清楚了？”

“是！和将军上次探谷发觉的情况相符，这徊风谷，一进谷风向就会大变，四下乱窜，谁也吃不准风头。”

林落音闭眼沉思，忽然又睁开眼睛抬头看天：“看这日头，近日要下大雨。”

是夜，潘克军营。

巡逻兵注视着营地的周边，突然有人发现林子那头有动静。

“有人……”巡逻兵的话音刚落，就觉得脖子刺痛，紧接着鲜血喷射四溅，一支箭已经洞穿喉咙，人轰然倒地。

刹那间，带火的箭支在空中交错。林落音开始了又一轮火攻夜袭，目的明确，必须在下雨前把他们逼出沼泽。

硫黄味伴着沼气腐烂的气息四处扩散，潘克亲自指挥众兵士救火。

但很快风就转了方向，逐渐向林落音那边吹去，使他不得不又一次鸣金收兵，好在一切如往常几次突袭一样，有惊无险。

太白星坠，绯红的火光逐渐退去，一切暂时又恢复了平静。

潘克安排妥当之后，马上来到军营的一角，向韩朗禀报。

却见韩朗早就负手站在自己帐前，半眯的星眸似乎穿透了这份嘈杂，根本无视混乱。他的帐子早就设在营地的一角，远离沼气，林落音的箭支就算再厉害，火势再猛烈，也烧不着他们。

“王爷，对方的突袭日趋频繁，可见林落音已经快沉不住气了。”

韩朗眸光流转，阴霾一闪而过，冷笑着道：“他怕下雨，我却在等雨。”

潘克低头，铁盔下隐隐散出杀气：“王爷，精甲军早已准备妥当，随时候命，回敬林落音。”

韩朗颔首，正要说话，却听得身后脚步声响起，回头就瞧见大汗淋漓的华容，他摆手让潘克退下，迈步走到华容跟前，递上一杯凉茶：“你不好奇？”

“华容相信王爷。”华容对外依旧装哑巴，比画着手势。

“来吧，猜我军意欲何为？猜对了有赏。”韩朗大笑着，狡猾地诱惑着眼前人。

天已经亮透，日光灼灼。

华容咧嘴笑笑，抬起眼睛，双手挥动着：“潘元帅返京匆忙，军中没有足够的军粮……这次精兵是要抢粮？”

韩朗得意地摇摇头：“精兵不过百余，哪里运得了那么多粮食。”

“莫非是去烧粮，弄得双方旗鼓相当？”华容继续道。

“华容的身体不好，脑子也跟着变笨了。夏日烧军粮，岂不是笑话！如今哪里会没东西吃？”最近华容总是冒虚汗，体温却很低，韩朗不是不知道。

华容收起扇子，无比遗憾地耸耸肩，笑容也随之褪去，摇摇头不猜了，谁知刚想转身，却被韩朗在身后喊住：“提示一句，我要他知道何为有气无力。”

华容眼波灵活，脚步回转，毫不迟疑地极轻地道：“毁盐？”

蜻蜓一路低飞，空气中都透着黏稠的湿意。

次日傍晚，果然下起了瓢泼大雨。

帐内。

韩朗和华容举棋对弈，战事焦灼，白子被黑子团团围住，看似受困。

韩朗沉吟许久，盯着他的脸。

“王爷忘了，棋不厌诈。”华容含笑，大胆回望，毫不犹豫地落下一子，战局陡转。

帐外。

大雨无情地倾泼而下，突然一道电闪如链，撕破苍穹，鞭策天地。

精甲军潜行穿过沼泽，一出沼泽，突然举旗，佯装突围，浑厚的马蹄下泥花飞溅，谁知还没入对方的营门，已经被箭雨吞没了。

领头的战马扑通一声跪倒在地，人马顷刻间插满利箭。

炮声中，后面有一骑兵已经冲到了前面，将快倾倒的军旗再次高举，大声齐喝：“军规第一条，闻鼓进，听金止，旗举不得倒。违令者，斩！”

处于军营中心的林落音，很快听到了动静，他立即奔出帐，大雨劈头盖脸地落下，几乎砸得人睁不开眼睛。

“禀元帅，敌军闯营，放火想烧军粮。”

“这种雨天烧粮？”林落音皱眉，明知道有诈，却没明白对方葫芦里装的是什么药。

风雨里血腥的味道越来越浓了，营门内外已冲得没有血色的尸体慢慢堆积了起来。

“元帅，不好了！盐……被水浸了。”一个士兵飞奔来报，当空一声雷鸣，几乎掩盖了他说的话，可林落音还是听得真真切切。

“还愣着做什么？救盐啊。”林落音咆哮着发号施令。

可等林落音赶到时，已经太迟了，军中的盐已经完全被浸透，和着泥水河沙，完全融化，捞都捞不起来。

林落音双手抓起一把泥，水无情地从指缝流出。他不甘心，急中生智扯倒军旗，浸在泥水里，却还是无力回天。

如今乍雨时晴，天气闷热，明显已经过了沿海晒盐的最佳时间。而盐井所在地，又都在韩朗掌控的后方。

无论怎样，远水已救不了近渴。

满身中箭，垂死的精甲军头领倒在地上，扫了林落音一眼，用尽最后一口气大笑道：“吾终不辱使命，这辈子值了！”他的战马在一旁声声哀鸣。

林落音顿时觉得胸闷，眼前混沌一片，却又好似能见那厢韩朗伸手接着雨水，侧头莞尔。

翌日，一夜的大雨终于停歇，太阳虽没出来，天气却依旧闷热。

人不动，都会不停地冒汗。

赢得一场胜利，韩朗倒没显露骄傲的情绪，只不动声色地询问潘克下一步的意见。

“王爷，林落音现在一定在气头上，现在是老虎屁股摸不得，不如再磨上几日，他们没盐，自然退军，到时我们再追击也不嫌迟。”

韩朗托着腮冷哼道：“他什么时候成虎了？不过要收拾他，当然不急。凭他的个性，也是退军时殿后的命。说不准还想偷袭伏击，扳回一局呢。潘克，等到他们退到下坡的山道，给我直接用山里的巨石，滚坡开路，逼他就范！”

“是。”

韩朗露出笑容，这类猫抓老鼠的游戏，向来是他的大爱。反正一个快没了粮，一个已经没了盐，这仗打得真有意思。朝朗扳扳指头，估计自己一定能在秋天杀回京师。可一想起京城，他又皱了皱眉：“潘克，月氏国边境婆夷桥的事情，你可看仔细了？”

“绝对不会错。”

“如此说来，京畿果然有内奸。不知流年留在京城调查，情况怎么样了。”韩朗皱着眉又陷入沉思。

五日后，中招后的林落音无奈，只能拔营退兵。

潘克见势立即下令，改变阵形，呈弦月形，落日前全军出沼泽，不紧不慢地逐步收拢、压近。

多日无盐，林落音手下的将士，在酷日的折腾下逐渐没了力气，看着饭都没任何胃口。

必须等到援军，林落音咬着牙。

军队出了徊风谷，他才察觉到出谷后山势的陡变，这时高空中几只秃鹫盘旋着飞过。

“咚，咚，咚！”三声炮响。

脚下砾石剧烈震动，林落音勒住战马，别过马头，要来的终于来了：“准备迎战！”

可惜他等来的不是杀过来的潘克的大军，而是黑乎乎的、庞大的山石，趁着地势，压着崎岖的山路，滚落下来。

战马嘶鸣，列好的阵形骤然被打乱。

站在前头反应比较慢的几个，还来不及呼救逃命，就已经被大石碾过，残肢血肉溅开。

林落音纵马上前，枪头斜探地，紧闭眼睛双臂发力一挑，这块两人高的巨石，被他硬生生地挑开，“咚”地一下滚落到山道的另一侧。

马腿发颤，他长吁了一口气，枪尖支地，谁知刚一抬头，第二块巨石已经到了。

“你们先撤！”林落音大吼着命令道，持枪再挑！

第二块巨石也滚开了。

大军狼狈地往前，林落音果然如韩朗所料，一个人断后，想要独自将巨石挑开。

这时，林落音只觉得眼前略微发黑，喉间涌起一股股甜腻，一道血箭突然从口中喷出。

潘克军队中的步兵拿着刀剑敲击盾牌，有节奏地逐渐逼近。韩朗得意地跟着，亲自下令军士斩断缚着山石的粗绳，推巨石滚下山道。

“禀王爷，林落音卸了铠甲，放跑了战马，小的看他快不行了。”

“他还活着？”

“是。”手下小心翼翼地回复。

韩朗无话，都推下六块大石头了，怎么还没碾死他？他瞟了一眼身边正乱扇风的华容，突然笑着建议：“咱们瞧瞧林落音去。”

崎岖的山道间。

单枪撑住巨石的人，浑身浴血；脚下踩着的泥地，也不规则的龟裂散开。

林落音！他赶走了已经累得不行的战马，卸下了盔甲，他已经没有气力多撑哪怕一分重量。他的双手因为力量透支，不停地发抖。虎口裂开，皮肉都翻了过来，鲜血蜿蜒，顺着枪杆而下，滴落入土。

潘克的军队杀到，并没有出手，只策着马一步步围拢过来。

林落音咬着牙再次拔枪。银色的长枪，在天际划出一道流星，凛然之气直冲云霄。

带血的枪尖卷风来袭，带着寒森森的煞气，此刻的林落音，仿佛是苍穹间的利器，锐不可当。明明是一个人断后，竟然让人有百万雄师跟随其后的错觉。

精锐正准备催马迎击，韩朗叫了停，打了个哈欠，冷冷地来了一句：“直接开炮，轰他上天。”

“王爷说过林落音是个将才，杀了可惜。”华容终于比画手势道。

“他是将才，就该反我？”韩朗睨了华容一眼，反问。

“人有失手，马有漏蹄，华容愿意再替他作保。”

“我若不肯呢？”韩朗说。

华容没回答，翻身下马，朝着林落音那个方向走去。

“你敢过去，我马上开炮！”

华容径直迈步，丝毫没有回头的打算。韩朗恼怒地夺过手下的火把，当下点燃了铁炮的引信。

信绳“滋滋”发声，华容就像聋子一样，什么也没听到，不当回事。

眼看这火炮的引信即将燃尽，韩朗下马冲过去，伸出右手，一下掐灭了火头。

“王爷。”几名将军急忙唤道。

华容这才转回了身，躬身而拜，算是谢他不杀之恩。

韩朗冷笑，一把推开相扶之人，将被引信灼伤的右手扬起：“华容，你不用得意，要饶林落音没那么容易，今天我伤了哪只手，就得用他的哪只手来抵！”

华容也不客气，站在那厢缓缓施礼，动手回答：“悉听遵命。”

交代完毕，华容拂袖要走，却被韩朗追上来拎上马。

马上的韩朗露出诡秘的笑容，声音也变得低沉：“我反悔了，你回来吧。”

华容深吸一口气，视线半垂，掩住含着心事的眸光，缓缓地打开扇子轻摇：“王爷究竟想怎样？”

韩朗的眼波流动，露出浓浓的戾气：“要么留他的手，要么留他的命。”

第三十六章

江山剑荡

雨又开始落下，林落音还在原地站着，枪尖支地，视线横扫众人，丝毫不畏惧。

身后的大军已经撤去，狭长的徊风谷谷底，如今就只余下他断后，一个人应对潘克的千军万马。包围圈正在缩小，最里圈的那些人刚刚被他斩杀，很凑巧，刚刚好二十人整。外圈的人见状难免胆寒，上前的步子一时停住，握刀的手在颤抖。

力竭之虎也是虎，光凭他一个人断后、单枪挑石的胆气，已经足以让人感到畏惧。

徊风谷此刻无风，气氛凝滞。

林落音还是那个姿势，只是被雨水裹住了眼睛，目光不再凌厉。

韩朗打了个哈欠，有些不耐烦，他从华容的手里接过雨伞，居然穿过人群，一步步朝林落音走去。

潘克大惊，连忙策马跟上，还没来得及阻止，那厢韩朗已经站到了林落音跟前，站定，露出了他招牌式地带着玩味的表情。

“林将军，我敬你神勇，现在恩准你倒下。”这句话他说得极轻，伸出的那根手指也毫无力道，只是轻轻推向林落音额头。

这时风声大作，林落音没有抬枪，居然被他这根手指推中，喷出一口鲜血，人轰然倒地。林落音早已力竭，方才用枪尖支地立身不倒，就已经是他最后的气力。

“收队回营。”韩朗这时高声叫道，伸了个懒腰，回身，上马。

“敢问王爷，林落音要如何处置？”

潘克问这句话的时候，韩朗正在帐内斜躺着，华容坐在一旁，神色郁结。

“华公子，你说该怎么处置？”停顿了一会儿之后他问道，瞥向华容。

华容耷拉着脸，慢慢动手：“王爷，我敬重林将军，和敬重王爷一样。”

“我问你该怎么处置。”

“王爷圣明，王爷说了算。”

“我现在问的是你。”

“那就依王爷说的，废了他的……右手。”华容的这个手势比画得沉重，缓慢。

“右手？因为他使的是左手剑？”韩朗将眉一挑，“背叛我的下场不过如此？好，我依你，就仁慈一回。只不过这手……该由谁来废？”

华容愣住，慢慢吐气，盯着韩朗。

“我。”最终他比画道，食指微挑，指向了自己心口处。

雨停，日出，夏日的骄阳是能把人的热血灼干的。

林落音睁开双眼，抬眼望了望天，又望了望身周，大致明白自己此时的状况。

这是在潘克的军营，他如今赤着上身，被绑在一个十字木桩上，正在被烈日灼烤。

胸腔、虎口……全身没有一处不痛，他活过来了，不像当日在徊风谷，一口气已经杀到麻木，濒死。他还是觉得有些虚飘，看不清远处，只听到周遭有些喧哗，有一个人在他的正前方，正一步步走近。

等走得近了，林落音才看清那是华容，还是穿着一身绿衣，前胸被汗微微浸湿。

他想说话，却发觉喉咙干涩，也实在是不知道该说什么好。

而华容更是一路沉默着，走到他跟前，先将他右手的绳索解了，然后迎光，将手上的长剑一分分出鞘。

就时间和距离而言，都足够林落音夺下华容手里的长剑，拿下他作为人质脱身。

可是林木头就是林木头，从始至终就只会看着华容，抿着干裂渗血的嘴巴，问道：“别来无恙？”

华容差点想呕血，再无法可想，只得将剑身侧过，搁上了他的右肩。

这一次木头开窍，终于说了句明白话：“韩朗派你来杀我？”

华容不答，只是一味地看他。

林落音黯然，点点头，过了半晌才道：“我知道你的意思，我适合江湖，不适合党争。可无论江湖庙堂，我问心无愧……”

这句话搁在平时他断不会讲，这时候说了出来，想必是料定自己必死无疑。

华容于是叹气，将剑高举，对着他的右臂，迎光斩下一道弧线。

林落音到这时方才明白，眼里终于露出惧色，急忙说道：“你该明白的，我不怕死，可是我不想做个四肢不全的废人！”

华容的动作稍缓。

“如果你还念你我之间的情义，就违逆你家王爷一次，赏我个痛快！”这一句已经带了哀求。

华容再次将剑抬高，看了看眼前的人，还是无话。

手起剑落，林落音的右臂被生生斩断，鲜血喷涌而出，溅了华容满脸。

出乎韩朗的意料，华容竟没有吐血。

来的时候韩太傅很有兴致，跟他下注一千两，似笑非笑地道："我赌你会吐血。"

一千两，韩太傅这次又输了！华容冷笑着，慢慢将脸上的鲜血抹干，回身，一步步离场。

大雨才歇，屎壳郎出洞，很是幸运地寻到了一只牛粪球，兴高采烈地往前推着。

韩朗弯着腰，看它运粪球运了许久，兴致大发，寻来一根树枝，将粪球插在了地上。

可怜的屎壳郎君顿时乱了阵脚，忙上忙下地围着粪球打转，却怎么也推不动。

韩朗看得心花怒放，听见身后流云来报，连忙招呼他蹲下同乐。

流云只好蹲下，一边陪看一边回话："华容已经将林落音胳膊砍了，没吐血。"

韩朗翻了个白眼，骂了一句："你就憋着吧！打碎牙往肚子里咽，自己受内伤，可怨不得旁人！"

一旁的流云不敢回话，只是蹲在原处，有些怅然若失。

韩朗于是侧头问他："要是华贵也学他的主子，当着众人的面违逆你，你会不会也和我一样，给他个教训。"

流云的表情讪讪的，过了一会儿才回答："小的不比王爷，小的没有志气，知己相称，只盼他平安喜乐，至于他违不违逆我，并不打紧。"

韩朗愣了一下，大笑起来："的确，我和你不好比。我要是变得虚怀若谷，怕是天下人都不习惯。"

流云沉默着。

"平安喜乐……"过了一会儿韩朗开始念叨这四个字，"这么说，你果然是因他没了志向，好端端地想要隐退。"

"不是。"那厢流云摇头，"小的只是觉得……有些累，想过些平庸的日子。"

"有他没他你都要离开？没差别？"

"差别有，只是退隐后的日子快活不快活而已。"

"要是他已经死了呢？"

"他不会死！"流云这句话回答得执拗，完全失去平日的矜持、镇定。

韩朗一愣。

身后这时来人，送来一封书信，流云拆开，看出是流年的笔迹，连忙回禀韩朗："圣上已经宣布退位，由大公子继承大统！还有……流年还说，他已经查出了内奸，这个人最近的动作也不小。"

"老子是顶天立地的一条汉子，要想从老子的嘴里套话，没门！"被人捉住，做了阶下囚之后，华贵的嗓门还是一如既往的大。

一旁的莫折信觉得稀奇，拿鞭子去挑他的下巴："你有什么话可套？我干吗要套你的话，我就不能直接把你剁巴剁巴喂狗？"

华贵双腿打摆子，抖得格外厉害，嘴巴却一刻也不肯讨饶："我不怕你！老子有独门绝技，老子一点也不怕你！"说完，双眼一翻，立刻直挺挺地晕了过去。

没错，独门秘技就是晕倒，晕倒后老子睡大觉，还怕你个球。

莫折信"哼"了一声，拿水来泼，也泼不醒他，折腾好一会儿才决定不玩了，拍拍巴掌出门，也不知道冲谁翻起白眼："什么叫误了大好前程！我看这个华贵挺好，我偏留着他，偏不遂你的愿，老子怕你个球！"

皇城隐约可见，远远在两里开外，莫折信却奉命不得再进半步。

一旁的副将有些牢骚："国公还是对咱们有所提防，始终不让咱们进皇城半步。"

莫折信微笑着，不予置评，只问："城外战况如何？没了林落音，咱们的人还能扛多久？"

副将弯腰答道："目前的形势似乎对潘克有利。但我方人数毕竟占绝对优势，潘克那边又缺粮草，只要能撑过这阵子，问题应该不大。"

"没盐无首，能撑多久？"

"是，所以等皇城这边事情稍定，国公肯定会派我们出兵增援。"

"皇城……这边，事情也该定了吧？"莫折信闻言眯了眯眼睛，伸手勒住马缰。

果然，不多久，皇城内的消息已经传来。

皇帝已经下旨，传位于韩焉，而所有反对的声音也都已经被韩焉亲手掐灭。

这个天下，如今已经姓韩。

"那先皇呢？"表示完忠诚和祝贺之后，莫折信又补充了一句，"现在天下不定，皇上最好要善待……先皇。"

天蓝雅帝周怀靖，如今已带了个先字。这世事的确难料。

来人顿首："先皇还居住在悠哉殿。这个将军不用担心，皇上有话，要将军领兵分两路，一路去城外支援，一路仍驻守皇城。"

莫折信表示遵命，那个人才离去。

副将在马上跃跃欲试地请命："要不就由属下领兵，去城外会一会潘克和韩太傅？"

莫折信沉默不语，似乎还在等候什么消息。

不一会儿，果然有人策马来报，说是有封书信要呈给将军。

信封打开，露出第一个字，莫折信就认出那是流年的笔迹。他等候的消息已到。

"跟我回去，如何分兵，我要详细布置。"最终他一勒马缰，在马上朗声发话。

消夜吃了十八个糯米糍之后，老王爷心满意足地在床上打嗝。

一旁的周真十万个不情愿地替他揉着肚子，撇着嘴："现在时局大乱，人人都急着巴结新主子。爹，你可好，又装病。装病就装病，还拉我来陪您，您葫芦里到底卖的什么药？"

"我不卖什么药。韩焉也不会是咱们的新主子。这天下的新主子，很快就会是你，我的真儿。"

老王爷翻身坐起来，手仍巴住肚皮，不过目光却不再呆滞，拨云见日，射出一道厉光。

周真愣住，下巴险些脱臼。

老王爷笑笑，下床。

韩焉、韩朗生死一战已在所难免，两败俱伤是必然的结果。

月氏大军在边疆蓄势待发。

而他自己囤在城外百里枢机城内的精兵也已经万事俱备。

月氏国苦寒、干旱，屡屡冒险来犯，倒也不是有什么狼子野心，只不过是想要些丰美的土地来养活他的子民。

这就是他和月氏的交易。月氏助他夺得大位，他便割三洲十城肥美的土地作为回报。

箭已在弦，蓄势待发，他离他的目标已经越来越近。

"你什么也不必明白，真儿。"想到这里，他伸直腰，伸手握了个空拳，仿似那些峥嵘、辉煌的过去又被握在掌心，让他重新感到意气风发，"你只需要等待，接下为父替你准备好的江山。"

同一时候，皇城大乱。一直清闲的莫折信终于派上用场。

一些韩朗的余党挥舞旗帜想要杀出城去，与韩朗、潘克会合。

不过是些乌合之众，不出两个时辰，莫折信就已经平乱，将人悉数拿下。

而出城前去增援的副将这时也已赶到城外，一杆莫字大旗随风猎猎招展，眼见就要和林落音的队伍会合。

得知这个消息时，韩朗正把手贴在华容的脉门，很是用心地数了一会儿。

"我觉得你不正常，哪有人心跳得这么慢。"听了一会儿之后他说道，拿手去推华容。

华容醒过来，眯着眼睛："王爷又打什么主意？"

话音未散，帐门却已经被人掀起，潘克亲自来报，只有几个字："那边援兵已到。"

韩朗微微停顿了一下，微笑着道："等我。很快我便回转，告诉你我打了什么主意。"

说完这句话之后韩朗才起身，披袍子穿战甲，就这么脚迈方步，出了门。

第三十七章

弹丸藏后

累尸成丘，血洗平原，草随着风如浪般波动，空气中夹带着浓浓的血腥气。

莫折信垂头猛咳嗽，人已经完全放松，开始信马由缰。

劲风猎猎，将他身后的长麾如翅翼般展开，其上绣的白狼图腾随风而动，栩栩如生。

莫折信，白狼一只，爱出奇兵，打仗不讲“道义”二字。水战，他射杀船夫；陆战，他押着俘虏当盾牌、挡箭雨。

阳光穿透云层，射下一束束的光，逆风中莫折信下马。

身后，有伤者挣扎着起身：“你是援兵，为何屠杀我们？”

莫折信回头，却见到一张被血污得看不清模样的脸。反正不认得，他亮剑，不紧不慢地补上了那么一下，直接送人归西。

当剑身没入那个人的胸口时，他才冷漠地开口：“败将残兵，已经可耻，你们竟然连元帅都敢弃，留着何用？全都该死！”

抽出剑时，突然听到远处号角吹起，干戈震动大地，身旁的坐骑闻声踏蹄，扬脖嘶鸣，催他上马。

“咳，咳。”莫折信踩住死者的头，利用尸首上的头发将剑身的血渍抹净。

来的果然是韩朗这支“叛”军。

两军对阵。

莫折信复又上马，摘下枪遥遥指着：“韩朗，你的人头，又升值了。”

韩朗一骑当先，咧嘴大笑：“我就在这里，要人头，你来呀。”

平原再战，两败俱伤。

“熬”杀到入夜，终于收了兵。韩朗生擒莫折信，算是险胜。

事实证明，莫折信是相当难缠的敌手，而——

有他助力是相当锦上添花的。

韩朗的军帐中。

"蜡制箭头、厮杀演习、中箭装死这类窝囊仗，也只有你这么个爱看热闹的人才想得出。"莫折信一边咳嗽，一边拔出卡进鳞甲缝隙中的箭支。

韩朗懒懒地道："莫折大将军，蜡不便宜。"而且他事先还命人烘烤过，保证箭头遇甲就粘。

莫折信正要开口，却见自己的儿子流年木着脸进帐禀报："装死的将士已经回营，林落音败军的旌旗也已经收好了，战场已经布置成与帐中那位将军厮杀的惨烈样了。"

韩朗得意地点头，连声称好。

流年垂首再报："只是，现下怕是尸体的数量不够多。"

"那就碎尸。"莫折信眼弯如新月，"或斩或劈，随意。一分二，二分四，残臂断脚分散着放置就成。"

"是。"流年恭敬地出帐，目不斜视。

"韩焉已坐稳龙廷，你我汇合兵力足可以直捣黄龙，做什么还演这出戏？"简直是画蛇添足。

韩朗支颐，望着自己的影子拗造型："我都如此深情地演绎了，自然有人爱看得要'死'！"

让士兵装死沙场，就是隐藏自己的实力。都说螳螂捕蝉，黄雀在后。如果这只螳螂会玩弹弓，情况又会怎样呢？

"然后呢？"莫折信问。

"你宁死不屈，收押入牢。林落音倒戈。"

莫折信翻着白眼，站起身，长揖道："王爷真给面子，凡事都想做到天衣无缝。"

"就算老天有了缝，我也自然能想办法给它补上。"韩朗自信满满地道。

"那你命我抓华贵，又是想补哪条缝？不怕你那位亲信门生知道？"

韩朗沉思后，眼睛一眯："华贵的事情，我会重新打算。至于华容，我想，他早就猜到了。"

"韩大人，当心走火入魔。"

"好说。"这难道不是很有趣吗？他走的每一步，华容都能做出相应的反应，或献宝，或装傻。虽然他也能猜出华容知道多少，却无法预料华容会做出什么反应。

就好似一条路，他走得过快，一直自傲没人能跟上。可如此太久之后，才觉察到原来身边什么都没有，这让他不得不放慢脚步去等。忽然有那么一天，他回头，居然发现有人不紧不慢地追了上来，是那位当受则受，当辞则辞的华公子。

莫折信兵败，韩朗险胜的消息很快传到京城。

金銮殿上，韩焉面不改色，只淡淡地追问了下韩朗行军的速度。得到了答案，他又沉默片刻，旋即展露笑容，将话题转到秋收后的耕作上。然后，再无他事，直接宣布退朝。

左右大臣交头接耳，议论纷纷，满殿喧嚣。

而一直心虚的周真却缩在角落里，同样的疑惑盘踞于心，却无心多问，最后只郁闷地叹口长气，甩袖撇下众人，径直回府。

谁知人刚入府，便听门卫禀告，老王爷来了。

周真心头又是一紧，闷头进门，绕过长长的九曲亭廊，一抬眼就见到老王爷半坐半躺地在湖中的凉亭里纳凉，黄豆大的汗珠沿着横肉直落，人倒显得悠闲自在，哼着小曲，闭目养神，肥手还不时地摸着自己那随时能向外喷油的肚子。

“父王。”周真遣退下人后，躬身。

老王爷睁开眼睛，乐呵呵地追问韩焉的动向。原来，他早就从派出的侦察骑兵那里得到了确切的消息。两败俱伤，血染草原，他就是在等着这个结果。

“韩焉没什么举措，倒是自从莫折信出征之后，宫里宫外就一直没有圣上的消息，朝野内外已经传言，他已经惨遭韩焉的毒手，不在人世了。”

“那太好了，弑君之名由韩焉一杆挑，一旦推倒他，皇朝复辟，你就是做皇帝不二的人选。”老王爷满脸赤红，兴奋异常地踱步抹汗，“我……我这就给月氏国消息，告诉他们时机成熟，要他们尽早发兵。”

周真一听，皱着眉迟疑地跪下，仰起脸：“爹，就此罢手吧！这皇位，孩儿不要。”

“你说什么？”老王爷突然肚子上顶，差点来个鱼跃龙门式的跳跃。

“卖国求来的权贵，孩儿宁可不要！”衣袖下，周真暗自手握成拳，微陷的眼窝里目光逐渐放亮。

“啪！”一记响亮的耳光。

“蠢话！”老王爷全身的肉开始晃动，“难道你要将这大好江山拱手让给他韩家不成？”

“我……韩焉是该死，但是我也不愿意帮月氏！”

老王爷退后几步，逐渐压住怒火，语气恢复亲切：“罢了！那我们先看着韩家兄弟自相残杀，等有了皇上生死的确切消息，再做打算，如何？”

周真抿着嘴唇，半晌后终于点头：“是。”

光阴飞逝，芳菲渐落。韩朗的队伍越来越逼近京师，但韩朗面色却一天比一天难看。

原因之一，是粮草。

一场假仗，使得外人看来韩朗虽损兵折将，却并无粮草之忧；而实际上营里的士兵有增无减，虽说他已得了林落音和莫折信两路军粮，却因为缺乏后备粮草的供给，而成了一大隐患。更令韩朗感到郁闷的是，自己实行速战，一路打来却只得城不得粮，韩焉早已先他一步秋收，征了粮。

其二，为军心。

军营不知道什么时候谣言四起，说小皇帝早已驾崩，韩焉为稳国安邦，全力对付月氏，才扛下重任，密不发丧。其他不论，就从士兵的角度看来，这场仗就算打赢了，也没了他们拥戴的皇帝，没了皇帝就等于没了犒赏，这仗打赢了又有何用?

而且现下，韩焉成了为国为民，忍辱负重的圣贤，他韩朗却变得师出无名了！

“没有圣上的消息，你们都死在外面，别回来了！”韩朗大吼，第一千零一次掀桌。派出去的探子都是窝囊废，回来只会摇头摊手！

帐内跪倒一片，叩头不止：“王爷息怒。”

“滚出去！滚！”

一眨眼的工夫，营帐内外的草包立即退了个干净，只剩下站在一边为韩朗徐徐扇风的华容。

“韩焉在等我入京……”韩朗揉着眉心，怏怏不快地道。

白痴都知道那是龙潭虎穴，可若不去……

华容听后，“唰”地一下收起扇子，嘴角上扬，朗声道：“王爷，您忘了还有我。”

韩朗托着腮，目光闪烁，喜上眉梢地追问：“你打算怎么帮我？”

华容也迎合地露齿一乐，摇一摇手指：“我决定每日少吃一顿。”

帐内十分安静，华容打开扇子扇风，帐外秋虫清鸣，仅此而已。

许久，身旁的人开始发声，仿佛在笑，最独特的是，语气还能略含磨牙的节奏：“放屁！你每天才喝几碗稀粥，就算一天不吃，也省不了多少粮食！”

华容听后忙低头拨弄手指，沉默了好一会儿后，最终抬起涨红的脸对韩朗道：“禀韩大人，我努力了，屁实在是放不出。华贵不在身边，没人炒豆子给我吃，所以您怨不得我。”

“你……不用时时提那个大嗓门。”韩朗着急，过去扯着他的耳朵，前后乱摇，“我现在要你假扮逃出城的皇上，借此稳定军心。”

华容半张着嘴，会意后旋即赞叹：“王爷，高招啊！”

韩朗眯着眼睛瞪回去，骂一句：“人装聪明你装傻，好，你就装吧！”突然一愣，扯住华容的领口，问道，“你到底想说什么？”

“王爷的要求，可是让我提前上任啊……”华容仰着头看帐顶，效仿诗人抒发情怀的姿态，“提前啊……”

“不是迟早要代替你哥哥，楚二公子？这次全当是练习！”

“可之前所有的事，都该王爷自行解决吧。”

“条件！”

“吾很贵。”华容斜睨着他。

“华容，你说这世上钱与命哪个重要？”

“钱就是命。”华容对答如流。

“我说要你选，你就得选。”韩朗松开手，后退半步，盯紧华容，示意二人坦诚相见，“你要命还是要钱？”

华容妥协，无奈地回答：“要钱没有，要命……”说到此处，他眼波一转，无奈地一叹，“也没有。”

“银票王爷看着给。至于命……我家贵人的命，也请王爷留着。”隔了一会儿之后，华容又低声道，额头落下一滴热汗。

“很好！”韩朗得到答案后，眉眼带笑，施施然地坐了回去。

“楚二公子，我记得林将军的残臂我还没处理掉。”

华容的呼吸开始平复，他抬眼。

韩朗阴森森地一笑：“我记得第一次听你说话，说的就是《封神榜》。不如今天我们也效仿一下，喂林落音吃自己胳膊上的肉，看他是不是圣贤。顺带咱们再打个赌，他是吃还是不吃？”

在韩朗的手下当差主要讲究两个字——效率。

此时，白煮的肉汤就已经放到了林落音的眼前，正冒着热气。

可惜沦为阶下囚的林落音却不合作，咬紧了牙关就是不肯喝。

不喝就灌。

“请吃夜宵，还犯脾气？”兵卒东张西望，想要找个合适的家伙，撬开他的牙缝，躬身正寻着，冷不防身体被人拎起来，甩出几丈开外，顿时倒地不起。

林落音闻声抬起头，困惑不已。

“对不住，我的嗓子不好，不能豪情地说‘住手’二字。”

跟前的莫折信慢条斯理地关上木栅栏门，端详了一下林落音的伤势，用筷子拨弄着锅里的肉：“为什么不吃东西？我还指望你的伤势赶快好，对杀一次过过瘾。”

说到伤势，林落音抿着嘴唇，闭着眼睛，不想搭理他。

莫折信对此报以冷笑，撂下筷子就对着林落音的腹部猛揍几拳。林落音张嘴吐出一口鲜血。

“你少一条胳膊，叫林落音；少两条胳膊，也叫林落音；你的四肢全没了，只要还有一口气，还是叫林落音。而林落音，就是伤我儿子流年的那位，我就不会对你客气。”莫折信别有深意地微笑。

“流年是你的……”

“虽然我的儿子多的是，也不缺他一个叫我爹，但儿子总归是我的儿子。都说打狗也要看主人，他败在你的手上，这多少让我不舒服。”莫折信看着地上的血迹，摊手耸肩。

“你想杀就杀。”林落音闷着头，反正他早就不想活了。

莫折信从腰间摸出酒囊，拔了木塞，自己灌了一大口，将囊口递到林落音的嘴边：“我生性好战，有仗打就浑身舒坦。我等你的伤好，咱们来个马上论英雄。”

林落音迟疑着，最后还是喝了一口酒。黑重的铁盔下，莫折信的脸显得异常白皙干净，带着无比自信的笑容，这才是从军者的骄傲。

迷茫中的莫折信已经为林落音松了绑：“你自己再好好想想，当初你从戎到底为了什么？”

莫折信复命时，韩朗正在营边遛马。

“他答应了？”韩朗问。

“差不多。”林落音是个人才，韩朗原本就不想动他。

“你可真能唬人，不过也只有林木头这样的，才相信自己的肉会被人煮着吃。”

“就是忒傻！这么热的天，他也不想想，废胳膊能保存几天！”华容就不会上当。

“你是不是打赌又输了。以后你打赌前，知会我一声，我开外盘，准赚。”莫折信不客气地点穿他。

韩朗瞪了莫折信一眼，甩袖潇洒地走人：“装手的石灰盒，我交给华容自己处理去了。”

“哦？”莫折信不以为意。

“攻打京城还要过太行山，潘克应该要和你讨论这一天堑屏障的事。”太行山大小七个道口，虚虚实实地进攻，总能得手。

韩朗摇摇头，指点山河：“绕开太行，正面进攻。”

韩焉以为韩朗为稳定军心，必然抄近路，必将翻越太行山。韩朗将计就计，只放旗手摇旗，穿梭于太行山中。

趁韩焉调兵而动的时候，韩朗杀到京城外，兵临城下。

两个月的围城，终于让韩焉的气焰殆尽。韩朗终于下令，全军准备，次日发起总攻。

启明星亮，将士们个个精神抖擞，进帐待命。

入帐前，流云叫住流年：“最后围剿韩焉，我会主动请缨，流年，你别与我争。”

流年错愕间，只见流云一手折断箭支。远处的烽火照着两个人的脸庞，忽明忽暗。

第三十八章

郎朗山河

两个月的围城，粮草用尽，人心动摇，路到尽头，就连金銮宝殿似乎也不复昔日辉煌。

大厦将倾，这声响人人都能听见，所以早朝也不再是早朝。

空荡荡的大殿，臣不再是臣，君也不再是君。

已经三日不眠不休的韩焉红着眼睛，将龙椅拍了又拍："周怀靖明明在我手里，老二那里又哪来的皇帝？哪来的圣上亲自犒赏三军？"

一旁跟着的还是昔日的管家，到这时还是一如既往地低头："据说那个假皇帝不曾露面，只是隔着纱帐发话，但是军中有曾经上过大殿的将士，听那个声音，还真是……"

"真是！莫非这世上还有第二个楚陌不成？"

管家噤声。

大殿内秋日半斜，过了许久，才有太监急匆匆地来报，惶恐的声音打破寂静。

"启禀圣上，攻城号已经吹响，他们……开始攻城了！"

厮杀三日，城破，秋日染血，落地一片鲜红。韩焉领兵退至皇城中。皇家朱门高逾十丈，但却关不住门外潮水一般杀来的将士。

外城，内城，韬光殿，纳储阁……一层又一层的防线被破，韩焉听到厮杀声越来越近，转瞬就已到眼前。

自家将士杀到只剩三人，而身周敌人如麻，一圈又一圈地叠着，是如何也数不清、数不尽。

到这时这刻，韩焉只能握紧手里的寒枪。隔着一层又一层的人墙，他隐约看见了韩朗。韩朗的表情似笑非笑，他能看见那里面的讥诮。

几乎是不自觉地，他已经将枪举起，右手的衣袖鼓荡，所有真气都积聚在了掌心。

是时候了断了，这三十余年恨多爱少的兄弟之情！

韩焉的那杆长枪被他单手甩脱，穿破人墙呼啸着来到跟前时，韩朗甚至还没看清它是如何出手的。

做兄弟三十余年，这是第一次，他真正见识到了韩焉的实力。

十丈之内，他韩焉要取人性命，那是千军万马也阻止不得。

韩朗苦笑着，根本无力抵抗，只好眼睁睁地看那枪尖直奔面门而来。

锐气撕破长风，一寸开外还直指他的眉心，等真到了眼前，也是擦着头顶，在他的发际划下深深的一道血痕，最终“哐”的一声刺进红墙。

远处人潮涌动，他依稀看见韩焉举起了双手，声音穿过人墙，无比清晰：“我束手就擒，但要韩朗亲自绑我。”

流云闻言连忙错身，上前一步挡在韩朗的身前。

韩朗冷笑着，将额头的鲜血抹了，这才将手搭上流云的肩头，说道：“你让开，他并不想杀我。我十岁时就百步穿杨的大哥，如果真的有心，就绝不会失了一丝一毫准头。”

皇宫内外掘地三尺，却仍然没有周怀靖和楚陌的踪迹。

韩朗只好下到天牢，去拜会韩焉。

牢房里光线昏暗，被喂了软骨散的韩焉只能斜靠在墙头。

韩朗走近，命人架起了一座红泥小炉，在上头不紧不慢地温酒。

酒香慢慢四散，韩焉也慢慢直起腰，看着韩朗，眯着眼睛：“不过仲秋你就要温酒来喝，怎么，肠胃差到如此地步了吗？”

韩朗不答，只是低头，等那酒半开了才倒一杯，送到韩焉手里：“我记得肠胃不好的是你，你从小就总是胃疼。”说完，又自斟一杯，举高，“你是我大哥，小时候待我亲善，这点我没忘记。但你也该知道，这一次，我不会再饶你。”

“我知道。”

“如果你告诉我怀靖的下落，我便赐你荣光一死，死后进我韩家陵园，还做韩家子孙。”

“如果我不呢？”

“不说你也要死，不过死法不同，死后赤身裸体，鞭尸三日，供全城人取乐。”

韩焉沉默下来，一口将杯酒饮尽。

“那我能不能知道，你缺粮短草，到底是如何赢的我？”停顿片刻之后他又问道。

韩朗身体前倾，替他将酒满上：“其实论武功文采，你都在我之上。至于谋略，你我也不相上下，可是你知不知道，为什么一次又一次，我都能赢你？”

“为什么？”

“因为我风流。”韩朗一笑，干脆就地半卧，一双长腿伸直，“跟你的人敬你、怕你，随时可能背叛你。可跟我的人却是爱我、恨我，这一辈子都脱不了我的掌心。”

“你指潘克？他……”

“我指莫折信。”

“莫折信？”

“是，莫折信。”韩朗慢慢眯起眼睛，“你可知道我和他是如何相识的？可知道他生性荒唐，和我是如何臭味相投的？”

“那流年呢？你抢了他的儿子，这也是做给外人瞧的戏？”

“没有这出戏，你会相信他有可能背叛我？”

“尚香院里，他严词拒绝帮你，也是特地做给我看的一出戏？”

“没有这出戏，你怎么会留他在京城，将林落音送上门来，夹在潘克和他中间？”

“那前日莫折信领兵领粮前去支援，最后全军覆没，这也是一出戏？”

“没有这出戏，我的粮草何来？又怎能引得那勾搭月氏的奸细蠢蠢欲动？”

韩焉再次沉默下来，这一次沉默了许久。

韩朗仰头，也一口将杯中酒饮尽，又提起酒壶，朝韩焉一举：“怎么不喝？朝廷里有奸细，你很惊讶异吗？想不想知道他是谁？”

“不想知道。”隔了许久韩焉才回答，“这个已经不重要了。以你今日的胆略智谋，这一切都不再重要。”

“那就干了这杯酒。”韩朗将酒杯高举，“你既然输得心服口服，就告诉我怀靖和楚陌的下落，咱们兄弟好聚好散。”

韩焉应声举杯，然而动作却极缓，仿佛这一杯水酒有千斤之重。

“你去我府里的书房，书房里有个秘阁，里面有我特制的响箭。将这枚响箭放了，我的人自然就会放人。”最终韩焉还是开口，将酒举到唇边，一饮而尽。

黑漆漆不见半点光线的房间，连风也透不进来一丝。

小皇帝和楚陌促膝而坐，晨昏颠倒，已经不知道被关了几天几夜。

就在绝望达到顶峰的时候，门吱呀一响，秋风裹着斜阳，突然间就全涌了进来。不是送饭时候开的那个小口，这一次是门户大开。

两个人连忙站起来。

楚陌欢呼着：“国公果然守诺，想必现在局势已定，来还我自由了！”

小皇帝则是愣愣的，还未开口，就已经滴了泪，只是喃喃着道：“韩朗，韩朗，你终于……终于还是没有放弃我！”

天牢，韩朗亲手端来毒酒。

韩焉蹒跚着起身，走到一步开外抬头，直接问道："响箭你放了？"

"放了，现在我在等消息，只要一有他们的消息，你立刻可以快活地一死。"

"不会有消息了。"

"你说什么？"

"我说不会有消息了。"韩焉突然高声，长发后扬，一把抓住韩朗的手腕，内力如浪潮般往他的身体里输送。

"永远不会再有消息，那支响箭，就是灭口的信号。"韩焉说道，声音却越来越低。

只不过片刻的工夫，他已将毕生内力逆流，全部渡给了韩朗。

韩朗的双手失控，那一杯鸩酒落地，立刻在地面开出一朵暗红色的花。

有那么一瞬间，韩朗不能理解眼下的状况。

按照他对韩焉的理解，死后尸身示众，不能下葬韩家陵园，这绝对是一个极有力的威胁。

一向以韩家的家长自居，并将自己当神的韩焉，当然会在意死后的荣光。

而且按照韩焉为人，那句话也绝对不是玩笑。

他说人死了，那就是决计没有活路。

死了。

怀靖死了，那这天下怎么办？楚陌死了，那华容怎么办？

一瞬间的不解之后就是狂浪一般的怒意，他将右臂抬起，五指张开，不费吹灰之力就将韩焉顶上了后墙，将他的颈骨卡得咯咯作响，一边咬牙切齿，一边字字着力地道："你当我不忍还是不敢？你真以为我不会把你裸身曝尸吗？"

刚刚输完内力的韩焉气息微弱，但仍睥睨着他，语气刚硬："周怀靖本来该死，自始至终，我一点没错！"

"叛国弑君，你还敢说你没错？"

"韩焉、韩朗，韩家哪个儿郎不比他周怀靖强上百倍！你自己想想，早十年如果是你来坐江山，不用分心来扶这摊烂泥，我大玄朝的土地，哪会轮到它月氏蛮夷来犯！"

"篡位就是篡位！我韩家几代辅佐皇帝，你难道不怕百年声名毁在你的手上！"

韩焉沉默下来，片刻之后似笑非笑，那眉眼像极了韩朗："声名？我浪荡不羁的二弟，你几时转了性，开始在乎别人说些什么？"

韩朗停顿了一下，五指松开了些。

韩焉又继续前倾，说道："你不肯做皇帝，是因为不愿被捆绑，要继续过你的浪荡日子，对不对？"

"做皇帝有什么意思？全天下都是你的，不能受贿，不能贪污，远不如你这个散漫的太傅好玩，是不是？”之后韩焉又补充了一句。

韩朗慢慢垂头。在这世上，最了解他的人，还是他这个爱少恨多的大哥。

身后这时响起细碎、急促的脚步声，是流云，他走到韩朗身侧附耳道："王爷，大事不好。"

韩朗极缓慢地回过身，深吸了一口气，这才发问："是他们……死了吗？你亲眼看见了尸身？"

流云立刻跪倒在地。态度已经表明一切，不可能再有奇迹了。

韩朗又深吸一口气，长长的一口气，从胸腔到喉咙口，渐渐升腾起一股甜腥。

而咫尺之外的韩焉靠着墙，就这么慢慢地看着他，唇角勾起一个弧度。

沉默在斗室内流动，像把钝刀，割着三个人的神经。

韩朗慢慢摇晃着转身，等和韩焉面对面了，这才将一口血吐出，长长地喷在韩焉的身上。

"我知道你想什么。"韩朗笑道，到此时此刻，反而恢复了一贯的轻蔑和浪荡，"你想让我做皇帝，做你没能做完的事。"

韩焉也笑起来："还记得小时候，我和你争一块大饼吗？现在也是一样，这江山就好比一块大饼，如果能够争到，我当然自己落肚。可如果自己没希望了，第二个选择，就是给你。"

"可是我没有兴趣。"韩朗将手摊开，步步退后，"再者你也看见了，我又吐血了，就算你将内力给了我，我也活不过明年，你的算盘，最终还是会落空。"

韩焉继续冷笑着，将凌乱的衣角仔细掸平，这才继续说道："只可惜这世上的事未必都如人意，有的时候你也没得选择。"

韩朗停住脚步："我说我不会做这个皇帝！你应该知道，若我不愿意，上天入地，就是天王老子也不能勉强我。"

"那我们再来赌一把。"韩焉最终叹了口气，"第一，我赌你会做这个皇帝。第二，我赌你心心念念的知己不过是场幻影。"

这个局没人应，那厢韩朗早已走到门口，扬起一根食指，只说一句："他的命是你的了，流云。"

流云的腰间配着一把刀，吹毛断发的弯刀。

韩焉如今就正看着这把刀，淡淡地道："我现在告诉你，你的姐姐随云是怎么死的。她是甘愿引颈，被我一刀割断血脉而死的。"

流云拔出了刀："我和你公平地比试，我没有内力，你服了软骨散，咱们只比招式。"

韩焉侧头："那如果我说，我其实对你姐姐并非假意，你可会心软，饶了我？"

流云怒极，低喝一声，弯刀在半空中华光一闪，一个转瞬就已割到韩焉的脖颈处，在那上面划下一道长痕。

韩焉叹了口气，面色如常，只是伸手上来按住伤口，说道："现在你大仇将报，就再耽搁片刻，听我说三句话。"

"你就算说破天去，我也不会饶你！"

"你以为我真的怕死？"那厢韩焉抬头，眼里发出一道锐光，五指渐渐捂不住伤口，指缝间鲜血涌出。

流云愣住。

"第一句，'将离'的解药在老王爷那里。我知道我告诉了你，你就算拼死也会寻到。"这句说完鲜血已将韩焉的上半身浸透。

"第二句，你告诉他，他只管将我挫骨扬灰，曝尸荒野。来日这天下都冠我韩姓，天上浮云、地下哀草都是属于我韩家所有，山河郎朗，哪一方哪一寸不是我韩家后院，无论葬身哪里，我都是韩氏子孙，入的也是我韩氏土地！"

话说到这里，流云已经侧目，抬头，在等他的第三句。

"第三句……"韩焉停顿了一下，身子坐正，另一只手将衣衫缓缓抚平，目光虽然开始涣散，但姿态仍像个脚踏天下的帝王。

"我没错。我是败了，但是从始至终，我没错。"这句话说完之后，他将手放开，那一腔鲜血顿时染红他的衣袍鞋袜，也染红这三十余年为人兄弟的岁月，最终在一尺开外凝滞。

从牢房出来，流云发现韩朗坐在台阶上，外头的秋日虽然尤烈，但却似乎照不见他的脸孔。

流云知趣，缓步上前，在他的身后垂手而立。

长久的沉默之后，韩朗终于伸出一只手，懒洋洋地道："你拉我一把，我没力气。"

流云连忙扶韩朗起身。

"你会不会觉得孤单？"上一步台阶后，韩朗说话，回头看自己的影子。

韩大死了，他自然孤单，老宅的繁华仍在，如今天地朗阔，却只余他一人。

流云没有说话。

韩朗于是又上一步，轻声道："你会不会觉得害怕？"

这一次流云抬起了头。

"你从没见过我害怕，是吗？"韩朗停住脚步，一只手去扶额头，"可是现在我就在害怕。韩大死了，韩二只是觉得孤单。可是楚大死了，我却害怕。因为楚二还在等我的消息，我很害怕，我该怎么告诉他，这个绷着他的最后一根弦，断了。"

第三十九章

冰山易倒

日头将落，靠在夕阳旁的云彩，半明半暗。

瑟瑟风起，丹枫满庭。

胖胖的老王爷窝在软软的棉榻上，双手环着自己的大肚子，闷乐。等到了，他终于等到了，等到了坐山观虎斗的这一刻。不，不是等，这是他创造的，是他亲手创造了这个翻天覆地的机会!

想到这里，老王爷举起了自己肥粗的双手，小眼睛放光，仔细端详着。

一山难容二虎，所以他好心地为韩家说话，巧妙地留下另外一只猛虎。是他献计让皇后给韩朗下毒，再予以重用；是他说服先皇留藏韩朗要求赐死皇后的奏折，并辗转地把这事告诉了韩焉。他长舒一口气，计划并不周详，可自己的运气却惊人的好，终于等到韩家两兄弟势均力敌，两虎相斗，两败俱伤，是出手收网的时候了。用心的人能渔翁得利，也是理所应当的事。

螳螂捕蝉，黄雀在后。他已经派自己的亲兵秘密入城，伺机而动。而此时城外十里更是藏着他从枢机城调来的上万将士，只等着内外夹击，偷袭围剿，打韩朗一个措手不及!

为求万无一失，他还瞒着自己的那个傻儿子，将消息传到了月氏，要他们立刻发兵骚扰边境。

相信不久……

他露出笑容，将手后枕，仰面又舒舒服服地躺下。自己龙袍加身，已不再是梦。

银月东升的那一刻，德岚寺莫名地敲响了第一声禅钟，一声紧跟着一声，前前后后共响了十八声，声声凄哀悲切。

当第十八声钟响的余音消散之际，老王爷的书房门突然被踢开。

假寐的王爷，打了一个激灵，从棉榻上蹿起来：“发生了什么事？”

流年站在门前：“我家主子来了，特地命我来通报一声。”

老王爷无辜地眨眨闪着精光的小豆眼，向流年的身后望去——

门外庭院内二十多个骑兵全端坐在马上，同色甲胄，个个英姿挺拔。为首那员大将胯下的黑马，相当不逊地侧头喘着粗气，乌亮的长鬃潇洒地垂在一边。

凉风横啸，乌云穿过树梢，遮住了月光，寂静中裹住凛凛杀气。

而这个马上的战将，正是传言中已被拘禁的莫折信。

老王爷的心猛地一抽，目光闪烁着，嘴上带着笑："你说，谁要找我？"

"请王爷移步客厅说话！"流年当着他的面，冷冷地沉肘撤腕，缓缓地抽出了腰中的长剑。剑刃森然，没带丝毫温度。

未进大厅，老王爷就见到韩朗已经站在门前等候了。

乌云缓缓移动，月光照耀下来，一切逐渐变得清朗。

厅外的廊下，几十名战士穿着铮铮铁甲，左右分开，排列整齐，四周隐隐散发出摄人心魄的血腥味。

见到老狐狸那身能跟着脚步一抖一抖的肥肉，韩朗照常恭敬地施礼："王爷可好？"

老王爷开始摸肚子："很好很好，最近吃得很饱，只是便秘总是不好，放屁臭得慌。"

韩朗轻轻叹口气，面露无奈之色，半垂的眼睛将双眸的凶光深深地掩住，待他抬眸，平静地向两旁扫视了一下。

铁甲兵一齐解下系在腰间的皮袋子，将其中的物件随手抛到老王爷跟前。

"骨碌碌"一阵子，是一颗颗血淋淋的人头。老王爷的目光开始凝滞不动。

"王爷，我的手下笨拙，肆意地杀人，这血都玷污了他们的脸，您老人家是不是不好认？您放心，您派出去的潜入京城的各部将领首级几乎都在，应该一个都不少。"韩朗适当停顿一下，冷笑着看着老王爷轰然坐地，肥手哆哆嗦嗦地藏进广袖，人却仍然昂起头看自己，"当然，令郎周真不在此列，他在厅里——"

老王爷顺着韩朗的手指望去，是活的，周真的嘴上勒着布条，颈上架着数把雪亮的钢刀，衣袍残破，团团渗血，脸上挂着彩，人站着大厅正中。

活着！老王爷把绿豆眼一眯，手缩进袖子中，抿着嘴唇不吭一声。

韩朗又露出了似笑非笑的玩味的表情："你是不是还想着你在城外的上万士兵？"

老王爷连忙眨眨眼睛，表示不明白、不理解。

韩朗抬了抬手，命人抬来一张凳子，施施然地坐下："方才你瞧见莫折信，可有点心惊？他不是应该和我对战，两败俱伤了吗？"

老王爷突然抬起了头。

"如果我告诉你，莫折信从始至终都是我的人，我和他根本没有对阵，战场上的那些个死人都是假的，您能不能明白？"

老王爷的双眼渐渐眯紧，胸口急速起伏着，脸色开始转灰。

当日韩朗和莫折信做的那场两败俱伤的戏，正是给眼前这位老王爷瞧的。

他在城内细细观察，觉得韩朗围城已经用上了全部兵力，绝对无暇分心，老王爷这才将自己的兵力从枢机城调出，囤在皇城十里之外。

韩朗苦苦等候，等的便是这一刻。

在攻城的同时，莫折信早领兵暗抄，将老王爷终于现形的实力灭了个干净。

鏖战数日，在韩朗兵败的前五天，老王爷的兵马便已悉数饮血，死在了莫折信的旗下。

双线齐收，韩朗这一次胜得彻底。

只可怜这位昔日风光无限的老王爷还蒙在鼓里，一心一意地在做他的皇袍梦。

“是我败了。”弄清楚状况后的老王爷终于叹气，将身子站直，丝毫不畏惧地看着韩朗，“我的命你拿去，但你必须留下我的真儿。”

韩朗大笑着将周真嘴上的布条扯断：“听听您儿子的遗言吧。”

“韩朗，我已经将月氏安插在城里的探子杀了，看在这份功劳的面子上，你放了我爹，我的命你尽管拿去就是！”这是周真开口说的第一句话。

“通敌卖国，滔天之罪，怎么可能功过相抵？”韩朗好笑地扫了他们父子一眼。言毕便双目微沉，突然出手，扣住周真的咽喉狠狠地一捏，捏得他的喉咙咯咯作响。

老王爷连忙快步上前：“你要明白，我要你留下真儿，自然是有值得交换的筹码！”

韩朗笑了一声：“‘将离’的解药，是吗？用我的性命换你儿子的性命，这个交易倒也值得。”

老王爷立刻长嘘了口气。

“可惜的是，本王心情不好，根本不想跟您做这个交易。”沉默片刻之后韩朗却道，五指收紧，笑意越来越浓。

周真昂着头，甚至没来得及看自己的父亲最后一眼，颈骨便被韩朗捏得粉碎，就此咽下了他在人世间的最后一口气。

老王爷双眼赤红，险些滴出血来，颤抖了许久这才高声道：“韩朗，你是真的不想要‘将离’的解药，不想活了吗？”

“您以为，我会为了一瓶不见影子的解药，来受您的牵制？”韩朗又笑了一声，退后一步坐下，长腿架起来，斜着眼睛看他，“再者说了，不活便不活。千金难买我愿意，您管不着。”

“很好，很好，很好！”王爷勉强立起身，一步步地后退，喘着气，“‘将离’的确有解药，而解药就在这里。”他气喘吁吁地抬手一指，韩朗顺着看过去，残灯如豆，随风乱晃。

“糟了，主子！”流云、流年齐声惊呼！

韩朗忙扭头一看，而那个老狐狸已经飞快地取出袖子中的解药，拔了瓶塞，昂头饮下。

流年飞奔而至，挺剑就刺，流云抬手发出暗器数枚，可惜都已经迟了。老王爷即使中招，也咬紧牙关，拼下最后一口气，吞了解药。

“我今日吃得很饱，你不妨将我剖腹，吃干净我胃里的残渣，兴许还能解将离之毒哦。”死前，他也学韩朗，似笑非笑，老动作，将双手扶上了肚皮。

韩朗当着他的面捏死他的真儿，毁灭了他所有的希望，那他便也带着韩朗活命的希望去死，这一死便也不冤。

韩朗摇摇头，看着那堆肥肉冒着血，吩咐道：“周真按大礼安葬，这摊烂肉扔街上喂狗吧。”

流年近身轻唤：“主子。”

韩朗微笑着轻声问：“其他事都安排好了？”

流年低着头回话：“皇上和楚陌的尸体，都已经安置在德岚寺中。”

韩朗颔首：“暂时密不发丧，一定要封锁消息。”

“是。”

“该进宫见楚二公子了，已经拖不了了。”韩朗收住笑容，缓缓地吐出一句。

“流年，你去再叫住持敲禅钟，依然是十八次。”

“是！”

韩朗走进悠哉殿时，禅钟正好响了十八声。殿上的灯火安静地烧着，冒着烟。

华容正慢条斯理地收拾楚陌的衣服，整整齐齐地收拾、叠放好。在他看来，哥哥就快要自由了。而这份自由来之不易，自然是高兴得无与伦比。

韩朗的心在扑通扑通地乱跳，呼吸极度不畅。华容在等的结果，却是一个要命的结果，一个他又非说不可的结果。

终于，华容听到脚步声，起身望向韩朗。

韩朗竭力抬高下巴，声音却依旧压得极低：“华容，楚陌……他死了！我没救成……”

华容一呆，旋即后退几步，试探着道：“韩太傅又想甩什么高招？”

韩朗谨慎地迈步，一点点靠近，一点再近一点：“不是玩笑，不是计谋，楚陌真的死了，和皇上一同上的路。”

没有撒谎，一点都没有。华容的眼睛发直，隐隐上扬的嘴角瞬间僵化。自己太了解韩朗了，真的是太了解了。所以，他万分清楚、明白地知道，韩朗说的是——

真的！

华容再也问不出一个字，人就像一只绝望的野兽，扑到韩朗的颈间，一口便咬上了他的动脉。

“华容……”韩朗本能地侧身避开要害，很不确定地低声唤道。

华容还是狠狠地一口咬了下去，鲜血涌进他的喉咙，甜腥扑鼻，却仍不能让他解恨。

血珠逐渐成串，落地溅开成花。秋风吹入，残灯灭，血色里银月如钩。

十数年前的那一幕在脑海中回荡。

那夜，满地都是鲜血，滴滴血汇聚成滩，映着冷月。

他一家老少都因为眼前的人丧命，楚陌也在最后时刻仰头，迎风重重的一记，保全了他的自由和性命。

如今，楚陌已死，绷着他人生的最后那根弦已断，哪还有什么值得留恋的？

几乎是不知不觉间，他已经松口，将头高扬。一滴血沿着华容嘴角滴落，血滴落地，月碎！

风声从耳际滑过，华容突然向前冲，拼死向韩朗撞去，用的不只是平生气力，还有这十几年隐忍在心中的屈辱和怨愤。

额头撞上额头，那一刻他不曾犹豫。角度、姿势浑似楚陌当日。唯一不同的是心念和力道。当日楚陌那一撞是想让他生。今日，他却是要韩朗死！

要眼前的这个人和自己同死，以血相见，证明自己从未原谅和忘却。陪眼前这位所谓的“主公”韩太傅去死，这已是自己莫大的仁慈。

相撞的那一瞬，韩朗已经看出华容的想法，他再次后仰，避开要害。

血花迸开！两个人都撞破了额头。

韩朗伸出双手，死死地困住华容。失去理智的华容如盲目的野兽，韩朗居然知道他想什么。正因为知道，所以韩朗几乎想立刻捏死华容，这可是第一次见韩朗如此——

“你……找死！”一招见效。

仿佛惊雷轰醒华容，他突然睁开眼睛，气愤地、死死地盯着韩朗，两个人的血模糊了视线，瞳仁里却清晰地映出彼此的人影。

“我……哪里错了？”韩朗低声再辩。哪里错了？皇帝变成哑巴，他好不容易找到一个同样“声音”的人，将知情的人灭口，他从头到尾，没认为自己有什么错。

华容突然一笑，双眼却已无焦点：“太傅，你对我的尸体说吧！”刚说完，就一口鲜血喷在韩朗的脸上。

韩朗在华容倒地前将他接住，此时，却听到流年在门外大声禀报：“主子，边境急报，月氏再次起兵了！”

眼睫毛上的血珠凝结，韩朗的眼睛只能微撑着，呆望着昏迷的华容良久之后，他才从嘴里吐出一口浑浊之气。

烦死了！

他不要了，也不想管了，想怎么死，都随意吧！

“皇帝虽已复位，却受惊过度，必须出宫休养。休养期间，所有奏折一概不得呈上！”韩朗硬吞下喉咙口的腥甜，一字一句清晰地下令道。

然后，他又低头苦笑着看着华容的脸，华容的额头还渗着血，伤口不深。

“你啊，你啊！”韩朗紧盯着华容，“三天吧。咱们就这样耗着，三天内，你死，我就死。三天后，你如果还活着，我就放了你；或者，算你饶了我……”

天塌地陷吧！他韩朗，就想看热闹。

之后的三天，宫门紧闭，仿佛与世隔绝。

宫门内外的人都十分焦急，谩骂声一片，可韩大爷潇洒，充耳不闻。

三天，华容整整昏迷了三天，无药无医，却一直吊着口气。

韩朗摇头，是命也，运也。

华容的生命好似永远如此顽强。

出宫那天，韩朗亲自为华容用了药，包扎好伤口，还万分恶毒地捏捏他的脸：“好歹相识一场，你居然连句临别赠言都没有。”

华容昏睡着。

“你再不说，我就下令杀掉华贵喽。”

华容还是昏睡着。

“真的不说吗？万一我有一天无事可做，难免会想……”

华容依然昏睡着。

韩朗眯着眼笑着看地砖：“你啊，你啊！”

回避开众人的视线，韩朗扶着身穿龙袍的华容，进入了龙辇。

“太傅，宫门外，大臣求见。”一旁经验老到的老宦官忙使着眼色，逼身边的小太监跪地禀报，“大人们都已经在外面跪了一整天了。”

韩朗挑眉，揉着鼻子：“你们愣着做什么？还不快送皇上出宫？”

龙辇一路颠簸。华公子奇迹般地被冻醒了。

他茫茫然地瞅着四周，又摸摸穿在身上的龙袍，眸光流转，只见自己的扇子被搁在身旁，一时间也弄不清缘由。

“月氏犯境，请皇上即刻下旨出兵讨伐！”龙辇外清脆的一声，华容的心头一惊，是林落音的声音，“臣恳请皇上留步！”

龙辇终于停下，内侍隔着帘子迟疑地回禀：“皇上，林将军跪在道前，挡住了去路。”

华容“嗯”了一声。

“是臣该死，知皇上病重，可树倒巢倾，望皇上三思！”林落音再次抢着道。

华容虚弱地伸出手，微挑帘角望去，只见林落音垂首跪地，官服右臂处空荡荡的。

他突然有种想笑的冲动，鼻头却发酸，这个傻子连伏地参拜也一直像张紧绷的弓弦，林落音低着头，让自己瞧不到他的脸，但亦能想象出他的表情有多严肃。

“月氏又犯，为何朕从来不知？”华容的声音相当沙哑，心里已经万分明确自己扮演的角色。

“韩太傅因为陛下的病情，严令不得上奏！”

“那——林将军，你想怎样？”

“臣还是那句，我朝国土容不得外族践踏！臣自知有罪在前，此次请缨，愿意领兵浴血沙场！”林落音大声吼道。

额前冕旒晃动，华容摸着额头上的伤，发丝好似粘到了血：“如果就这么拒绝了你，就太不仁义了，林将军你说对不对？”

跪在辇外的林落音顿时愣住，仁义？这话又从何说起？

坐在辇内华容笑道：“朕的意思就是准奏了，只是朕还有一句话，望林将军记得。”

“臣洗耳恭听。”林落音眼角的余光偷窥，帘子那头的人影，似乎很熟悉。

“是铮铮男儿的话，就记得要活着回来……”

林落音连忙低头，声音似乎钉穿了大地：“臣遵旨。”

龙辇终于掉头缓行，周围的人似乎也都松了口气。

华容头靠着辇壁，慢慢将扇子展开：“落音，一定要记得活着回来，回来为我奔丧。”

扇面全开，扇面上“殿前欢”三个字清晰如昨日，华容露出笑容，眼眉弯弯地道：“韩太傅，这世上没有那么便宜的事！”

原先晴朗的天空黯淡了下来，刺眼的光芒也逐渐被浮云遮住，消失不见。

皇宫之上，风卷残叶。

韩朗掏耳，心里直怪韩焉，死前居然把几个刚毅、爱直谏的老臣招回来，给他添了如此大的麻烦。

“就你们这样的老骨头也想闯宫？”

“太傅，应尽忠劝皇上早日应战。”众位老臣俯首，毫不回避。

“我的心情不好，滚远些。”韩朗的表情提示得很明确：我乃疯狗一只，请各位珍惜生命，保持距离。

众人沉默了，其中一位老臣终于发怒，伸指大骂："你这是陷陛下于不义，他日地下必会遭祖先的责罚！"

韩朗的声音变得狠毒："滚！"

"我大好山河不能平白葬送在你们韩家的手中！"老臣再也按捺不住，掷笏在地，冲到韩朗面前。

韩家！又来扣帽子！

韩朗怒极，伸出一脚猛地踹在他的胸口，这位老臣立刻倒地，在众人做出反应前，已经血溅皇墙。

韩朗扬眉，扫视左右傻眼的大臣们，广袖一挥："你们，还有事要说吗？"

双方僵持不下，潘克却不知何时在人群中冒出了头，快步走到韩朗跟前，低声道，"太傅，莫折信抢了国库的存粮，已经擅自领兵出城了。"

"什么！"韩朗猛地惊醒，随即明白："你是做什么的？居然放任他去抢粮？"

这句话落地，无疑给了大臣们莫大的勇气，众人再次转向深宫铜门磕头跪拜："请皇上发兵！"

"恳请皇上发兵应战！"

韩朗冷笑着，听他们一声声如潮水般的呼叫。

突然，这呼声戛然而止，韩朗纳闷地扭头望去——

只见明黄色的龙辇缓缓而来，缓缓停住。龙辇内有人出声："准奏！"

第四十章

寸土不让

韩朗待在原地，黄叶枯飞，在风中凌乱，一片枯叶飘过他指间，他默默地并指夹住，若有所思地凝望着。

众臣终于醒悟，跪伏在地高呼“万岁。”声音不是很大，也不是很小。反正没惊动韩朗，他就那么很不合礼仪地傻站着，上面没意思质问，下面没胆子提醒。

日穿入云，最终只剩一道微弱的光投下来。辇顶上的描金祥龙，寒芒凛冽，仿若俯视世间的神。

辇内的华容有点脱力，单手抓紧扇柄，却尽量挺直腰背。这下反倒呼吸急促，脑子发热发晕，他索性扯了额头上的绷带，额头上的血慢慢滴落。

“啪嗒，啪嗒。”

华容无所谓地笑笑，眼眸弯成月，看着自己的血落上扇面，画出点点“梅瓣”。

“古有传说共工祝融争斗破天，祸殃苍生，但毕竟有女娲补天；今朝国事有如累卵，是朕没能想到的，所以，韩朗，我们补天吧。”又成了一朵，毫无悬念。

话音刚落地，韩朗的手指头一松，枯叶脱离他的控制，随风飘零。

“韩朗愿意亲自率军北伐。敬请君主宽心，这天，塌不了！”等他回过神，已撩袍跪地，信誓旦旦地道。

华容笑嘻嘻地擦去脸上快干涸的血渍，举着扇子欣赏：“听说韩太傅盔顶之缨，还未染红，胜利归来，朕亲自替你染红顶上的白缨。”

绽放在红梅间的“殿前欢”三个字，显得异常突兀，满鼻腥气，怎么看都是无法妥协的对立，永远——无法妥协！

“莫折信，快放我回去！否则我……我要绝食抗议啦！”发话的那个主儿声如雷鸣，张牙舞爪地在空中挥拳，然而一声很不识相的饱嗝，却从他的嘴里溜了出来。

莫折信一边咳嗽，一边看戏般地斜睨眼前那位——相当热血直肠的“白痴”贵人。

“我……要打好挨饿的基础！”华贵昂头，视死如归。

“很好，省粮了。”莫折信鼓掌，“多谢，多谢！”

“哼！”

莫折信向来不自讨没趣，负手退场，临行前淡淡地道：“听说援军已经出了京城，是韩朗掌印，亲自出征……”

华贵的耳郭居然如兔闻声般地动了一动。

“据说，流云请辞未成。所以，这次他照旧与流年一起，跟随韩大人。”

一阵轰然倒地的声音传来，原是华贵四脚朝天，豪迈地昏了过去。

莫折信转身，义正词严地道：“以后随军，华贵可以不带枷铐，但需要配合行军的速度！”

韩朗将暂时收殓皇帝殿堂的门推开，一室凄凉。

“不是不想救你，只是没来得及。”指间温热，棺木却依旧是冰凉，“等我凯旋之后，再想如何替你发丧吧。”

细想这话，韩朗又顿时觉得好笑。一个没了君主的山河，死保着何用？

可转眼——他又叹气，指腹慢慢抚摸棺木，华容口里的“韩朗”二字像一道符咒，搅得他的心不得安宁。

来而不往，非礼也。虽然他认定错不在己，但照顾华容的心情总没错的吧。

于是，他给在宫中的华容两封密函，一封为公，告诉他继续假扮皇帝该注意哪些。

韩朗莞尔，华容聪明，只要提点几处要点，他便绝对可以应付妥当。

而另一封则为私信，信里就三个字——“我错了”。够意思了吧！华容他爱看不看！

夜漏将尽，韩朗眼里露出犀利的光，果毅地迈出殿堂，很快没入黑夜之中。

“皇上！”跪地的太监又恭敬地向重帷呈上另一封信。回到宫廷的天子因为受到惊吓，重病卧床，不能见到光，不得吹到风。

“还有一封？”

“是，只是太傅叮嘱过这封信的内容，说纯属是私事，皇上不想看，就不用劳心去看。”

华容在帷帐后轻笑：“那就不看了。”

“这……”

“烧了吧。”他就不爱看！

不敢违背圣意的太监，领命下去。信很快被火舌吞噬，烧成灰烬。

“那边的火头不行，快加烧柴火。”大雪纷飞，兵甲都冻上了一层薄冰，岸上一堆堆篝火烈烈，火星噼啪四溅。将领大声呵斥着，指挥手下的士兵给柴火浇酥油，“快点，快！这河不能结冰！”

婆夷桥两岸，两军对垒数月。月氏是屡败屡战，得到的结果是屡战屡败，然后再战再败，如此循环。眼看着，月氏的士气逐渐步入低谷，谁知道，天气忽然骤冷，下起了大雪，河水开始有结冰的迹象。

月氏军队终于欢跃，只要河面结冰一结实，不用强攻过桥，就可以顺利地过河，掠他国疆土。

韩朗也不含糊，当即下令撒盐，减缓结冰的速度。

这仗打得好笑。唯一相同的做法是，双方都默契地节省着箭支，期待关键的一役。

雪越下越大，没有半分停的迹象，中军帐突然传令，不用刻意撒盐了。

大伙纳闷之余，有人大喜，猜道：“说不定，将领们有好办法了。”

他的话一呼百应：“那是，咱们莫折将军什么时候吃过败仗？”莫折信麾下的将士们率先重昂斗志！

“说得容易，你们看看对面这群野人，像打退堂鼓的样子吗？”有人反驳。

“男人嘛，保家卫国，理所当然！就算没办法，也要与他们死拼一场！老子至少先杀一个，这一世也算弄个本钱！”

大家越说越带劲，刚领命回来的流年远远地瞧了一眼，转头正见莫折信向他这边走来。他习惯性地准备回避。

“喂，你长得像你娘吧？”莫折信问道。

流年蹙眉，终于没躲，等他走近：“你什么意思？”

“不像我，自然像你娘。不过，我除了记得你是我儿子外，你娘的模样，我实在是记不得了。”莫折信见流年的脸色发青，又用低不可闻的声音，懊恼地补充了那么一句，“女人好像真的太多了。”

话音未落地，流年已经出手，可惜迟了一步，莫折信已经猫下腰，对着他的肚子猛送一拳。

“所以——你要有点出息，好好活着，才能让我时时记起你的脸，才能记起你娘的样子……”又是一拳，莫折信瞅着已经被打晕的流年，笑着道，“如此没用！那么，明日领兵到雪峰炸雪一事，就由我代劳，没你的份了。”

四更天时，终于雪停，河面已经冻结。两岸的杀气越来越重。

而莫折信的营盘，此刻只留下了一个人——正在梦游春秋的华贵。

冰层逐渐结厚，月氏国发兵猛攻。

“元帅令，死守河岸、桥头，不得上桥过江！”传令兵一路飞奔，手中的小旗迎风猎猎，

“死守河岸，不得恋战过桥！”

这时，自认彪悍第一的华贵，掀开了自己的眼皮，终于醒了。他不是被冻醒的，而是被吵醒的。

帐外擂鼓声震天，混着喊杀声，似乎永不停止。

华贵很快就发现负责看守他的守卫已经不见了，而远处厮杀声跌宕起伏，火光泼染着茫茫白雪，他明白，是对岸的人杀过来了！作为一个未来的大英雄、大豪杰，流云的好兄弟，他当然要保护流云，于是乎——他没有片刻的犹豫，开始埋头四处搜索。

半盏茶的工夫，一位头顶乌黑的铁锅，手捏带雪尖石的勇士，傲然伫立在天地间。

只见他双足生风，踏雪而来，那举手就能杀头猪的气概无形地向四周扩散开去！

逆风里，只听得他声声大喝：“流云，我来了，我会保护你的！流云！”

天，慢慢透亮。华贵先碰见的不是流云，而是正被几个敌兵围攻的流年。

“流年，流云人呢？”声如旱雷。

“……”几个敌兵当即被他的大嗓门吓了一跳，流年趁机出剑得手，敌人立刻倒地，颈项鲜血喷溅。

流年身上的血腥味凝重，喘气间他敛神斜睨华贵，奇怪道：“你怎么在这里？”

华贵摘下头上的铁锅，掂着石块挺腰大笑道：“我乃天将降……”

“临”字还没出口，华贵就见迎面射来一支弩箭。

流年手快，举剑将弩箭劈断，可惜箭支力劲，后半支断落，前半段锋尖不变，直奔华贵的眉心而去。

“当”！一支飞镖突然出现，硬生生地横截断弩的箭头，弩锋轻轻擦过华贵的额头，最终落地！

华贵呆呆地向飞镖的出处望去，几步开外——是流云。

华贵还愣着，流云已经冲到他的跟前，将自己的头盔摘下来，戴在华贵的头上。

流云紧闭了下双眼，又突然睁开，怒不可遏地训道：“你搞什么？给我戴好！”

“我……”多日不见，流云的脸色苍白。

“再摘头盔，你这辈子别想做英雄了！”

华贵被流云吼得一时无措，随即反射性地将自己手里的铁锅，套在流云的头上：“你也给我好好戴着！”

流年打量两个人几眼，拍拍流云的肩膀：“这里交给你了，我上山！”

“一起吧。”流云皱着眉，看看山势，做出决定。

三人一起赶到半山腰。

流云突然举起手臂，将路横拦：“等等，这里有些不对劲……”

“怎么？”华贵环顾四周。

“有人布了阵。”流云解释道，又见流年的面色凝重，“我想莫折将军他们已经入阵了。”

“这阵有多厉害？”流年皱着眉向前走了几步。

“死阵，相当棘手。”流云抬手，无畏地擦擦原本溅在脸上的血渍。

雪又开始落下，山间风急。

两军厮杀，到了黎明，走上河面冰上的月氏国士兵越来越多。

诱敌过江，倾巢来犯之策，使得这仗打得相当吃力。

“敌营的骑兵又冲过来了！”桥头的方向有人大声示警。

莫折信真慢！这个情况——好似有点不好玩了。

韩朗不再面无表情地观战，随意挑了一杆长枪，催马冲向前线，桥头岸沿。

敌兵溃退！

杀退一拨，后面又跟着一拨。几列盾牌在前，密密麻麻的弩箭，掩护着队伍呼啸而来。

韩朗抡枪格挡箭支！

河对岸的指挥将领突然指着韩朗的方向大吼，韩朗根本没听到说的是什么，也没必要知道！而桥面上那些持举着盾牌的敌兵，突然往左右一分，后面原本猫腰前进的兵士，当即跟进掷出绊马索！

韩朗没细想，本能地挺枪去拦，索线碰上枪杆，顺势缠住，绕上了枪头。

突然，胯下的战马中招，栽倒在地，韩朗也跟着跌落马下。

这一瞬间，敌方一员悍将已经冲杀到了韩朗的跟前，高高举刀，有力劈华山之势。

死亡高悬在韩朗的头顶，只差一寸，在将落未落的那一刻突然停住。

悍将忽然胸口连中三箭，迟疑地一个顿挫。韩朗抓住刀的锋刃，猛地往下一拉，把人拽下马！

血顺着虎口，滴下。

韩朗扫了眼后面——

正后方林落音左手横握弓背，屏气用牙齿咬着，拉开紧绷的弓弦，射箭松开弦，嘴边带出血迹。

第四支箭，穿风而来。

韩朗的眉头一动，抖落枪头索绳，转身扛枪在肩，率先送上一记。

枪头穿透敌将的咽喉。

“噗！”第四支箭，几乎同时射入敌将的咽喉！

再次击退敌军的进攻。

“你的箭法不怎么样啊！”韩朗讥笑道，“林将军，别先熬不住哦！”

林落音不理他，收弓，对着韩朗伸出拳头：“寸土不让！”

韩朗白了他一眼，也伸出一拳，与林落音在半空相遇对碰：“寸土不让！”

两拳震颤，指缝间滴落一串血珠。

死也不让！

莫折信的精兵确实入了死阵，虽然他们很快看出端倪，但为时已晚。莫折信下令将队伍分成几支，山下厮杀声震天，实在是没有磨蹭的工夫，必须拼死逐渐向山顶推进。

而在雪山上布下圈套的不是别人，正是老王爷麾下的死士。

韩朗本来就怕麻烦，一向好投机。老狐狸早就料到了这一层，早早地在雪峰上的山洞中，驻扎了军队。

虽说老王爷已经归西，但对军队而言，军令依然存在，他们必须遵守命令。

雪峰下风雪叫嚣着，四周却显得安静！老王爷的军队，伫立在阵外，严阵以待。

茫茫白雪里出现了一个小黑点，突兀异常的小黑点。

黑点逐渐扩大，速度不快，却也绝对不慢。

是人。还好只是一个人！可是，那个人有一双如夜狼的眸子。

风卷着血腥，一个比野兽更像野兽的男人——

走近了，他们才看清，这个男人的身上有几道伤痕，几乎都是深可见骨的重伤，手里的枪好似支撑着他全身的重量。

然而就是这个唯一的幸存者，却带给他们莫大的压力，透不过气来的压力。

“喂，你们今天都吃饱了没？”那个人扭动脖子问道。

“……”

“没吃饱的话，就很可惜了，因为我莫折信，是不介意送饿死鬼上路的！”话音刚落，莫折信已经动手，挺枪杀入。

鲜红的血液在雪地里大片大片地涂开。

“流云，抓我的那个莫折将军，就在那边！”华贵安然脱险后说的第一句话，就是——指控！

流云一愣，停住了脚步。流年倒没察觉出流云的异常，率先冲了过去。

莫折信见了流年，笑着指挥道：“你来得正好，我受伤的手下都在那边，你安排他们到山洞里去，避开雪崩。”

流年站在原地不动。

“发什么愣呢？”

谁都知道——再迟，怕是战局难以掌握。

山下的狼烟腾升，直冲云霄。

莫折信将自己的外氅摘下来，为流年系好：“告诉他们，如果我回不来，你就是他们该效忠的主子！”

流年将头一低，默默地跟在莫折信的身后，没有说话。

“你不想留下，我也有办法让你留下，所以别做那么没出息的决定。上吊蹬腿，跳河闭眼，这么简单的事，现在非常适合我，却不适合你！”莫折信头也不回地摆手道别，汩汩鲜血流下来，落在雪地之中。

“喂！”过了良久，流年发声，引莫折信回眸。

“莫折将军走好！”流年的双膝突然一屈，直直地跪在雪地中。

“不客气。”莫折信舌尖舔血，笑道。

流年跟着大笑，笑得非常大声。

追上来的华贵纳闷，一把揪起流年的衣领，怒斥道：“你还笑得出来？他这是去送死！”

“他那么高兴，我有什么理由不替他高兴！”流年笑得泪水几乎迸出，直在眼眶里打转，神情却显得非常自豪！

华贵迷茫地又转向流云，流云也跟着跪倒在地，敬畏地送莫折信离开。

“莫折信，我华英雄会帮你报仇的！”华贵在原地呆了好一会儿，突然大叫，信誓旦旦地道，“你放心吧。”

华贵是第一大嗓门，声音奇大，回荡在山谷中。莫折信听到后紧紧地皱眉，心里笑骂道：“华英雄，早日回家盖房买地过日子才是正经活！”

估摸好一段时间后，莫折信从容地点燃引信：“你月氏国不是缺水嘛，老子今天就在到地府报到前，积个德，喂你们喝个饱！”

死也要赢这一战！

“轰！”天地间一声悲鸣！白雪如瀑布般飞泻直下，银芒翻浪，一层高过一层。

雪崩了！冰雪狠命地压断千年古树，卷裹着山里的巨石，冲下山！

婆夷河面上的冰层怎么可能容下如此冲击？雪，如锋利的巨剑，将冰河从正中劈裂，一路冲刺，婆夷桥横腰斩断，声音震耳欲聋！

月氏军队顷刻坠河无数。

瞬间——胜负已定！

第四十一章

叹恨归难

月氏战败，暂时退兵，韩朗领兵凯旋，回朝的时候已近年关。

华容当然还在皇城内，还在那顶皇家床幔中，装他的皇帝。

韩朗领一行武将入殿，向他报捷，不可避免地要做些场面功夫。

结果华容在帐子里只说一句："好，这场仗打得好，林将军辛苦了，你留下，朕有话要说，别的人就先退下吧。"

韩朗的脸色立刻发青。

这飞雪连天，苦战三个月，辛苦的敢情就只有林将军一个人。

不用说，华容肯定是故意的。

可韩朗居然并不是很生气。

给他添堵，让他难堪，看来这就是华公子新寻到的人生乐趣，为此他甚至还有一点点欢喜。

孤身一人站在殿里，林落音有些发蒙，不知道眼前这位君上葫芦里卖的什么药。

等了许久，帐里才有动静，有只手伸了出来，说道："林将军辛苦，朕想赐你水酒一杯。"

帐外立刻有宫娥上前，将半满的杯盏递到他手上。

林落音怔忡着，在将喝未喝时听到殿外传来一声巨响。

是韩太傅，这会儿无处泄愤，居然伸腿将园子里一只几百斤重的铜鼎踢翻了。

殿里的宫娥、太监的表情集体一凛。

林落音赶忙抬手，将杯里水酒一饮而尽。

饮完之后满殿寂静。

端着酒杯的林落音满脸愕然，似乎是着了魔怔，居然"霍"的一声站起来，往前迟疑着迈了几步，伸出手，看这意思竟然是想揭开床幔。

殿外这时又有了动静，还是韩太傅，这一次不再踢东西，而是很斯文地在外头说道：“本王还有要事启奏圣上，望圣上准见。”

拿腔拿调地假装斯文，这说明韩太傅开始动真怒了。

帐子里闷热，华容缓缓打开折扇，抿着嘴唇说了一句：“那就请太傅进殿，林将军，你退下吧。”

屏退所有宫娥、太监后，韩朗这才伸手将床幔揭起来。

许久没见，华容气色尚好，似乎还胖了一点点。

韩朗于是一翻白眼：“不错，我在外面打仗，瘦得皮包骨头，华公子华青葱倒是胖了，很好很好。”

华容还是抿着嘴唇，将扇子有一搭没一搭地摇着：“那是，没有太傅早中晚一天三叨扰，烦心事少了，自然就能将养了嘛。”

韩朗笑了一声，慢慢凑近，仔细端详着：“很好，我现在回来了，你就不用将养了。”

华容还是摇着扇子，对他毫无反应地道：“怎么，太傅不问我方才留下林将军做了什么？”

“你方才留下他做了什么？”

“我赐了他一杯酒。”

“哦。”

“一杯毒酒。”

韩朗愣住，虽然明知道华容这句是扯谎，可仍忍不住脸色发绿。

殿内闭塞，一室暗沉中，韩朗后退几步，只沉默地站在榻前，他与华容之间，能听得到彼此沉重的呼吸声。

过了一会儿，华容又开口问道：“王爷说完了？不会吧，竟对我无话可说？”

韩朗深吸一口气，好不容易忍住不吐血当场，问道：“莫折信死了，你知不知道？”

“哦。”

“死前他还做了件好事，带流云、华贵上山，让人以为他们也被大雪埋了，一心想让他们几个人遁走。”

这句话终于让华容有了反应。

韩朗继续说道：“只可惜你家贵人是个呆子，在乱哄哄的战场上偏偏不逃，非要回京来瞧你，说是好歹要跟你说一声。”

华容慢慢坐了起来。

韩朗终于又露出了似笑非笑的表情，凑近道：“你这么聪明，应该能猜到，华贵是我让莫折信抓的。我对流云寄予厚望，当然不允许他就此萌生退意。”

“寄予厚望与和我家贵人结交，这并不矛盾。”

“这你就错了，坐在高位当断则断，自当用尽非常手段。华贵鼠目寸光，必定会影响流云的判断，心慈者不配谋国。”

“如此说来……”

“如此说来只有两条路。”韩朗接话，“一条是当我的弃子，放他二人退隐。还有一条……就是让流云断了解甲归田的不切实际的念想。”

这句话冰冷，并不亚于门外鹅毛飞雪，三尺冰凌。

华容仰脸，打开折扇，在那殿前欢三个字后面慢慢抬眼，问道：“那请问王爷，要怎样……您才肯赐我家贵人第一条路？”

世人有句俗语，叫作憨人多福，这句话一点没错。

任这一场风波如何卷天携地，华贵却没受到一点波及，依旧呆头呆脑的，嗓门如钟，认为自己和流云的行迹未曾暴露，神不知鬼不觉地来到了京城。

“你确定韩朗转了性，对我家主子很好，好吃好喝地把他养在老宅？”进京的时候华贵压低声音，一边说话一边饱嗝连天。

流云点了点头。进京前他曾收到一封书信，是韩朗亲笔所写，约他在老宅一见。行踪已经暴露，他已别无选择，所以也不告诉华贵这事，是生是死如今全听天意。

因此华贵至今仍是雀跃，在马车里向流云展示夜行衣，叽叽歪歪地道：“你看我穿这身帅不帅？你放心，见到主子以后我会跟他要些银票，他不给我就抢，反正不能后半辈子受穷。”

流云闻言点头，只好满腹心事地赔笑。

很快，老宅到了，大白天日头朗照，院子里也没有个人看守，华贵是白白地置了一身夜行衣，于是骂骂咧咧地进门。

院子里的情形华贵很是熟悉，一张躺椅，一块门板，上面分别晾着华容和银票。晒完自己晒银票，这一向是“华青葱”的独特爱好。

华贵上前，想不出该说什么，于是摇手，大喊了声：“喂！”

华容本来晒着太阳睡得很香，结果被他这一声吓醒，好半天眼珠子都不能转动。

“我回来了，主子。”华贵又继续大声道，拿起华容椅子边的茶壶就是一气牛饮，“你想不想我？”

华容愣了一下，慢吞吞地翻白眼：“我想你干什么？没你在我身边聒噪，我少说能多活十年。”

华贵听后一笑："主子，你能说话真好，声音也好听，这你还是得感激我。"到现在为止，他还以为华容出声是受了自己垂死的刺激，以功臣自诩，美得不亦乐乎。所以说，憨人有憨福，这句话一点不假。

华容脸色沉下来，说道："这些天你死哪里去了？我花十两银子买你，这么贵，你可倒好，连个招呼不打就人间蒸发！"

这一问问得好，华贵得到了机会，自然是添油加醋，描绘自己是如何英勇不屈，又如何智勇无双，从敌人的魔爪之下逃脱，然后千里迢迢地来和主子辞别。

"主子，我对你，那可算仁义无双了吧……"长篇大论之后华贵笑得越发谄媚，"那主子对我……"

"好吧，你仁我便义，你就跟流云走吧，赎身的银子我就不要了。"华容慷慨地挥手。

华贵的脸色立马绿了，眉头蹙成个八字："你个小气包子，跟你忙前忙后这么多年，不给点辛苦费？你留恁多银票干吗，糊窗户？"

"那好，再加十两生活费。"

"谁能比上我，要看主子作死来作死去这么多年，心灵受到这么大的摧残！"

"好，一百两。不能再加了，钱就是我的命，你再要就是要我的命！"

"哪有你这么做主子的？王爷富可敌国，你却这么小气，才给一百两！"

"又哪有你这么做奴才的？不跟主子依依惜别，却掐着主子的脖颈要钱！"

争到这里华贵就觉得有点理亏，眨了眨眼睛，确实有些不舍。

"那好吧……我们就……先依依惜别，然后再……要钱。"他吸吸鼻子，这才发现流云不见了。

"刚才你只管掐着我的脖子要钱，流云说去如厕，你也没听见。"躺在椅子上的华容摇了摇扇子，慢慢眯起眼睛，"你现在可以跟我依依惜别了，如果别得好，我就考虑再加点。反正韩太傅现在被我捏在手心，我是吃穿不愁，富贵等闲。"

雪霁初晴，韩朗的背影被阳光拉得老长。

流云低着头，在雪地上面缓缓跪下。

韩朗在原处，并不回头，声音冷冷地道："事到如今，你是不是还有话没跟我说？"

流云将头垂得更低，声音几不可闻："属下来向王爷请辞，请王爷恩准我和华贵归隐。"

"你跟着我，封侯拜将指日可待，我悉心扶助你，难道你就一点也不稀罕？"

"还请王爷体谅人各有志。"流云这时的声音已经更低。

"大声点！你有胆做，难道就没胆说？"

"还请王爷体谅人各有志！"流云突然抬头，目光灼灼，虽然有愧，但并无畏惧。

韩朗沉默着，终于回身在雪地落座，斜眼看他，过了许久才道："那要是我不许呢？"

流云不语。

"你是不是想说，你的命本来就是我的，如果我不许，就随我拿去？"

流云眼眶微热，不知道该说些什么，只好在雪地深深地埋首。

微风扑面，十数年主仆相随的岁月在沉默里一寸寸游走。

"你走吧。"到最后韩朗终于叹气，将手一抬，"记得以前在洛阳的那个宅子吗？我将那座宅子赐你。愿你得偿大志，一辈子平安喜乐。"

流云一愣。

"我突然这么体贴，你不习惯是吗？"韩朗又苦笑一声，拍拍屁股起身，"要不要我说一句很俗的台词，在我没改变主意之前，赶紧走人！"

流云于是在韩朗身后深深鞠躬："愿王爷此后万事遂心，和华公子得偿所愿。"

"我和他？"韩朗大笑一声，停住脚步，"如今我要靠拿华贵要挟，才能换他好颜相向。"

"杯酒举天向明月，陪君醉笑三千场……"到最后韩朗竟然一甩衣袖，斜着眼睛唱了句戏文，这才一声长笑离去。

华贵走了。没人聒噪，院子里果然安静。

华容在躺椅上躺了一会儿，看太阳慢慢西斜，又看韩朗慢慢走近，一言不发。

韩朗于是叹了口气，问道："贵人走了，你是不是很心疼？"

华容微笑着："的确很心疼，他把我的银票抢了个精光，还真不愧是杀猪人的后代，有做强盗的底子。"

"他爹是个杀猪的？"

"没错。他家是开杀猪菜馆的，爹杀猪，娘做菜，要不是碰上战乱，现在也是少东家，做不了大英雄，也是个富贵闲人"

风轻日斜，两个人相视而笑，难得的一派和煦。

华容感到有些疲倦，整个人往躺椅里缩了缩，问道："今天我可不可以不进宫？过一晚轻快日子？"

韩朗沉默不语，徘徊许久，最终转身离去。

老宅里只余华容一个人，韩朗没有派人盯梢。北风透着清爽，一下下地拍打着华容的脸颊，很快他就睡着了。

第四十二章

陪君醉笑

一觉醒来，外头已经入夜，华容缓缓睁开眼睛，脚冻得有点麻木，缓了好一阵子才有知觉。过了一会儿，他站起身，搓了搓同样麻木的手，这才出门朝西走去。目的地是已经被烧焦的抚宁王府，有些远，他走了约莫一个时辰才到。

看见林落音的那一刻，华容还是愣了一下，无论如何还是有些感触。他上前，不发声，拿扇子敲了一下林落音的肩头。

林落音猛地回头，从讶异到惊喜，再到怅然，脸上不知道换了多少种表情，这才犹豫着问道："你……你怎么会在这里？"

华容垂眼，将他的宝贝扇子打开，迎风摇了摇，不再比画手势，直接开口："为谁风露立中宵，林将军为什么大半夜地站在这里装立柱，是不是为了黄帐之内，当今圣上赏你的那杯酒？"

林落音呆住，脸上的表情已经不是讶异两个字能够形容的。

前天在悠哉殿，皇上赐了他一杯酒，这本来是一件再寻常不过的事情。可是那杯酒的味道不寻常，甘洌里还有清甜，带着兰花的香气，名字他永生难忘，叫作"无可言"。

就是在抚宁王府，在这里，华容曾端过这样一杯酒给他，告诉他这是自己的独家特酿，里面加了青梅和干兰花若干。

华容已经失踪。而悠哉殿里，当今圣上从皇帐里伸出一只手，居然赏了他一杯"无可言"！为这个他已经纠结多日，每天夜里来这里吹风，而且脑子越吹越热，已经下决心要一探皇宫。

而就在这时这刻，华容居然出现，出现后居然开口说话，说话的声音……居然跟当今圣上一模一样！所以他只能呆住，除了呆住，再做不出第二个表情。

一件事情发生，也许需要一二十年。可要说完，也最多不过一个时辰。

华容的口才一般，说了半个时辰，总算把前因后果干巴巴地说完了。

林落音这时做了他的第二个表情，就是更加呆住了。之后就是抓狂："你根本就不哑！韩朗那样折磨你，你居然能忍住装哑！为了这个秘密，这些年你忍辱负重，随便人糟践！"

……

完全失去逻辑，前言不搭后语，可这一句两句，都是在心疼华容。

可那厢华容半眯了眼睛，将扇子轻轻摇摇，却只是一句："也没什么，路是我自己选的，也就没什么好埋怨的。"

从来都是这样，他半点都不心疼自己。

林落音的一颗心更是酸到发胀，他将手按上剑柄，道："现在你要怎样？要怎样你说！"

华容淡淡地道："我现在先要你装作若无其事。"

所以华容只能不动声色赐林落音一杯酒，期望林落音能明白，找机会一探皇宫。皇宫守卫森严，这当然只是下策。如果他自己能够出宫，又能不被人盯梢，和林落音一谈，那是最好不过的。所以这才有了老宅那一刻和睦，有了韩朗那一刻心软，他也就有了这一夜自由。

林落音的府上埋有眼线，他不方便登门，所以就来了这里，赌一把运气，赌林落音会因为那一杯酒感到唏嘘，会故地重游。

运气果然够好，华容遇见了正主，终于有了亲口说明一切的机会。不是他希望林落音卷入党争，而是此时此刻，他再没有别人可以托付。

林落音当然是不会拒绝的，豪气地问："然后呢……若无其事，然后怎样？我要怎么帮你？"

"然后我会想法子，让你掌握兵权。我要韩朗倒台，让他死得凄楚，也尝尝命运不在自己掌握的滋味。"

过一会儿之后华容才道，扇子拢起，表情仍是淡淡的。

等了许久，华容也没等到意料中斩钉截铁的那个"好"字。

林落音最终说话："不如这样，我带你离开，外头天高海阔，你慢慢就会忘记这些。"

华容的心陡然一沉，怕他是没听清，又重复一次："我要韩朗死！而且死得比我大哥更凄惨百倍！"

林落音抬头看华容，这一次无论如何是应该听清楚了。可他又是沉默，沉重的气氛好似压着一整个天地的沉默。

林落音的嘴唇好像灌了铅，挣扎了太久太久，这才挣扎着说出五个字。

"韩朗不能死。"林落音道，声音虽然轻，却清楚明白。

上马之后林落音一直不说要去哪里，只是举着鞭，带华容一路狂奔。

华容也不好奇，随他去，到了目的地乖乖下马，一只手撑腰，动作有些吃力。

夜这时黑到极致，华容眼力不济，好不容易看清周围的环境，发现这里原来是一块墓地，最中间有座高坟，墓碑森然，上面写的是定月永康侯莫折信之墓。

莫折信战死，死后被追封为永康侯，这件事华容当然知道，所以他感到有些诧异："你领我来这里做什么？莫折信赴死当然慷慨，但和韩朗该不该死有什么干系？"

林落音不说话，走到墓碑旁，夜风鼓荡，吹得他右边空荡荡的衣袖哗哗作响。

"你可知道，这荣光无限的大墓里面，其实并没有莫折信将军的尸身？"过了许久林落音才说道。

"什么？"

"与月氏那一战，莫折信将军引爆雪崩，截断了月氏的去路，同时也埋葬了自己，千百里白雪茫茫，我们寻不到他的尸身，只好捧了一匣染血的红雪回来，和他的衣冠一起下葬。"

"那又如何？"

"不如何，我只想告诉你，为了守我大玄寸土不让，莫折信将军尸骨无存，可尸骨无存的也远远不止他一个，那百里雪场之下，不知道埋葬了多少将士的魂魄，没有哪个将士不是年少芳华，也没有哪个将士无有家人亲眷。"

"那又如何？"

"难道你还不明白。"林落音突然转身，"千万将士赴死，和我所说的韩朗现在还不能死，理由都只有一个。那就是要保我大玄河山完璧，不能叫月氏踏足分毫！"

"韩朗死了，我朝河山就不能完璧？你这笑话未免……"

"这绝对不是笑话！"林落音深吸了一口气，上前一步，看着华容的双眼，"你问问你自己的内心。先皇已逝，周真已死，周氏一脉断绝，这个时候如果韩朗猝死，又有谁能稳住局势，谁能保证朝内不会有人夺权，不会在内乱之际让月氏得到机会！"

华容喘息着，被林落音咄咄逼人的目光追得无处躲藏，只得收起眼里的讥诮，缓缓地道："月氏不是已经战败……"

这一句连他自己都能听出虚弱。

果然，那头林落音立刻继续道："月氏不过暂时战败，只需稍事休整，随时可以卷土重来。月氏苦寒，民众个个善骑骁勇，如果不是婆夷河天险，恐怕早就攻了进来，更不用说如果有一天我朝内乱了！"

"先前韩焉、韩朗一战，咱们不是也挺了过来。"

"是！正是先前那一场内乱损耗国力，所以我朝兵力才会输给月氏，是我愚昧，我这一条膀子卸得不冤！"

说到这里华容已经词穷，只好退后，咬牙道："就算给月氏攻了进来又如何？这天下本来就是天下人的天下，又何必计较谁来做东？"

"月氏侵犯我边疆，偶尔得胜，但他们是如何对待妇孺的，要不要我详细说给你听！"

这句话让华容彻底沉默下来。是啊，国恨家仇，不止他一个人的恨才是恨，有热血一腔才不枉称男儿，这样的林落音，其实才是他最期望看到的林大侠、林将军。为了国之大义，他该放弃他呕血谋划了十几年的私仇，这个道理这般凛然正气，已经让他无可辩驳。

可是为什么他会觉得满嘴血腥，觉得这个比天还大的磊落无比的理由，却还不足以让他罢手，把那口已经涌到喉咙口的血硬生生地咽下去呢？

一旁的林落音似乎也觉察到他的挣扎，语气软了下来，说道："其实什么时候明白都不算太晚，我知道你本来就不是个任性的人，总归能够想通。"

华容闻言发笑，笑完一声又笑一声："那要是我不明白，想不通，非得不服你的大义，非要祸国殃民，要韩朗一死才快呢？"

林落音怔了怔，旋即又明白过来，还是柔声道："我知道一时之间要你放弃很难，可是……"

"没有可是，我不会放弃，你不助我，自然有人助我。现在你可以走了，去告诉韩朗，让他好生提防着！"

"你这是疯了！"

"我没疯，林大侠。"华容慢慢直起身来，"莫非你忘了，你我本就不同，剑寒九州不如绿衣封侯，为这句话你还拔剑教训过我。"

"你……"

"我就是我，从来不善良、不正义，不知道什么是对什么是错。至于月氏怎么犯境，怎么对待妇孺，和我一点干系也无，你若肯讲，我也绝不怕听！"

林落音气得抓狂，被他噎得无语，在原地连连踱步，又怕自己克制不住怒气，最终竟然上马，一扬马鞭，绝尘而去。

来的时候骑马，回转时却要靠自己的两条腿，华容这一路走得辛苦，终于体会到皇城巨大，腿脚也终于发软，只好寻了面墙扶着，慢慢坐下，在一条长巷里面喘气。

天色这时已经泛青，还没亮透，皇城还没彻底醒来，长巷里也一时无人。

有马蹄声由远及近，最终停在他跟前。不用抬头也知道，那是甩袖子走人，想想却又不忍的林大君子。

华容不抬头，继续喘着他的气。

林落音下了马，在他跟前蹲下："不如这样，等国力昌盛，朝里有别人能一言九鼎了，咱们再报仇。你想怎样，我都听你的。”那意思是他肯妥协。林大君子居然也肯妥协、服软，说明情义确实深厚。

华容于是抬头：“国力昌盛，有别人能一言九鼎，那是什么时候？”

“如果连年丰收且治理得当，国库充足，自然就有钱粮募兵，了不得三年五载吧。”

三年五载，的确不长，不过一千多个日夜。可是这个数字却让华容感到有些无力，无力得冷笑起来：“可是我就是不想等，不觉得国家昌不昌盛和我有何干系。”

林落音再次失语。

华容扶着墙慢慢站直，问道：“你看没看过《封神榜》？我记得我曾说过一句话，妲己才是《封神榜》里第一功臣，因为她，荒淫无道的纣王才成为千夫所指，最终完成朝代更替。不知道这句话林大侠赞不赞成？”

林落音退后一步，被他这句话打败，放弃说教，一只手掩住了脸：“不如我助你走吧，离开这个泥沼，你才能清明。”

“韩朗不死，我绝对不走。”华容的这句话很轻，但字字千斤，每一声都洇着血，从肺腑透出。论倔强，他怕是天下无双。

林落音沉默了许久，最终放弃劝说，将脚放进马镫。

“也许韩朗是该死，可是你有没有想过，你为什么这么执着，是不是因为对他有了期许，所以恨也越发惊心？”上马之后，林落音说了这句话，之后扬鞭，再没有回头。

回悠哉殿之后不久，华容就收到一壶酒，说是林将军上贡的。

酒的味道很熟悉，自然是加了青梅、兰花的“无可言”。

酒里带着的意思华容也明白。

华容疯魔至此，他的心之痛，已经无可言说。意思大抵如此吧。

抱着这壶酒，华容还是笑，打开泥封来喝，喝得醉醺醺的，在床上斜躺着，也不发酒疯，一直只是笑。

韩朗进殿，屏退了众人，也很是好奇，忍不住问：“这是什么酒？喝得咱们华公子这般高兴。”

华容迎头就是一句：“这酒也没啥，不过就是林落音将军上贡的而已。”

这一次韩太傅没有踢铜鼎，大约是气啊，气啊，终于被气习惯了，闻言只是伸腿，踢翻一条长凳，然后说道：“林将军上贡的酒是吗？我也尝尝，看看是怎么个与众不同法。”

华容不肯，抱着酒壶打嗝，坚决不松手。

韩朗抢了一会儿也抢不到，索性靠柱箕坐，也不知道哪根筋不对，居然不动，学人装深沉，问了句：“有时候我还真的想知道，你待我有没有真心，有没有哪怕是一点点？”

有没有真心？这句话好像才有人问过，问的人叫林落音，是一根本来不通七窍的木头。

华容于是眨了眨眼睛，答道："我待王爷自然有真心，我的心皎洁，堪比明月。"

韩朗的脸色就有点发绿。

"真心？"华容对着韩朗的那张绿脸又笑起来，将酒壶举高，一口饮尽。

"杯酒举天向明月，陪君醉笑三千场……"华容扬扬袖子，也唱了这句戏文，将身子最终躺平，"有梦且梦，有醉且醉吧！韩大爷，还管它什么真不真心。"

第四十三章

推君为皇

五个月，一百五十个日夜，弹指而过。

月氏果然不肯放韩朗喘息，在秋收之前又来进攻，转眼之间又逼近婆夷河。

春蝗秋旱，婆夷河的河水枯得几乎见底，满天满地都是坏消息，搅得韩朗焦头烂额。

唯一安慰的是华容最近十分安稳，负责监视他的太监传来的话越来越少，没啥可报告的，就只说他最近迷上了药材，要韩太傅小心他下毒。

韩朗一笑，这天起了个大早，特地去悠哉殿瞧他，看他在配什么毒药。

华容已经起身，正在吃萝卜一样吃每日一根的千年人参，见韩朗进门，咧嘴一笑，指着桌上的碗碟："王爷说今早要来，我就准备了好些吃食，还特地差太监炖了补药。"

韩朗伸头，看桌上尽是些卤煮、臭干、榴莲之类味重之物，蹙起了眉头："你不觉得你吃这些东西有违风雅？"

华容抓了一块榴莲酥狠咬一口，又拿手指指桌上的那碗汤药，说道："补药要趁热，凉了只会更苦。"

等了一会儿，韩朗还没动作，他又补充了一句："王爷，你不会是怕我下毒吧？我对王爷，那可是一颗心皎洁得堪比明月！"

韩朗不声不响地端起碗来就一饮而尽。中"将离"者本来就百毒不侵，再说了，给一碗毒药让他痛快地去死，华容应该还没这么仁慈。

喝完之后，韩朗拿袖子一抹嘴角，坐到华容的身边，说的话却是万般正经："一会儿上殿，你照我给你的折子说话，鼓舞士气，不要玩花样。"

"王爷冤枉，华容的命捏在王爷的手里，哪里敢玩花样？"

韩朗冷冷地"哼"了一声。

"不玩花样，这次真的不玩了。"华容接话，似乎力气不济，将头搁在自己的小臂上，"我记得，不止我，我家贵人的命也在你的手里。"

圣上早朝，这是近半年来的第二次。

群臣在堂下等候，先是等来了抚宁王韩太傅，再然后终于听见太监唱喏，宣圣上升朝。

和上次一样，大殿上还是挂了黄帐，帐前还有珠帘，总之隔断龙椅和群臣，让大臣们只能隐约瞧见圣上的一个影子。

圣上染了重疾，不能见风。韩太傅是这么解释的，自然就没人敢再发表疑问。

当今的大玄朝，韩朗韩太傅，已经成了不是皇帝的皇帝，这个事实尽人皆知。所以这次圣上早朝，也不过就是走个场面，在国难当头时说些漂亮话，鼓舞鼓舞士气而已，群臣也早已了然。

果然，龙椅上的圣上一开口，就是什么天佑我朝，蛮夷必败，什么有功者将来必定大赏，说的都是些大而无当的废话。

废话说完，按照计划就应该退朝。可是华容没有，果然玩起花样，咳嗽一声，问道："林落音林将军可在堂下？"

韩朗的脸色立刻变得发青。

林落音出列，华容在帐子后又轻咳一声："此去平夷，朕封潘将军为帅，林将军为副帅，愿林将军心在云天，不坠平生志向。"

韩朗的脸色更青。

潘克为帅，林落音为副帅，这个安排并不出格，可是华容当着满朝文武，越过自己和林落音"君臣同欢"，莫非真当自己是死人吗？

"还有……"

在韩朗的脸色青得发蓝，蓝得透紫时，华容居然又说了一句，似乎意犹未尽。

居然还有！

"还有……"帐子后面的华容继续道，"请抚宁王韩太傅上前接旨。"

韩朗翻着白眼，撇着外八字出了列。

"兹事体大，请韩太傅下跪接旨。"

韩朗的脸色由蓝转紫，紫里带红，可他最终还是无法抗拒，在堂上一撩朝服，对龙椅上的华容跪下了。

"朕身染重疾，自知不久于人世。现愿禅位于韩太傅，圣旨如下，请宁公公宣读。"

这一句说完，满堂沉默。

宁公公尖细的嗓门在纱帐后渐渐漫开，曰："太傅韩朗于社稷有功，朕愿效仿唐尧禅位于虞舜，虞舜禅位于大禹……禅位于彼，望韩朗能奉皇帝玺绶策，接天子称号，代周氏而立。"

言毕，这位宁公公还走下高阶，将圣旨展开，公示群臣后又亲手交到韩朗的手里。

韩朗如被定身。华容何时拟了这道圣旨？眼前的这位宁公公又何时成了华容的爪牙，他居然半点也不知晓。华容华公子，果然不是省油的灯。

身后群臣这时喧嚣起来，已经有人跪地长呼："圣上英明！"

而帐子后华容起身，说了声"退朝"，下台阶时一个踉跄，就好像真的身染重疾，体力不支。

好戏，锣鼓齐喧的一场好戏！

韩朗的长腿一伸，悠哉殿的大门应声而开，殿里的宫娥、太监也立刻作鸟兽散。

大床上黄幔轻摇，只有华容一个人气定神闲，依旧施施然地摇着他的折扇。

韩朗走到华容跟前，强忍住怒气，将朝服上的发束腰一把扯落，迎风就是一抖。

床上的华容忍不住笑了起来："王爷这是要教训我吗？居然要亲自动手，看来这次真是火大。"

语音未落，鞭声已至，腰带被韩朗挥动，三尺软绸就好比百炼金刚，"唰"的一声就撕下他脸上的一条皮肉。

华容不动，眼皮眨也不眨，继续摇他的扇子。

腰带于是一次又一次横扫而过，依次扫遍他的全身，皮开肉绽。

韩朗气喘吁吁，一只手卡住华容的伤口，指甲一寸寸地刺进他的皮肉，将他牢牢钳制住。

华容还是不动，淡淡地道："王爷要做什么都请抓紧，错过了这次，下次就很难再有机会了。"

这一次韩朗听出华容话里有话，停止了动作，一愣："你刚才说什么？什么意思？"

"我让王爷抓紧，因为我还有事，以后就不能给王爷取乐了。"

"什么事？"

"我和人有约。"

"和谁？你别告诉我是林落音。"

"我和阎王老爷有约，日子就在今天。"

"你放屁！"

"我没放屁。王爷可能不知道，我家往上数，八代都是行医的。"

韩朗不说话了，呆住、愣住、傻住，彻底定住。

华容也不再摇扇子，伸出一根手指，抹干净落入右眼的鲜血，很是体贴地一笑："太傅，宣御医吧，您若说不出话，我帮您喊。"

御医会诊完毕。汇报华容病情的那位被韩朗当场踢翻在地，其余的御医好不容易保住命，集体爬着，后退着出了悠哉殿。

韩朗立在那张大床前，觉得脊背发凉，有一股寒意从心底升起，说话也不禁颤抖着：“他们说什么？什么叫五脏郁结，沉疴难治，放屁！”

“五脏郁结，沉疴难治，意思很简单，就是说，我是被憋死的，一日日地忍，现在终于挨不住，要去会阎王老子了。”

“你放屁！”

“我才高八斗的王爷，除了‘放屁’您就没别的词了吗？”华容只是笑，身子下沉，这一笑好不恶毒，“当然，您的确没曾想过，一个百练成钢的人居然也会死，居然不会万年永在地让您欺负下去。”

韩朗失语，胸膛里血气翻腾，要紧握拳头才能站住。

华容则施施然地打开了他的折扇。

“灭我全门的时候，王爷没想到，这血海深仇会让我日夜难安，此后终生气血难平。将我的手脚打断然后折辱的时候，王爷没想到，断骨对锉，将为我此生埋下隐疾。一根绳子将我的小指吊断的时候，王爷也没想到，我如何能够忍住不叫，那一口强忍的气力，足够让我折寿十年。”

……

“当然，这一切王爷不会知道。”说到最后华容轻声道。

朝韩朗半眯起眼睛，听他继续说道，“这是王爷的风雅与趣味，是被王爷顾念必须付出的代价。”

“我不是抱怨，只是抱歉，抱歉此生气力有限，当不起王爷如此厚爱。”说这句话时他的眼神已经变得空蒙蒙的，但那讥诮意味却仍是半分也不肯妥协。

韩朗咬了咬牙，一口腥甜在唇齿间打转，终于在床前半跪，握拳：“你不会死，这里是皇宫，有的是千年人参、万年龟甲，就是死树也能补到开花。”

华容又笑起来：“那很好，王爷不妨试试。”

韩朗垂头，力气被他语气里的坚定抽光，将额头慢慢顶上床角：“你是什么时候知道自己不成了？是不是早就知道？”

“也不算早，大约一年前吧。”

“死撑着不说，就是为了今天这一场？”

“是。”华容点头，“还要感谢王爷配合，最后一顿鞭子送我上路，倒成全了我。”似乎是配合这声感谢，他额头的那道鞭痕迸裂，滚热的鲜血流下来，滴在了床边韩朗的手指上。

韩朗将手举高，看着那滴热血，浑身颤抖着，气息已经不能流转，毫无生气地问了句：“你当真是如此恨我，恨得……”

“恨得生死不容。”华容接上。

“那你为什么不报复？喝我的血，要我生不如死，出冷箭使暗绊，将我的命拿去！”

华容不答，神思恍惚，一双眼睛微睁，已经不知看到了哪儿去。

“韩朗不能死。”

隔了这么久，林落音说的这五个字却依旧清晰，沉沉地压在华容的心头，一刻也不曾散去。

韩朗这一刻却突然变得冷静，不再沮丧，也不再颤抖，伸出手指，揩去华容额头上的鲜血。

“你不跟华贵道别？”韩朗问道。

“那日在门板上晾银票，等他来抢，我就已经知道那是诀别。贵人还是贵人，没有比这更好的道别。”

“不跟你引为知己的林将军道别？”

“不跟。”这一次华容回答得干脆，十分吃力地坐起身，“我只跟王爷道别，我对王爷的一颗心皎洁得堪比明月。”

“不用。”韩朗也回答得干脆，“我陪你上路，反正我中了‘将离’，已经毒入肺腑，早死个三时五刻，也没啥区别。”

华容眯了眯眼睛，似乎并不意外，也不说话，只是伸出手指，将那把乌金大扇推开，翻转扇面对准韩朗。扇面甚宽，背面密密麻麻的，写了不下二十种药材。

一旁的华容轻声道：“我家姓楚，祖上八代行医，到我爹这代最是腾达，官拜四品御医，曾是先皇后的心腹。”

韩朗半张了嘴，双手推床，不自觉中已经坐直。

“兴定十九年，我爹辞官，举家避祸，来到江南。”

韩朗再次定住。

兴定十九年，这个年份他终生难忘。就是这一年，他身中“将离”，从此十五年与病痛纠葛不休。

“真巧，是不是？”那厢华容吃力地笑，“你我的缘分匪浅，当年我爹为皇后配了这杯毒酒，到今天，却是由我亲手奉上解药方子。所以说，这是天意，注定你我不能同路，生死不容。”

韩朗深深地喘气，再也无话可说，体内的血液在燃烧，一把就将扇子夺过来，把扇面撕了个粉碎，紧接着又把碎屑塞进嘴巴，不喝水不喘气，就这么直眉瞪眼地咽了下去。要说任性，他韩太傅也是天下无双。

华容叹了口气：“王爷果然任性，这墨汁的味道如何？”

“墨汁虽苦，可渗到心里却是甜的。”韩朗挑眉，笑到一半，却突然愣住。

墨汁是苦的！中“将离”者食不知味，可他现在居然尝到了，这墨汁苦中带涩，害得他满嘴发苦！

“早起给王爷喝的那碗补药，我早就说过，我对王爷是一颗心皎洁得堪比明月。”

一旁的华容轻声道，一口气泄了，便再也没法坐直，斜斜地靠在了床边。

处心积虑，这才是真正的处心积虑。不图江山富贵，只图和他生死不容。

“华容，你还欠我一幅画……”

“王爷又说笑了，你从不指望我画你，我也不是为画你而来。”

韩朗张开了嘴，那口心头血到底没能忍住，悉数喷上了华容的衣衫。

华容轻声道：“记得死后替我换袍子，我要干干净净地去死，从此和太傅再无干系。”说完这句话他沉默着，在等韩朗喷第二口血。

可是韩朗没有，这世上不如意之事十之八九。华容只好叹气：“那就这样吧！王爷。我祝王爷万寿无疆，拥万里江山，享无边孤单。”

韩朗已经无语，只得以手蒙面，十指微张，捧着一脸绝望。

拥万里江山，享无边孤单。

原来他的真心，从来便是天上的云雨，不可求，求不得。这原来就是命运不在自己掌握中的滋味。

“人生从来便是苦海，当受则受，当辞则辞吧！韩大爷。”一旁的华容补充了一句。

当受则受，当辞则辞吧！韩大爷。

光线昏暗的大殿里回荡着这句话，华容带着笑，至死也不悲戚。可那个声音，却最终低了，此生此世，再也不会响起。

后记

埋土封疆

周家帝崩，国却不可一日无君。

韩朗称帝，却迟迟没有举办登基大典。

这件事拖了又拖，原本腹诽他为帝的大臣，反而开始着急，终于按捺不住，集体上谏催促。韩朗笑纳后，却提出一个要求："举国尚'土'改尚'金'，典礼上的龙袍顺应五行改为白色。"

退朝后，礼部尚书私下寻到了已官拜司马的流年，表情略带为难。

流年笑着问："尚书大人，皇袍改色，不可行吗？"

"帝王一言九鼎，怎会有不可？尚'土'改尚'金'，白、杏、金色属金；龙袍改成白色，只需几日的工夫，确实没有不妥，只是……"

"只是什么？"流年追问。

尚书搓着手，恭敬地答道："自古五行，火克金。如果皇帝换了龙袍的颜色，那百官红、皂色必是不能再穿了，朝廷改制官服，恐怕这庆典又该拖了，至少要拖到翌年秋日。时局非常，可否请司马大人试探圣君的口气，一切等大典后再改？"

流年转而又问礼部尚书："大人，火克金，那金克什么？"

"五行中，'金'是克'木'的。"

"什么颜色属木？"

"绿、青色。"礼部尚书如实作答。

流年久久后笑道："那……我想皇上是不会改主意了。"

翌年，秋。

潘克、林落音在外征战近一年，直捣黄龙，终得月氏王降表，大捷而归。

全军凯旋回朝那日，韩朗下旨，翌日登基，并亲自出城迎接众将领。

满城菊花盛开，天子华盖下，韩朗白袍银带，远远而望，如披素孝。十二道冕旒长垂至肩，缓缓地随秋风晃荡，旒间白玉珠相互碰撞，叮当作响。

黄昏薄暮，韩朗单独召见林落音。

殿堂之上，林落音跪地刚想开口，却被韩朗冷笑着打断："我知道你想问什么，华容，他已经不在人世了。"

林落音突然抬头，隔着冕旒，却看不清韩朗的表情，一怔之下脱口而出："不可能！他怎么会一句话没有就……"

"他已经跟你道过别了，林将军。"

"什么时候？"

"那日在大殿上，他一字一句地要你心在云天，不坠平生志向，可怜你竟没听懂这句诀别。"

"你……"林落音全身簌簌发抖，已经找不到自己的声音，手握成拳，眼里布满血丝。

殿外日落月升，银钩洒下霜白，沿着玉阶，阶阶升高。

韩朗却慢慢走了下来："他解我'将离'之毒，推我坐上龙椅，只为要依你一个国泰民安。"韩朗走到林落音跟前终于停下，"其实，我大可以随他去死。我没这么做，非是我贪生，也不是我心存什么国泰民安。我只是怕这世间，除了我之外，再也无人会依他。你说，是也不是？"

林落音抬头，两个人四目相对。

"林将军，你继续心怀大志。我会依他，送你一个国泰民安。会依他，明日登基，享受这万里孤单！"

林落音木然不动。

韩朗拂袖离开，人在门前又回转，低头看着自己伶仃的孤影，朗声道："林将军，我比你强！"

史记：

帝登基，又逢伐虏军报大捷，帝喜，大赦天下，并颁旨诏下：文武官三品以上赐爵一级，四品以下各加一阶；凡凯旋之军，各再追进一阶，其余按功勋论赏；首功华容，封绿衣侯，赐其疆土，疆地之门，命为："绿衣封侯"！

番外

十六年前——

京师北门陶家酥饼重新开张。

从店内向门口放眼望去，黑压压的一片。城里男男女女、老老少少的老百姓几乎齐聚这里。

真是人山人海，川流不息。

幸亏韩朗有先见之明，天没亮就拿了牌子排队。

实在没法克制心中的得意，韩朗不再维持符合自己身份的沉稳，捧着新出炉的酥饼，大口大口地啃着，黑色的眼珠溜来转去，不停地瞟着店里摊子上琳琅满目的酥饼，盘算着还有多少种没进自己的肚子。

百姓多，闲话就会多。

闲话多，说白了就是唠家常。东家一长，西家一短，家家有不顺心的事，最后往往会归结在朝廷、官府上。

“这年头哪里有为民做主的官哦。”

“我可以帮你做主啊，我就是官。”韩朗满嘴的饼，含糊地插话。声音不大，却顷刻弄得满堂鸦雀无声。所有人都不信这位看着非常养眼的少年，会是官……

“你真的是官？”原来招呼韩朗的伙计十分怀疑地问。

“新中三甲，榜眼，如假包换。”不知道什么时候，韩朗已经把金印拿在手上，就是那么一晃。

“小兄……”

一个人和他搭讪，但见韩朗扫来的寒光，忙将最后一个“弟”字缩了回去，却仍然好心地提醒：“这年头官官相护，你小小年纪想当清官，可不那么容易啊……”

“谁告诉你，我要当清官？哈哈哈！”韩朗抬眉，似笑非笑地打断那个人的说辞，又看看天色后，招呼店家结账。

“这点小意思，笑纳。”店老板是个聪明人，压根儿没敢收韩朗的银子，反而倒贴了韩朗十两碎银。

有前途！韩朗当然照收，用手掂了掂，微笑着道：“放心，大家以后有什么事情，尽管找我。”百姓叹息着，京城又多了个小贪官，不过要真能帮上忙、说上话，也未必不是件好事。

韩朗大步走出店门，走到拐角，见到巷口的乞丐，随手一抛，将店老板给的十两碎银丢进那个要饭的破碗里：“今儿，小爷高兴，你走运了。”

老王爷王府的墙边。

有人在焦急地等待，见了韩朗忙冲过来迎接：“我的祖宗，你怎么现在才来啊？侯爷和皇上已经进去了。”

“官服呢？快帮我换上。”韩朗开始脱下袍服，换上绯色官衣。然后他纵身往墙头一跃，将手上剩余的碎银抛下，“干得好，打赏。”

没在意小厮是怎么道谢的，韩朗已经翻越过墙，真是神算！边缘角落果然没什么人把守。

韩朗刚想快步飞奔到前厅，只听得有人叫唤：“小榜眼，喂！小榜眼，叫你呢。”

韩朗懊恼地整理了一下自己的官帽，难道自己的行踪被发现了？早知道自己该中探花，叫起来好听多了。韩朗无奈地转身，首先看到的是一个大肚子。

“老王爷好！”他恭敬地作揖。就算韩朗不认识来人，也认识这个大肚子。所幸来的除了老王爷外，似乎没其他人跟来。也确实该佩服这位老王爷，当今圣上携美眷与重臣共同来王府游园，他这个地主也能独自安然脱身，真是厉害！

“好说好说，你把这个抱一下。”肥硕的大手，将一个软绵绵的东西塞进韩朗的怀里。

“王爷，这个是——”这回轮到韩朗手足无措了。

“好好抱着啊，老夫内急，回见！”老王爷说着话，脚底一溜烟地跑了。

“老王爷！”韩朗大骇，世上竟有这么不按常理出牌的人。

“啊——啊咿”软软的超大包裹居然会发声音。

韩朗低头，只见——秃秃的脑袋，柔柔的胎毛，黑亮的眼睛，一个刚长了没几颗牙的娃娃，正对着他笑，小手粉嫩粉嫩的，在不停挥动。然后，小手开始拉扯他的衣服，还不时地将口水蹭在他的新官袍上。

韩朗注意到裹着娃娃的披风是皇家专用的颜色，仍不客气地威胁道：“再弄脏我的袍子，我就把你丢在地上。”

“本宫的皇儿哪里得罪你了？”一个女子的声音从韩朗的侧面传来，语气相当柔和，倒没听出任何不悦。

韩朗转头，忙抱着孩子，跪下施礼：“皇后娘娘千岁！”

来的那一群人，为首的正是新立的林皇后。

“你就是韩家的小公子，新中科举的榜眼？”皇后问道。

“是。”韩朗万分恭敬地回答。

半炷香的时间后，老王爷一身轻松地出现了，拍着韩朗的肩。

“小榜眼，我回来了。”

“老王爷好！”

“小娃娃呢？”老王爷这才注意到韩朗的手上少了点什么。

韩朗眨眨眼睛：“什么娃娃？”

“我刚交给你，让你抱一下的娃娃呀。”老王爷有点着急了。前面这里有个人，现在这里还是站着一个人，难道不是同一个？

“王爷什么时候交给我娃娃了？”韩朗依然莫名其妙地问道。

“就刚刚，我交给这样颜色官服的人！”

韩朗狐疑地问：“王爷确定是我，还是确定这官服的颜色？”

老王爷突然愣在原地，好半晌才喃喃着道：“这小孩可丢不起啊。”

韩朗皱眉，咬了下嘴唇回忆道：“我前面好像是见到一个娃娃，只是……”他将话适当地停下。

“你在哪里看见的？”老王爷急了。

韩朗偷笑，早就传闻这位王爷的记性大不如前，原来当真如此。

“王爷，如果下官愿意替王爷分忧，突然想起了那个娃娃的去处，不知王爷是否能推荐我做刑部侍郎？”

老王爷呆愣了半天，终于咬牙：“你个小王八羔子，胆子也忒大了！”

……

祥安八年，新科榜眼韩朗，年十六，破例入阁，由三朝元老护国公保荐，圣君钦点，任刑部侍郎。

两年后。

夏夜，满月。

韩朗贪杯大醉，干脆脱了外袍，赤着上身，在房顶的琉璃瓦上纳凉。蒙眬中，有人推推他。韩朗掀了下眼皮，居然是他的大哥韩焉，坐在他身旁。

“还睡呢？你找人代替你罚跪祖宗牌位的事，已经东窗事发了。”韩焉似笑非笑地道。

韩朗答应了一声，翻个身继续睡。

“刚才去哪里了？弄得一身酒气？”

“赌坊赢来的银子，不花可惜。”韩朗撇嘴道。

“你就不知道十赌九输的道理？”韩焉算是很尽职地规劝道。

“让我输钱的赌坊都被我下令查封了。”似乎酒已经醒了个大半，韩朗惺忪地揉眼。

“你这两年真得了不少银钱？”韩焉狐疑地问弟弟。

“是啊，怎么了？哥，我们韩家报效朝廷为了什么？”韩朗说话还是捎带着迷糊，酒劲依然没怎么过。

韩焉看了一眼弟弟，没回答，只拿起韩朗撂在一旁的袍子，盖在韩朗身上。

“韩朗，你就不想知道，爹发脾气的结果吗？”

韩朗笃定地回答道：“不是狠夸你，就是说我是家门不幸的原因。”万事习惯就好。

“要不给你娶妻收心，要不应皇后的力邀，入宫给小皇子当启蒙老师。”韩焉望着皎洁的月亮，平静地说出要韩朗做出的选择。

韩朗突然坐起来，韩焉抬头微笑。

“我才不要别人管我呢。还有那个小皇子才几岁？需要什么老师？”

“大概是皇后望子成龙心切所至吧。”谁都知道邬皇后薨逝多年，这位新立的林皇后，好不容易盼到皇帝的正式册封，如今又为圣上生了皇子，更加想巩固自己的位置。她自然对这个儿子的未来憧憬万千，严密安排，不容半点马虎。

韩朗不接话，颓然躺下，好似准备继续睡觉。

“看来你已经做出了决定，那明日就进宫去教课吧。”

皇后珍爱的结果又该如何呢？韩焉露出若有所思的表情。

翌日。

韩朗规矩地来到东宫。

当年韩朗抱过的小家伙居然长得有点模样了，话却还是说不清，想叫他教什么啊。明摆着，皇后想请个体面的管教。韩朗不管，丢给未满三岁的小皇子几本书，教会他如何撕纸后，满意地自己品茶，看书，浅寐。

“抱抱……”很快，小皇子失去了撕书的兴趣，坐在蒲团上张开小手要韩朗抱。

韩朗连眼皮都没抬起来。

过了一会儿，就听得“哇”的一声。

韩朗这才将手托腮道：“不许撒娇，再哭就用你撕坏的纸，来堵你的嘴。”

小皇子自然不吃韩朗这一套，哭得更凶了。

韩朗微笑着起身，走到门口，张望了一下，随即将门关上，竹帘垂放而下，回到哭闹的小皇子跟前，抓起几张纸片猛地塞进小皇子张大的嘴里。

声音顿时轻了不少，韩朗点头。

小皇子却一愣，随后蹬着腿，继续大哭大闹。

塞在小嘴里纸上的墨字，因为被小皇子的口水浸湿，开始褪色。又经这小皇子委屈地擦泪后，一张黑色的小花脸诞生了。

这下韩朗笑得直不起腰来。有意思，每天如此教学也不错。

可没过多久，韩朗觉得自己已经看腻了，于是他伸手轻点小皇子的睡穴。

周遭突然变得万分宁静。

许久后，韩朗喃喃自语道："明天我会考虑教你用砚台砸自己的脑袋，这样你直接就能昏迷，不用我费神了。"

韩朗不务正业，渎职一事很快遭人告发，在得到多方印证后，他立即被拖到刑部大堂，杖三百。

揭发韩朗的是太子殿下，行刑的是他的顶头上司，刑部尚书——方以沉。

韩朗硬撑着，结结实实地挨足一百五十下，居然没晕。方尚书喝令缓刑，暂押刑部大牢，明日继续打。

收押当夜，方以沉尽上司兼朋友的道义，带着美酒佳酿来探监。

铁锁大开，阴暗的牢内，韩朗呈大字形趴在枯草堆里，见了上司咧嘴笑道："我犯了事，该管的应该是吏部。"

方以沉叹气，无奈地扫了眼牢顶结满蜘蛛网的大梁："你仍是隶属我刑部的官员。明日心里也别指望能减刑，你爹指明该给你个教训。"这位刑部尚书与韩朗原本的交情就不差，别看长得斯文内敛，处事执法却有理法，刚正不阿，刑堂上行刑的那刻，口中字字清晰，不带一点感情。

"好说！"韩朗向来大方。

方以沉微顿后，终于问韩朗："可想好太子和皇后，你帮哪派了？"

"我没拒绝教书啊，只是暂时什么也没教罢了。"韩朗依然答非所问。

"苦头还没吃够啊。"方以沉笑着为韩朗斟酒。

"你还不是一样，各不相帮，两边又拉又扯，暗地再踹的感觉不错吧。"韩朗大笑，不料牵动了身上的伤，旋即转成吃疼地龇牙。

刑部尚书啜了口酒道："今天吃的苦头，就是因为你啊，还不是一方上卿，不能一手遮天。”

“本官不好这口。”韩朗维护着他表面的清高，“都没银子赚。”如果没后一句补充的话，的确是装得到位。

“可惜我就只有姐姐，没有妹妹，否则一定托人给你保媒，嫁给你准有好日子过。”

“我不介意娶老女人啊！”韩朗和颜以对。

“我姐早嫁了，外甥都快九岁了。”

“哦！”韩朗故作痛惜扼腕。

第二天，方以沉照打韩朗不误。

完事后，韩朗被拖回韩府养伤三个月，并关在小房间面壁，附加罚抄诗文。教书管教一职，全由方以沉顶替。三个月内韩朗乐不思蜀，三个月后却遭晴天霹雳。皇帝突然下旨，因方以沉通敌卖国，韩朗升刑部尚书担任主审官。

公审那日，韩朗高坐正堂，心如明镜：如果自己没挨刑罚，那今日跪在刑部大堂的绝对是自己。一个下马威，让皇后收敛日渐张狂的行为，也给一直立场暧昧不清的韩朗一个警戒。

既偷天换了日，也杀鸡儆了猴。

韩朗狠抓惊堂木一拍，冠带飞扬：“带罪犯！”

方以沉带到。

“方以沉，你可知罪？”韩朗的第一句问话。

“知罪。罪民愿意画押认罪。”方以沉跪在堂前，字字铿锵。

韩朗愣了半天，手藏袖中握拳，不停地发抖。

方以沉抬头环视刑部大堂一圈后，对上韩朗的目光，微微一笑。人未审，罪已定——灭族。他清楚明白得很，何苦再和自己的身体过不去？

韩朗看着他的笑，仿佛笑里都在重复着那句话：“因为你韩朗还没一手遮天的能耐。”

韩朗颔首，死盯着招认书开口：“方以沉，你的家将由本官去抄。放心，我一定会杀光里面所有人，烧了你方府每样东西，一样也不留，哪怕是张纸。我也向你保证，今后三年内，京城外，方圆三十里内，再没有方姓一族。”

方以沉望着韩朗，笑意未减弱一分：“有劳。”没人会再揪查你的亲族，这是韩朗的暗示和保证。

方以沉被判腰斩，同年腊日行刑，韩朗亲自监斩。

那日，韩朗几乎以为自己瞎了，满目尽见的颜色只有血红一片。

“方以沉，总有一天，我会让世人知道什么叫一手遮天。也总有那么一天，不管谁犯了何等滔天大错，只要是我认可的人，就没人敢说他的不对。”

两天后，韩朗重新做了小皇子的老师。小皇子知道后，将自己卷进殿堂的帐子中，不肯出来，哭闹着要另找一个师傅。

韩朗蹲下来，弄开帐子，与眼睛哭得红肿的小家伙平视了好一会子，终于伸手，将他抱起来。

小皇子对着韩朗的朝服猛瞧，抽泣着道：“颜色一样的。”

“本来就是一样的，以后记得你的师傅从来就只有我一个。”

七月半，还魂日。

韩父路过书房，只见韩朗正对着棋盘上的残局喝着酒，说道：“难得你小子，那么晚还不睡。”

韩朗赔笑道：“不知道为什么，最近吃不好，睡不稳。”韩父的神色一变，嘴巴动了动，但没说什么，只低头，一眼看穿残局：“你最后总是不肯下狠招，这局又是输给谁了？”他早知道自己的小儿子韩朗从来不是下棋的高手。

“这是以前和方以沉的对决，我凭记忆摆了一次。”韩朗不以为然地道。

韩父笑着拍拍韩朗的肩膀：“还是他厉害，他肯对你下猛药。”

“是啊是啊，我是好汉，该下猛药。”韩朗半醉着胡言。

从此，韩朗开始认真教导小皇子，可惜，小皇子毕竟太过年幼，进展始终不大。

多年后，韩朗扶年幼的小皇子称帝。